最完美的80后青春进化史

NEXT GENERATION

次世代

卓轩·著

新世界出版社
NEW WORLD PRESS

图书在版编目(CIP)数据

次世代/卓轩著.—北京:新世界出版社,2009.5
ISBN 978-7-5104-0255-5

I. 次… Ⅱ.卓… Ⅲ.长篇小说-中国-当代 Ⅳ.I247.5

中国版本图书馆 CIP 数据核字(2009)第045996号

次世代

作者/卓轩
责任编辑/吕晖
特约编辑/周钰　秦瑶
封面设计/遥遥
出版发行/新世界出版社
地址/北京市西城区百万庄大街24号(100037)
总编室/6899 5424　6832 6679(传真)
发行部/6899 5968　6899 8705(传真)
网址/http://www.nwp.cn(中文)
　　http://www.newworld-press.com(英文)
版权部电话/6899 6306 frank@nwp.com.cn
印刷/北京鹏润伟业印刷有限公司
开本/710×1000　1/16
印张/19
字数/235千字
版次/2009年5月第1版
印次/2009年5月第1次印刷
书号/978-7-5104-0255-5
定价/29.80元

80后的我们，

所有的希望都被命运的齿轮碾碎成沙土，

化为迷茫与绝望。

80后的我们，

把硕果仅存的青春雕刻进过去的倒影里。

80后的我们，

呼吸着空气里剧烈旋转地澎湃物欲，

被光芒吞噬掉浓浓的悲伤。

目录
C O N T E N T S

The Beginning >>>

当现在不在，我们将期待怎样的未来？

当林夜希从轻浅的睡梦里再次醒来的时候，时间像是被期待了无数次的未来般终于缓慢地流动到了圣诞即将来临的时候。

把身体裹进厚厚的纯白色被子里面，空气里弥漫开的是上海冬日里独有的凄冷感。

白色的墙壁上画满了一条又一条长短不一的黑色线条，像围在生命上的漫长监禁,不知道什么时候才会断掉。

林夜希吸了吸鼻子,小声地说了句:我怎么还不死啦。

南京西路办公楼里的白领们手里拿着刚从老板那儿接过的解聘信,迷茫地望着窗外的花花世界。从明亮的玻璃窗望向斜对面的恒隆,门口提前摆放了一排在灯光下熠熠发光的晶亮圣诞树。

梅龙的新办公楼已经重新装修完毕了，楼下的必胜客里播放着圣诞歌曲,温吞的空调暖气下服务员们都穿着大红色的圣诞装。

西藏南路上巨大的电子荧幕底端循环滚动着一排气象局发布的寒潮警报。

这个圣诞,注定是一个寒冷的圣诞。

就在这之前的一周，雅虎刚宣布全球裁去 1500 名员工,SONY 也宣布裁减 1.6 万个工作岗位。

时间如果再往前一个月，那就能看到花旗银行首席执行官潘特宣布裁员五万人的计划,法国储蓄银行也裁员 4500 人,欧洲最大的制造商西门子公司辞退 1.68 万名员工。

而如果能把时间的指针再往回拨的话,那么雷曼破产、美林卖身、通用关门这样的讯息就会从四面八方逼涌过来。

就在小布什即将下台之际，华尔街掀起了惊悚而庞大的金融风暴，又一个黑色九月，如当年的9·11一样，热烈欢送着过去某些的离开。

像是一场声势浩大的完美游戏，无数块庞大的多米诺骨牌连续不断地倒下。

砸起的漫天硝烟沿着大气层包覆起整个孤寂的星球。

当每个人还在平静地生活时，看不见的洪流黑暗已经在阴影里肆意地疯狂滋长着。

直到破土而出的那一刻，金融风暴崩塌性地席卷全球，澎湃的虚无黑洞开始缓慢地吞噬一切。

那些安静如同沉睡的骨牌尸体，全都束手无策地被一点点吞没。

而我们，都只是在黑洞里浮游着的细微生物。

当股价暴跌而导致全球首富巴菲特的资产据传瞬间缩水几百亿的时候，设计总高达632米的上海中心大厦却即将开工，以真实的狂妄姿态超越金茂和刚建成的上海环球金融中心，当之无愧的成为上海新的华丽风向标。

早晨街道上刚刚运到书报亭的报纸还散发着浓郁而新鲜的油墨香，在尚未被蒸发的晨露中安详地等待着什么。

方正的字眼冰冷地描述着逼仄的现实，或许是《金融危机致使世界首富损失惨重》亦或者是《中国第一楼横空登陆陆家嘴》。

只是无论如何残酷或华美的报道，都会在半小时之后随着报纸一起被遗弃在一号线的地铁车厢里，或是某个没有被编号的垃圾桶内。

因为那些被版印起来的生冷报道，永远都在人的意识里被无限地推远。

虽然都知道是遥远的，却又无限期的在每一个胸腔深处逼涌起无数的冷漠。

而即将构建的上海中心大厦,如同又一块插入陆家嘴的华丽骨牌。

巧妙的视角下,整座城市就像一套精美而死硬的模型。

上海,庞大而光芒四射的一座多米诺之城。

上海的气温骤降,冬天陡然来临。

楚晴裹着那条 MANGO 的羊毛围巾站在风里，看着无数对情侣手拉手走过来福士门口那些五光十色的圣诞树。

她知道,所有人,此刻都在前所未有的危机中煎熬……

而星巴克巨大的蓝色落地玻璃窗后面，方明泉望着坐在自己对面的叶蓉,心脏上像是被掏空了一个大洞,然后被灌进了一整个冰川世纪的寒风。

对面街角的书报亭里还挂着 PSP 平台上去年上市的一款火爆游戏的海报。

3D 技术创造出来的萨菲罗斯面容精美而冷漠,让他想起了《迷黎》扉页上夜夕那苍白冰冷的容貌来。

而萨菲罗斯的头顶印着一行银边的白色英文字母。

FINAL FANTASY——最终幻想。

所有人都在心里默默地怀抱希望,等待着新时代的来临。

光明的未来时代。

却不知道次世代的涵义，是只有被不断期待却永远无法到来的未来时代。

上海最冷的冬天终于来了。

Who are waiting for the next generation?

The First >>>

当 现 在 不 在 ， 我 们 将 期 待 怎 样 的 未 来 ？

[four months ago]

飞机颠簸了几下，楚晴有一种灵魂被抽离出去的错乱感，于是就摘下了黑色的丝绒眼罩。

她伸了个懒腰，头等舱里新鲜的空气随着呼吸流遍四肢百骸，有一种初春时突然涨潮溢起的春水开始缓慢流淌过积雪，一点一点消融成冰水的感觉。

也不知道为什么，这次回来心脏上像是挂满了尚在滴水的冰尖柱，凉凉地穿透过血脉的纹路。落在柔软的身体深处，在黑暗里积蓄成一池湖泊。

头顶的扬声器里低低飘落下空中小姐软绵绵的声音，似乎在说飞机就要降落了，请各位旅客系好安全带。

从天空里望下去，脚下这座庞大的城市像一套精美好看的塑料模型，涂着七彩斑斓的颜料被摆放在明亮橱窗最醒目的位置。

从底下打亮的金色光线包裹起一切。

楚晴从口袋里摸到一张照片，照片上她自己和另一个金发女生并肩站在一起。她伸出纤细的手指动作缓慢而有力地把照片一点一点地撕碎，然后丢进随身的那只 Caetier 限量兔毛手袋里，这是她上个星期在 Sake 里面新买的。

她拍了拍手，微微翘起嘴角自言自语道："Goodbye my memory."

夏末清晨的第一缕阳光从窗外暖暖地打进来，拉扯起一道长长的透明影子。

光滑的白色机舱里，缓慢游离着一些浅淡细微的影子。

早晨的浦东国际机场，和上海火车站那种拥挤到随时都能闻到汗味的密集人流不同。

这里光滑的大理石地面上总会有提着 IBM 商务笔记本匆匆而过的人，来到窗口排队换取登机牌；这里咖啡厅的一杯蓝山总比仅是一路之隔的对面要贵上一倍，但店家却从来不担忧有一天会没人点；这里各个国家用不同的线条勾勒出来的面孔一定比外滩还要多上很多，操着各国口音但同时都会问一句："Eecuse me."

这就好比在路边地摊上总是会看到被胡乱堆放的廉价衣服，而 Chanel 的专卖店里装修整面白色的墙壁只不过为了挂上一件今年新款的风衣。

这个城市极端的贫富两级分化，把人之间的距离拉扯得像是一个沙漏，仅靠着一个渺小而脆弱的支点来连接。

每一天的生活像是布满了细碎刀刃的沙砾，在平静地流动中把心脏切割得体无完肤。

楚晴边走边用手机打电话给她父亲的专职司机 Viken 让他来接自己。Viken 是个特种兵出生的中亚男人，她十五岁的时候就成为了她父亲的专职司机和保镖，那个时候也正是楚天翔挤进上海滩一流房地产商的时候。

如今已经二十二岁的她，却早已弄不清上海到底有多少楼盘是属于他父亲名下的了。

楚晴一抬头，就看到了两米外的夏渔，正安静地站在稀稀拉拉流动的人群里。

和记忆里一样，依旧是干干净净、个子高高的那个男生，只是头发有些长了点，还染成了好看的栗色。

夏渔就这么望着她，英俊的五官被窗外打进来的光线照出了峡谷般深深的轮廓，被阴影覆盖住的整个眼眶里目光像是夕阳般温暖而又柔和。

夏渔一步一步走过来，一直走到她面前，然后把插在口袋里的双手拔出来，紧紧地环抱过来。

“你回来啦！”声音温柔得像是冬天空调里吹出来的暖风。

楚晴把脸贴在他的胸口，鼻子里是那熟悉的薄荷香气，隔着白色T恤舒服的面料，夏渔胸膛里沉重而有力的心跳，像是从遥远的记忆里传递过来。

楚晴闭上眼睛，紧紧地抱住他。

“是的，我回来了。”

日本语里面把那个尚未来到的时代叫做次世代，象征着人们对未来的无限期望。

但其实，对我们而言过去也都是曾经的未来时代，曾经的次世代。

当闹钟响的时候叶蓉出于生物的本能伸手关掉了闹钟，然后把毯子拉过头顶像具僵尸般继续睡觉。

但只是过了一分钟，头顶上气流涌动起的巨大轰鸣声就传了下来。

耳朵里像是被填塞满了棉絮般快聋掉，身体却分明感觉到床在声波里的震动，像是害怕地发抖般吱吱作响。

叶蓉伸手拉掉盖在头上的毯子，一脸倦容地睁开了眼睛。

身边还摊着两本教科书，头顶的天花板中央有些绿色的霉斑，也不知道是去年还是前年春天时下雨渗水的后遗症，墙角有一张挂了好几年的蜘蛛网，只是蜘蛛都不知道跑哪去了。

叶蓉仰躺在床上，木框窗户里透过来的金色光线像飞扬后落定的尘埃，薄薄地依附在她裸露的肩上。

视野的更远处，一架白色的飞机正渐渐远去。

叶蓉长长地叹了口气，胸口里总是会像是被倒进了一大瓶浆糊般粘稠到呼吸都会淤结了。

住了二十二年的老房子就在离浦东机场不远的小镇上，从小叶蓉就听惯了飞机起飞和降落时发出的巨大轰鸣声。

母亲一直很向往城市里那种公寓式的小区，但越是向往就越只能住在这种老旧的房子里。逼仄阴湿的环境里，让人的心也越来越阴沉，邻里间为了一些鸡毛蒜皮的事情吵得老死不相往来也是常有的事。

每每母亲埋怨父亲的无能，叹息自己嫁错人的时候父亲都只是低着头，沉默不语。

小的时候叶蓉最喜欢在弄堂口看着白寥寥的天光照亮整条弄堂，毛茸茸的光影轮廓让她觉得好漂亮。随着逐渐长大，她开始希望能拥有一间挂着粉红色蕾丝纱帐的房间了。

就像是一下子意识到市区人和郊区人的区别一样，而小的时候只知道自己是上海人。

这样的一种区别是外人所无法体会的，只有从小生长在上海的人们才能感觉出这样的微妙和悲伤。

用三夹板隔开的外间是厨房，这种老房子是没有客厅的，在厨房里摆上一张一米宽的小方桌和三张椅子，就算和市区里的客厅旗鼓相当了。

“蓉蓉，起床啦。”母亲的声音隔着三夹板清晰地传来。

叶蓉和懒惰斗争了一会儿还是爬起来走进了黑乎乎的卫生间里，

也没开灯就凭着多年的习惯准确地抓起自己的牙刷，反正头顶那盏为了省电而装的十瓦白炽灯开和不开没多大区别。同样昏暗的厨房里传来瓷碗放到桌上的声音，叶蓉从镜子里看到厨房门口透出淡淡的鹅黄色光线。

"蓉蓉，洗完脸过来吃饭，今天面试早点到，给人家留个好印象……"母亲的唠叨像从未间断过的飞机轰鸣声，在耳边嗡嗡作响。

"知道了！"叶蓉不耐烦地答道。

"妈，我上个星期新买的那条蓝色短裙你放哪啦？"叶蓉换下身上的粉红色的吊带睡裙，套上一件白色的无袖T恤喊道。

母亲拿着个铲子探出头来，看到叶蓉身上那件白色T恤时皱着眉不满地叫道："哎呀，侬个小囡怎么穿这衣服呀，我昨晚不是帮你准备好白衬衫和黑裤子了嘛？面试去要穿正式点。"

"我去面试护士，又不是去面试市长秘书！再说你准备的那衣服多土呀，叫我怎么穿得出去！"叶蓉反唇相讥。

"随便你随便你，那裙子在衣橱最下面抽屉里。"母亲挥舞着铲刀愠怒道，然后又折回厨房，只是嘴里不断地嘀咕着什么。

叶蓉打开抽屉，看到那条蓝色的ONLY短裙被整齐的叠放在其他衣服下面。"妈，下次不要把我的衣服乱放。"叶蓉不满地叫道，胸膛里的心脏却像是一瞬间结满了白色的霜露。

"干吗，嫌我们脏啦？"厨房里顿时传来几下很用力的铲锅子声，像是变成了尖利的锥子一下下地刺在叶蓉的耳膜上。"你现在还没赚钱了，别忘了你吃的用的都是我们的。"母亲的声音愈发的大了起来。

像是许多上海小家庭里会发生的一样，两代人之间，这样的矛盾日益激烈着。

仿佛双方都拿着块磨石，一点一点地打磨着自己的心，直至尖锐到能滴出血来,然后才锋利的指向对方。

“吃饭呀！”坐在桌边的母亲抬头奇怪地看着从身边经过径直走到门口的叶蓉。

叶蓉低头看了看桌上的白粥和榨菜,有些漠然地说:“不吃了,我不饿。”

拉开门，浓厚的夏热朝屋里涌。头顶盘旋的是夏末依旧残酷的阳光。

虽然还只是早上,光线却已经能够照穿整条冗长的弄堂了。

叶蓉抬手去遮挡浓密的光线,正好一架飞机从头顶呼啸而过。

投下的影子里,巨大的气流像是一下子卷空了身体内里的一切。

叶蓉呆呆地望着那远去在天空里的影子。

早晨七点,茂名南路上著名的酒吧 Babyface。

这家风情十分 lounge，以黄蓝红的冷色调营造出经典纽约吧氛围而著称上海滩的酒吧在经过一夜狂欢后终于趋于平静。

茶几上横七竖八地倒着酒瓶和酒杯，高脚杯里还有小半杯没喝完的芝华士,在艳丽的霓虹灯下闪着醉人的光泽。

蜷缩在沙发上的凌帆坐起来,揉了揉酸痛的脖子,站起来捡起地上那只条纹挎包向卫生间走去。

装修精美的卫生间里却充斥着一股酸臭味，这味道马上让她想起了昨夜自己趴在洗手池边呕吐的情景,而那时 Babyface 里正挤满了这个城市追逐新潮的男女们，穿过疯狂人群的服务生四平八稳地端着一瓶芝华士。

凌帆抬起头看着镜子里憔悴的自己。

一袭蓝色性感吊带长裙,疲倦的黑眼圈,蓬乱的酒红色长发,和那张酷似徐若瑄的精致脸孔。

“告诉我,你是谁?”

龙头里流出冰冷刺骨的水，带着巨大的轰鸣声大把大把地喷洒出来。

她把整条手臂放在水流下,任由着它渐渐麻木掉。

圆滑而闪光的外表下是一个空虚的灵魂壳子。

从 Babyface 里出来的时候凌帆已经换了一条牛仔裤和一件简单的黑色 T 恤,把头发扎在脑后。

她从包里翻出交通卡然后向街对面的公车站点走去。

那样的光景,如同街上每一个漂亮而纯洁的上海女生。

顾天香吃完第三笼蒸饺的时候肚子传递了一个信息给她的大脑——饱了。

街对面的肯德基换了新的早餐广告，里面诱人的香菇鸡肉粥让顾天香的脚有些发软,但当她摸到小肚子上的赘肉时,她掐死自己食欲的速度就像是想要掐死经常在她面前炫耀自己一尺八的腰围时还长吁短叹地说最近有点胖了的凌帆一样迅速。

然而一分钟后,顾天香拿着钱包站在了肯德基的柜台前。服务员小姐笑容可掬地询问她需要些什么。

顾天香顺利地点完一碗香菇鸡肉粥,一碗皮蛋瘦肉粥,一对鲜虾春卷,一个田园脆鸡腿堡加蛋的时候,一个响亮得震撼不已的饱嗝从她嘴里发出来,顿时整个 KFC 里的人都像是听到公鸡打鸣般清醒过来。

正要伸手去接顾天香递过来的钱的服务员小姐一脸尴尬的表情像没熟的上校鸡块。

顾天香连忙急中生智，没皮没脸地说："不好意思，我这人一饿就打嗝，吃饱就不打了。"

手机震动起来，顾天香掏出手机来看短信，上面几个耀眼的大字："猪头女，姐姐我回来啦！"

三十秒后，顾天香捧着手机"啊"的一下尖叫起来，所有人的注目礼再次落在这个由"公鸡打鸣"顺利转变成"母鸡下蛋"的胖女生身上，而刚转身去拿皮蛋瘦肉粥的服务员小姐直接被顾天香的尖叫吓得腿一软瘫坐在了地上。

顾天香尽情地尖叫完之后，忽然发现所有人都在望着自己，于是她对大家抱歉地说："不好意思啊，我这人一饿还会叫的。"

从 KFC 里拎着外带食品走出来，顾天香抬起头，发现暗黑色的云大朵大朵地流过天空。

头顶上沉重得像是黑色的长河。

脑海里还来不及做出任何反应，密密麻麻的细雨就落了下来。

这就是上海夏季多变的天空。

这个城市里被独特冠名的上海早晨，人流和光线一起飞逝在时间的轨道上。

谁的希望，坐上了开往次世代的列车？

房间里的冷气开得很足，窗玻璃被细密的雾气覆盖住了，方明泉偶尔抬头看时窗外的世界一片模糊。

墙上挂钟的秒针一刻不停地走动着，虽然听不到像郊区那种蝉鸣的声音，但至少耳朵里能听到夏天的声音。

方明泉靠在床上用一台超大屏的 SONY 笔记本上网。

九月初的上海，空气里依旧残留着浓浓的灼热，市区的小孩最喜欢闷在冷飕飕的空调房里，即使自己对于外面的世界渺小得什么都不是也无所谓。

放在旁边调成震动的手机在耳边发出嗡嗡的声音。方明泉拿起来看了下，是叶蓉的短信。“明泉，在干吗呢？”通讯录里叶蓉的名字是蓉蓉。

方明泉笑了笑，迅速地打了行字。“想你呢。”

“去死。”过了一会儿得到这样的回答，方明泉会心地笑了笑。这样的问答好像重复过上千次了吧。

方明泉刚想回短信，另一条短信横插了进来，方明泉犹豫了一下，还是把现在的短信打完了再发出去。“我陪你去面试吧，真的想你了。”

屏幕上的小信封闪了几下就消失了，然后他看到了刚才的另一条信息。

方明泉抬起头，用手抹去玻璃上的水汽看着外面的天空。记得不久前的天空还被乌云压得很低，就好像一不小心就会垮塌下来，但是现在却恢复了往日那种锋利的高远。那场雨，像是许多年前被错记的回忆。

短信来自一个久违了的号码——“我回来了，我想我应该告诉你，我回来了。”——楚晴。

外面传进来许雅心的声音：“小泉，吃饭了。”

方明泉皱了皱眉，赤着脚走在光亮的木地板上没说话。客厅里许雅心解下几乎不脏的围裙盛饭，就他和妈妈两个人吃却做了满满一桌子菜。

虽说已是四十几岁的人了，但是并没有显老，除了眼角的一些细纹外皮肤还是很不错的。偶尔陪着妈妈去买菜的时候总是会被开玩笑说成是姐弟俩,这样到位的保养应该归功于自己在国企里当领导的爸爸。

三室两厅的格局在市区已经算是比较有钱的象征了，再加上一辆别克自备车,即便在这座城市里也算得上是小康之上了。

是不是不仅这个社会,连整个时代都抵抗不住物欲横流的大潮呢?

“对了,我们家小泉是不是谈恋爱了啊? ”妈妈忽然抬头笑眯眯地盯着方明泉的眼睛问。

“没……没有,哪有啊。”

“那这是什么呢? ”妈妈从口袋里摸出一张纸拿在手里晃了晃。“这是洗衣服时从你牛仔裤口袋里找到的哦。”

那是一张服装店的电子收据，上面显示购买的商品是一条三百多的 ONLY 蓝色真丝短裙。

就在这个时候口袋里的手机哇啦哇啦地响起来，方明泉放下筷子拿起手机,许雅心也连忙凑过来看。

方明泉连忙站起来跑进自己的房间，许雅心没看到那个来电人的名字,叫小薰。

下午一点半，已经能像雨一样从天空里垂直而下的阳光浓烈到了极点,将人的影子浓缩成一个层叠的墨点。

如同在脚下浇铸出一块不规则的铁锁，用自己的轮廓锁住生命的自由。

夏末的正午,永远都不能如同早春的傍晚般,那么模糊而又伤感的美好。

叶蓉站在医院广场的树荫下,开着冷气的大厅里挤满了应聘者,三三两两精致而亮丽的市区小姑娘用吴侬软语小声谈论着昨天晚上综艺节目“康熙来了”里小S穿的那件黑色长裙是什么牌子的。

而叶蓉从小到大都还没有一台属于自己的电脑，因为家里的经济条件不允许。

同样都是生活在这座城市里的人，市区和郊区的区别就好像古代三六九等的阶级制度一样。而这些恰恰是报纸杂志上永远都看不到的多米诺骨牌被光线拉扯出的阴暗面。

就比如说方明泉，从小就在自己母亲期待的高级公寓里长大，电脑、笔记本、PSP、MP4和最新的Xbox360一样都不少，一年会换两台手机，每年全家都会旅游一次，到现在为止去过两次香港和意大利，对名牌的追求虽然不能和楚晴相比但穿的鞋子却从来都要是NIKE的，如果不是方明泉自己反对应该早就被家里送出国留学去了吧。

自己手里那部方明泉送的手机响了，叶蓉看了看是凌帆就接了。

于是接下来的一刻钟时间，凌帆通过电话竭尽所能地把自己一上午光怪陆离的经历告诉了叶蓉，而这些经历其实也不过就是学生会接待大一新生。

比方说穿的像是从漫画里逃难出来身上挂满了站着不动都会响的奇怪配饰的女生，还有那种带着厚厚的眼镜填个表格都要用橡皮擦三遍的男生，或者是那种穿着中裤露出长满黑毛的小腿但竟然穿着超过鞋子十公分尼龙袜的男人，最让人受不了的是那些妆化得浓到像是夜总会里半夜能把小姐都吓死的女鬼的……生物。

“叶蓉，你真是不知道我今天上午承受了怎样的心理压力。”凌帆说。

“听你讲的，好像也没有那么恐怖呀，当然除了那能吓死女鬼的生物。”

“这只能说明我的表达能力不好，远远及不上方明泉。我现在快觉得我们学校要变成魔兽世界了。”

叶蓉一直都很感叹凌帆那能一针见血的形容能力，这种能力在面对顾天香的时候尤为敏锐。如果韩国政府有这样的水准那他们的国民就绝不用担心哪天的会议又变成了热血格斗。

“今年招的新生都是90后，这只能说明我们老了，时代走在了我们前头。”

“对啊，待会儿我还要把学生会主席的工作交接给一个新生。”

“新生当学生会主席？不会吧？你也是到大二才当上的啊。”叶蓉微微有些吃惊。

凌帆在电话那头叹了口气说：“希望不会是一个妖怪吧。”

叶蓉看了看手表，还十分钟就到两点了。正对广场的医院大门口一直都没出现方明泉的身影。

而就在一个多小时前他还在用那习惯性的温柔语气发短信给她：真的想你了。

这间五十平米的大教室位于校园深处的那幢中文系大楼里，似乎和中文系一样羞于见人。虽然校门口就贴着学校的平面示意图，入学通知书里也很贴心地标出了报到处的地理位置，但凌帆还是怕那些智商过低的人会在转了半个小时后最终迷路。

负责新生接待的人不多，现在也只剩下稀稀拉拉的几个大四学生，而他们这么积极的原因其实都是想表现好一点然后在接下来的找工作中得到校方的推荐。

现在这个世界变得越来越现实，每天新闻和报纸里都会提到政府大力扶持大学生就业工程，但每年毕业出去的大学生找工作却越来越难。尤其在上海这样的高水平城市，大学生这种资源就像是水杯里溢出来的白开水。

和叶蓉一直聊到她要去面试才挂断，正好挂了电话就有一批新的新生来报道了。十分种后从门里冲进来的顾天香把她给吓了一跳，吓一跳的原因是因为凌帆不敢相信以顾天香的智商竟然能找到这里来。

“凌帆，凌帆我跟你说。”顾天香趴在桌子边上不停地喘着气，这就是脂肪过多的结果。

“不听，没看我现在正忙着呐。”凌帆看都不看顾天香一眼地说，她站起来给那些新生发入学登记表。

“你必须得听，我有很重要的事情。”顾天香粘在凌帆后面叫道，“她回来了，她说她回来了。”

凌帆拿表格的手僵住了，过了一会儿她回头对顾天香严肃地说：“别开玩笑了。”

“不好意思，请问这里是新生报到处吗？”就在凌帆准备不惜消耗大量体力把顾天香丢出去的时候门口站着一个男生问。

说话的男生穿着简单的白色短袖衬衫和黑色长裤，没有染头发也没有打耳钉，衬衫的扣子只解开了一粒，下摆烫出整齐的棱边。看不到一丝被修饰过的痕迹，而那张略带青涩的脸也年轻得几乎像是要透出光芒来。

说实话，除了夏渔之外凌帆从小到大还真的没有见过这么好看的男孩子，虽然追她的人里面帅哥占了极大比例，但却从没有见过这样的。

光从视觉上给人的感觉就几乎优质得像是年轻版的王力宏。

刚坐下的几个大一女新生开始偷偷看着这个男生窃窃私语起来，凌帆心里暗骂一句：“一帮不争气的婊子。”

“对，报道的话先填下表格，同时把你的身份证、户口簿、录取通知书一起给我。”凌帆利索地从手里抽出一张表格放在一张空椅子上说。

男生好看地笑了笑，露出洁白整齐的牙齿，从单肩包里井然有序地拿出所有东西放在凌帆面前，然后拿过那张新生入学登记表坐了下来。

“我说真的，她真的回来了。”顾天香掏出手机冲凌帆大声朗读道，“不信你看，她给我发短信了，你看啊！‘猪头女，姐姐我回来啦!’这就是她发的！”顾天香理直气壮地叫道，尤其是在叫出猪头女这三个字的时候，声音听起来就格外的亢奋嘹亮，凌帆在胸前默默地划了个十字，求主保佑。

而整个过程里那个穿着白衬衣的男生一直在微笑，完全没有任何惊讶的表情，美好得像是小说里虚构出来的人物。

男生突然开口问，“你是学生会主席凌帆吧？”

凌帆抬起头，有些惊讶地看着对方。对方站了起来说：“我叫谢恩崎，是新的学生会主席，请多关照。”然后伸出手来。凌帆看到对方的白色衬衣上那个 GUCCI 小小的 LOGO，完全没有一丝褶皱。

凌帆凝视着对方忽然平静地说：“你真令人讨厌啊。”

头顶的中央空调打出白丝丝的寒气，窗外的明亮光线把谢恩崎的 GUCCI 衬衣捣碎成一片模糊的白色。

像是被裱在木框里的一幅后现代主义油画。

走过篮球场的时候听到身后有人叫自己，凌帆就站住回头看。

十几米外走过来的人是谢恩崎，一排短短的刘海柔顺地贴在额头上，背着阳光的脸看起来有些模糊，但夕阳的昏黄光线反而把他的轮廓打出一圈毛茸茸的金边。

谢恩崎站在凌帆面前，依旧那么美好的笑容。

“干吗？”凌帆望着这个小自己三岁的男生，她听到走过去的几个女生偷偷看着谢恩崎小声嬉笑着什么。

这种感觉十分熟悉,和那些男生看到自己时一样。

谢恩崎的眼睛很明亮,“我能请你吃个饭吗? 我还有很多学生会的事情要向你请教,我想做好这份工作。”笑容真诚而明媚。

凌帆抬起头,望着谢恩崎那张比女生还俊俏的脸眯起眼睛笑了笑,“不好意思啊小弟弟,这个借口还蛮合理的。不过你还是收起来去骗那些大一的小妹妹吧。”

凌帆说完转身就走,刚走了几步,包里的手机响了。

“凌帆,我回来了!”电话那头是一个曾经无比熟悉的声音。

凌帆惊讶地抬起头来,这个时候,天重重地黑了下来,像是突然砸落下了巨大的帷幕覆盖住了整个天空。

夏末了。

落叶马上就会从枝头凋谢。

而人的命运……

到底是沉浮在像云一样已经决定好的潮流之中……

还是能够跟随着自己所选择的潮流而行走呢?

方明泉穿过人流,终于看到了远处站在路灯下那个背着银色单肩包的单薄身影。

方明泉挥了挥手,或许是离得太远对方没能发现,依旧低着头双手摆弄着蓝色短裙上长长的装饰带。

长长的头发贴在胸前,路灯洒下的白色光线在她头顶晕染开一片雪银色。

方明泉加快了脚边走了过去,背后 NIKE 用极光板新搭建的广告闪闪发光,凡是从西藏南路开过的车辆都能看到那个鲜艳的红色大勾。

方明泉一直走到女孩面前,女孩抬起头看到是方明泉,脸上马上就露出了好看的微笑,只是光线却照不到女孩微笑时那两个深深的酒窝。

“抱歉,我来晚了。”方明泉低声道歉。

“我还以为你不来了呢!”女孩撅了撅嘴,但马上又甜美地微笑起来。

方明泉伸出手,女孩就顺手把自己肩上那只女式的银色包包递了过去,方明泉接过来搭在了自己肩上。

方明泉刚想去拉女孩的手,手机响了,但他只是拿起来看了看马上又塞回了口袋里。

头顶的路灯闪动了两下,明暗间影子摇曳得像是要被风吹灭的烛火。

女孩挽住方明泉的手臂细声地问:“怎么啦?”

方明泉伸出手,忽然抱住她,用力地拉进自己的怀里。

“谢谢你,小薰。”

女孩先是愣了下,然后微笑着双手环抱住了方明泉的腰。

只是她却看不到,抱着她的方明泉慢慢收拢脸上的表情,笑容消失在白皙锐利的脸庞上。

眼睛里堆积起来灰蒙蒙的湿雾,不知道该叫做难过,还是悲伤。

方明泉拉着小薰的手,小薰的头轻轻靠在方明泉肩膀上。

汹涌的人流迅速淹没了依偎在一起的身影。

光线飞快地消失在天空里。

路灯下的地面上,白丝丝的灯光照耀着几滴还没干涸的水渍。

下班高峰期的时候二号线上人多得实在没法挤上去，叶蓉等到第三班才勉强挤上车。

上海的地铁就是装沙丁鱼的罐头，被挤在中间的感觉绝不是那种整天坐在打满冷气的办公室里翻阅着文件、一出门就有黑色轿车等候在外的人能体会到的。

一直到过了陆家嘴，人流密度才开始渐渐稀薄，即便车厢里不断地打着冷气但依旧会大汗淋漓。

下了地铁要换一辆公交车坐半个小时才能到家。不像中环里面条条马路上都有明亮的路灯亮到天明，在郊区下车后只能凭借着月光隐约地找准方位，然后向前摸索。

被夜晚涂抹成墨黑色的玻璃反射出叶蓉的样子，明显的自己都能看出来的失落和伤心挂在脸上。眼线被之前泛起的泪花给浸泡得有些粗乱，只是叶蓉现在根本没心情管这些。

手里捏着一份被揉皱了的简历，心脏则像是被从胸口挖走了一样难受，只剩下一个大大的窟窿贯穿身体，激流而过的风在里面呼呼作响。

拿起手机漫无目的地翻看着通话记录，忽然发现三分之二的电话都是和方明泉打的。从简短地问一句“你在哪”，到他在电话里给她读《海边的卡夫卡》，他的名字总是充满了通讯记录。

眼睛有些酸楚，幸好没有风，否则一定一吹就能把眼泪给刺激出来。

叶蓉打了电话，但几秒钟后听到的不是方明泉温情脉脉的声音，而是电话系统“您所拨打的电话正在通话中”的冰冷声音。

再次开动的地铁发出刺耳的摩擦声，像刀刃般轻轻刮着身体里的骨头，无数莫名而细微的疼痛胡乱地扩散开。

手里的简历被一点一点的用力揉成团。

走进弄堂的时候遇到出来倒垃圾的隔壁王阿姨，王阿姨看到叶蓉热情地招呼道："回来啦叶蓉。"

叶蓉点点头，她已经疲惫得没更多的力气来说多余的话了。

"要工作了吧?哦哟，你是本科呀工作一定好找的，哪像我们家读大专的小棺材呀。"王阿姨的声音被渐渐抛在脑后，一直到拿出钥匙打开门。

出乎意料的是亮着十五瓦灯的昏暗厨房里父亲和母亲都坐在饭桌边。

叶蓉关上门说："爸、妈，我回来了。"

父亲没说话，低头抽着烟，白茫茫的烟雾四处缭绕。母亲忽然指着父亲鼻子大声骂："你让我说你什么好呢? 你个死脑筋、猪脑子，我那时候叫你不要炒股不要炒股，你就是不听我。现在好来！"母亲两手一摊说，"套牢了，好几万块钱呢，问人家借这么多钱炒股现在我们拿什么还啊?"

"我这不是也想多赚点钱嘛……"

父亲的话只说了一半就被骂了回去："你现在想到赚钱啦，女儿都这么大了你才想到赚钱啊！老娘嫁给你这辈子算是倒大霉了。"说完母亲怒气冲冲地站起来对叶蓉说，"蓉蓉，你给我听听清楚，以后找老公千万不能找像你爸这样没出息的男人！要做我女婿首先就要有房有车……"

这种会在自尊心上戳出伤口的话叶蓉一句也不想多听，马上往自己屋里走去。

"对了蓉蓉。"母亲忽然叫住她，"你今天面试得怎么样?"

叶蓉转过身来，张了张口，说："今天面试的人太多，他们……没要我。"

黑色的夜空里忽然响起一声清脆的耳光声，叶蓉愣愣地捂住半边脸，看着面前的母亲暴跳如雷，"你个不争气的东西，我白养你了啊！现在家里都欠了一屁股的债,你还天天跑出去花钱,你化妆化这么好看你给鬼看啊你！这日子没法过了啊！”

母亲的哭闹声很快就引来了隔壁的邻里，但大多数都只是摇着蒲扇从门口探出半个头侧耳听着，甚至心里暗暗期待着有什么更精彩的后续。

而叶蓉一直站在原地,没有说话,没有落泪,连表情都消失了,一直站到双脚麻木再也没有感觉为止。

手机的铃声在空旷的环境里回响了很久，叶蓉有些麻木地看也不看就接起电话。

“叶蓉,我回来了。”

叶蓉听到这个声音猛地抬起头,目光像是穿透了浓稠的黑暗,向着遥远的某处延伸过去。

敲过十二点的钟声,就是新的一天了。

从这一天开始,楚晴、叶蓉、凌帆、顾天香、方明泉和夏渔,还有这座城市里许多许多渺小的人们,都将开始走上生命的分流点。

就像是从树根里一起上涌的养分，在阡陌交错的枝杈里流向了被不同阳光照耀的地方。

社会这个庞大而锋利的漩涡正等着他们在里面挣扎、彷徨,或是成为下一个刀尖上的舞者。

The second >>>

当现在不在，我们将期待怎样的未来？

楚晴回国后的前几周,没有偶像剧里高潮迭起的虚假情节,一切都在看似顺利中安然度过。

首先是我们的女王，再次利用实际行动充分佐证了这个世界上钱才是最有效最快捷的解决问题的方法。莫名其妙地离开了半年之后突然回来，然后她远在香港参加 Bvlari 新品发布会的妈妈打了个电话给校长，于是开学那天楚晴就和其他人一样像是刚过完暑假然后若无其事地来报到了。

而且艺术学院的毕业要求是完成两幅作品，整个大四自由得像是国际武器市场,任君挑选。

楚晴的回来也让许多久违的东西重新出现在了她们生活中。比如每天早上叶蓉一定会早起十分钟然后偷偷用一点楚晴放在卫生间里装在一个金色圆盒里的 Elizabeth Arden 眼部精华液,当时叶蓉紧张得快窒息了,因为这盒精华液的价格差不多是她一个月的生活费;又比如哪天中午吃饭的时候楚晴忽然就会发现自己那件 PLEATS PLEASE 的褶皱斜肩长裙穿在了凌帆身上,而且效果还出奇的好;不过对于楚晴回来最激动的还是顾天香，因为楚晴回来后的第一个礼拜就请她吃了两顿哈根达斯,顾天香的借口是为了庆祝她们友情的伟大重逢。

其次是我们的 superwoman 凌帆,在顺利地提前拿到法语专业的学位后也顺利地把所有学生会的工作转交给了别人，虽然本身学的金融管理还有一部分课程没有完成，但也已经准备好投身于奋斗的大潮中去了。

除了楚晴的回来,频繁出现在凌帆面前的还有个意外惊喜,就是那个好看得不像话的大一小弟弟谢恩崎。这个长得像是清纯版王力宏的男孩子居然是个天才中的天才，而他的事迹也迅速在学校的女生中流传开了。全国数学比赛一等奖，上海十大优秀中学生代表，去年还参加了全球青少年领导论坛，从小就是家里最乖的孩子，十三岁的时候就能用钢琴、吉他、手风琴演奏，高二的时候还代表学校杀进全市中学生围棋大赛的半决赛。

这样的人简直就是完美到可怕，因为听起来就好像是某个作家正在塑造的一个完美小说人物，能引起人的无限遐想却根本不相信其存在。但事实就是这样，这样的一个人不仅真实存在，而且还经常会以请教学生会工作的事情跑来找凌帆。而每次谢恩崎出现在教室门口的时候她们金融管理班的一半女生都会惊声尖叫起来，而另一半比较闷骚的则会在心里暗暗抓狂为什么帅哥总是来找凌帆而不是她们。

至于叶蓉，除了经常揩油楚晴的奢侈化妆品以外生活过得没有任何激情和希望。上次面试失败后在另一家医院又遭失败，原因是那家坐落于市中心的大医院不收她这种郊区学生。不过医学院的大四是什么课都没有的，所以她大四的任务除了找工作之外就是找到工作后工作了，但是工作绝不好找，尤其是能让现在眼高手低的大学生们满意地工作。

从最近股票跌得乱七八糟让她觉得很不安，然后几乎每天都会在报纸上看到关于找工作人数不断上升的消息。冥冥之中她似乎感觉到有什么东西要来了，好像这个社会其实是建筑在了一个巨大的陷阱之上，不知道何时看似坚硬的地面会突然崩塌，然后裸露出一个巨大无比的圆形深渊。

她们的寝室应该是那种能让一般人汗颜的。学校本身是四个人一间的寝室格局，在上海不少大学还存在着十个人住一间的情况中算是很高级的待遇了。不过对于从小就睡那种宽度就两米的大床的楚晴来说这种寝室简直就是猪窝，于是楚晴就直接从学校那儿把隔壁的两间寝室都搞了过来，然后再找来工程队把三间寝室从中间打通，中间那间做为客厅，两边就做为房间，俨然就是一套两居室。楚晴和叶蓉住一间，顾天香和凌帆住一起。能有这样的待遇还是完全归功于楚晴有一个大款老爸，好像传言说这个学校有一半建筑都是属于她老爸所有的。

最后是顾天香，除了一周吃了两顿哈根达斯之后，照着镜子突然说自己压力太大而有点变瘦了然后被凌帆恶心地用力踹一脚外，基本上只有在吃饭的时候，她们才会想起有这个人的存在。

顾天香是海南人，也是她们中唯一一个非上海人，当然如果严格意义上来讲楚晴也不能算是，因为她母亲是香港名门出身，好像她的外祖父当年还是九龙的行政区长，而她母亲本身也是社会名流，经常出入那种高档得让叶蓉从来不敢奢望的豪华 party。

凌帆第一次打击顾天香就是在她激动地流着口水怀念海南美味的椰子时，凌帆盯着顾天香表情极度诚恳地说："看着你我就感觉像是亲眼见到了椰子。"

昨天晚上漫天星辰都不知道躲到哪去了，只留下一整片巨大而灰暗的天空，今天早上醒来的时候阳光就像利箭一样乱射在天空里了。

叶蓉洗漱完毕后准备出门，今天在上海体育馆有一场大型招聘会，她已经把所有的简历和证书都复印过了。

她出门的时候顾天香正闭着眼睛比梦游还差劲地摸索着进洗手间，当她走出女生宿舍楼大门的时候楼上传来抽水马桶巨大的冲水声。

而这个时候的楚晴正在徐家汇教堂里面面对着耶稣默默地做着忏

悔，紧闭着的双眼像是不敢抬头看十字架上的救世主会给自己指出怎样的未来之路。

身后传来轻微而有节奏的脚步声，由远及近，一点一点地漫过来。

“就猜到你会在这里。”背后是一个楚晴熟悉的声音。

楚晴没有回头，也没有睁开眼睛，依旧低头小声地忏悔着，头顶是从十字架上折射回来的发亮的光线。

“我们真的就有这么多罪孽来请求神的宽恕吗？”那个声音继续在背后问。

过了很久，楚晴才站起来，然后一脸悲伤地回头说：“我们除了请求宽恕外还能做什么呢？”

她的面前，是方明泉慢慢消散在光线里的面容。

楚晴用纸巾抹了抹嘴，那样子看起来像是刚在香格里拉酒店里吃完一顿高贵的大餐，但实际情况是她们正坐在学校的大食堂里，“哎呀，真怀念这里的饭菜，在美国天天吃西餐吃得我快吐了。”

“你不是从小就吃西餐长大的么？”凌帆白了她一眼，然后补充道：“吐了可能是因为你怀孕了。”

“你才被强奸了呢！”楚晴反驳道，只是她没有看到凌帆听到这句话时有点阴沉下来的表情而继续说，“这个在中国吃汉堡和在外国吃馒头的感觉是完全不同的，而且是本质上的不同！”

“恩啦以敢嘛去尾果啊？”顾天香刚咬了一大口红烧狮子头在嘴里，说出来的话完全让人听不懂是在讲什么。

“什么？”楚晴恶心地把眼光移开，她最讨厌顾天香吃得满嘴流油的样子了，她从来无法想象一个二十二岁的女孩子能够在KFC里一顿吃下七十块钱的东西。

当然，有时候楚晴是完全忽略掉顾天香是女孩子这一事实的，因为人们总说事实太残酷了。

对于顾天香的食量，楚晴每次都会以像看到ET穿上了ELLE优雅红色婚纱的惊恐眼神来对待，她在怀疑女人的胃有这么大吗？而凌帆的看法是“这充分证明了食量与体形是成正比的”。

不过真正对顾天香造成致命伤害的还是叶蓉听完凌帆的话后一脸恍然大悟地说：“哦，原来我们三个吃的只够她一个人吃的啊！”说完还抬起头一脸委屈的指着只吃了一半的贡丸汤对顾天香说，“怎么办，我吃不下了啫。”

这件事最终以顾天香愤怒地宣布绝食结束，但据目击者说当天晚上就看到有疑似顾天香的人在学校后门的小摊位上狂吃牛肉串。

“她问你，那为什么还去美国！”凌帆做翻译，旁边的顾天香一个劲地猛点头。

楚晴露出一个很无奈的表情，眉宇间哀怨得就像明清小说里那种被逼婚的富家小姐，“哎，我也是身不由己呐，我妈一定要我去美国读大学，我一个弱女子怎能抵抗得过千百年的伦理道德呢？”

凌帆把筷子往桌上一拍愤然地说：“靠，你还弱女子啊，校长看到你都绕路走，你去一次美国回来就变得这么不要脸啦。”

“凌帆，你信不信我现在就把你身上这件Marc Jacobs给扒下来，这是我从纽约带回来的，她还是处女呢。”

凌帆一脸无所谓地说：“随便你吧，反正你衣橱里好多世界名牌都还是处女呢。”那语气就好像她还巴不得楚晴来扒掉她的衣服，好让她显示一下傲人的三围。

“你真变态！”楚晴骂道。这时候顾天香正好把她刚才拼命叫厨师多打的饭菜给吃完，她摸摸肚子满意地打了个响亮的饱嗝，马上半径十米内的人都因为这个饱嗝的分贝而回头看她们这一桌。

凌帆眯起眼睛笑着谦虚地对楚晴说:“谢谢夸奖。”

“我拜托你们一件事。”楚晴的表情忽然沉静了下来,那种气氛像突然沉没进海水一样,无比粘稠的悲伤基调旋绕着流动,“以后不要在叶蓉面前提这件事了好吗?”

“这件事?什么事啊?”顾天香睁着两只大大的眼睛表情天真得像是白痴。

楚晴绝望地翻了翻白眼,她知道那两顿哈根达斯算是打水漂了。

凌帆抬起头,忽然发现楚晴的眼里湿漉漉的,像是刚下过雨的天空。她没说话,只是点点头,有时候话多了不一定是好事。不过顾天香这样神经大条的人从不懂这道理。

“到底什么事不能和叶蓉说啦?”顾天香继续追问,决心坚定的和小布什要找出本拉登一样。不过事实是本拉登还在继续做他全世界黑社会偶像的身份,而小布什很快就要下台了。

凌帆和楚晴一起痛苦地闭上眼睛,然后咒骂上帝为什么让她们的生活变得如此残酷。

凌帆知道楚晴和叶蓉的关系好得不得了,两个人从高中开始就在一个班,读的是一所市重点中学。也不知道是什么原因,两个人好得就像是双胞胎,一起吃饭、上课、逛街买发夹,甚至一起在课余去上厕所。叶蓉因为家在郊区就只能住宿,于是楚晴这个千金大小姐也陪着她一起住宿。时间长了背地里有谣言说两人是“蕾丝边”,这个谣言一直到楚晴有一天突然被夏渔的球给砸中才彻底破碎。

高考填志愿的时候楚晴看了看叶蓉的志愿表,二话不说直接填了和她一样的学校,即便以她的家境随便去哪个国家留学都可以,还不需要给外国佬洗盘子维生。所以楚晴以被母亲逼着去纽约读书这样的话完全就是赤裸裸的借口，基本这个世界上除了顾天香谁都能看出来了。

凌帆眼里，楚晴和叶蓉是完全不一样的人，照理来说这样的两个人在一起根本就是女王与女奴的组合，但其实并不是这样。即使楚晴每天背的是LV而叶蓉的书包只是五十块钱的地摊货，她们之间却和谐得像是马克思理想中的社会主义。楚晴可以和叶蓉一起去吃五块钱一碗的麻辣烫，愿意和叶蓉一起在星期天补完课之后去顾天香这样身材的人肯定挤不进去的七浦路买线头都没缝好的大卡D＆G裙子，愿意每天早上在上课之前去外面买一份叶蓉说很好喝的豆浆油条，而不是每天早上喝一杯墨西哥原味咖啡。

或许我们可以略带煽情地这么说：是叶蓉让楚晴有了做普通人的感觉。

然而就是这样深厚的友情，有一天楚晴忽然就不见了，人间蒸发了。直到叶蓉找去她爸爸的公司才知道她不辞而别的去美国了，整整半年杳无音信。直到这次又突然回来！

其实有时候小说或者电影里那些精美的情节并不是虚假的，因为你无法发现，生活才是真正最阴险的编剧。

它把人生轰地炸碎，让所有的碎末都落在黄昏光线下的沙滩上。

偶尔经过的人们看到的也只是那些黑暗，却从不知道被黑暗所包覆下的是庞大无比的悲伤片段。

叶蓉来食堂的时候外面的光线才刚刚闪现出锋利的刃芒来。

“热死我了，不是已经九月份了嘛，怎么温度一点都没降下来。”叶蓉走进来丢下包马上跑到食堂墙边的大空调那儿吹冷风，长长的黑色头发被空调里打出的冷气吹了起来，楚晴看到叶蓉光滑的脸颊根部细密的汗水正渐渐被吹干，也许是蒸发进了空气。

“吃了吗？”叶蓉走回来坐下的时候楚晴问她，同时递过去一张湿巾纸。

叶蓉接过湿巾纸说：“太热了，没食欲。”

“哎呀，我下午还有事。”顾天香站起来就往外跑。

“顾天香，你的小提琴！”凌帆大喊一声，顾天香扭头就看到凌帆高高举起自己那把小提琴。

“别扔，你要是扔过来我一定杀了你！”说着马上奔回来一把抢走凌帆手里的小提琴抱着就跑，跑了两步忽然回头傻傻地笑了一下，“呵呵，说不定下午能见到帅哥呢。”

接下来叶蓉绘声绘色、极尽所能地讲了现在大学生找工作是多么困难这个事实后不到三十秒凌帆的电话就响了。挂了电话凌帆抬起头看着叶蓉忧郁得像个怨妇，长吁短叹了几声之后才开口说：“真是的，前天面试的那家公司让我下星期一去上班，哎。”

叶蓉一脸愤怒地盯着凌帆说：“我以后坚决拥护顾天香了，凌帆，你真不是人！”

楚晴从黑色的 PUCCA 包里拿出了三张请帖放在了桌上，这种磨砂铜板刻印的蓝色纸质上镶有银色细边的请帖凌帆以前见过一次，那是种非常奢华的请帖。

凌帆看着桌上的三张请帖说：“真精致，我一定会把它们全部裱进相框里然后挂在墙上每天烧香的。”

楚晴瞪了下凌帆说：“下个星期六晚上六点，我家里有一场 party，你们记得准时到。”

“带上顾天香吗？”凌帆忙问。

“废话，这里有三张请帖呢，不然你还想找谁来？”

“哦，那你记得叫你们家厨子多准备点食物啊。”凌帆笑嘻嘻地说。

刚说完，凌帆忽然站起来挥挥手喊道：“这里，我们在这儿。”

楚晴和叶蓉一齐回头，食堂门口站着的人是方明泉，八扇大玻璃门外的瓷砖地面在他身后反弹起一大片刺眼的光芒来。

方明泉从食堂门口走了过来，穿着一件镶着黑边的JACK JONES白色修身衬衫，脚上的一双KAPPA板鞋干净得像是刚从旗舰店货架上取下来一样。穿过走道的时候旁边有一排长长的镜子，方明泉走过去时的感觉就像是巴黎时装周上空间艺术风格的SHOW。

凌帆用胳膊撞了一下叶蓉的肩膀说：“哎，我怎么看他越来越帅了啊，恭喜恭喜啊。”

叶蓉装出不屑地撇撇嘴，然后很大方地说：“喜欢就送给你吧。”

“哈，就算我想要人家也不愿意，人家可说得很明白啦。”凌帆说着做出夸张的动作，“蓉蓉，这个世界上我什么都不要，就要你。”

虽然凌帆的声音很响，但很快就被四周嘈杂的声音给吞没了，桌子底下叶蓉毫不客气地踩了凌帆一脚。

凌帆小声叫了一下然后马上弯下腰去，心疼地叫道：“我的高跟鞋……”

方明泉走过来，忽然看到叶蓉旁边的楚晴愣了一下，但旋即马上露出笑容说：“你回来啦？”

“嗯，回来了。”楚晴点点头简单地回答。

“嗨方明泉。”凌帆挥手和方明泉打招呼。

“嗨。”方明泉应了一声然后在之前顾天香的位置上坐了下来，他看着面前的餐盘皱了皱眉，伸出一根手指问：“顾天香吃的吧？”

凌帆看着方明泉那混合着厌恶、恶心和无奈的表情突然哈哈大笑了起来。

“你没事吧？”方明泉问。

凌帆一听马上揉着脚一副楚楚可怜的样子撒娇说：“方明泉，你老婆她踩我脚，痛死了。”

方明泉咧嘴一笑，露出整齐而洁白的牙齿，“踩得好，其实我也想踩你一脚。”对面的叶蓉和楚晴哈哈大笑，凌帆马上回复成了正襟危坐的样子，背直的像是被校正后的比萨斜塔，凌帆转过头盯着方明泉假装若无其事地说：“你们两个人渣在一起还真是绝配了。”

方明泉带着笑意答道：“谢谢你的祝福。”而叶蓉却叫了起来：“谁和他是绝配啊。”

楚晴却什么都没说，此时的她就好像是外面浓密的光线，里面凉爽的空气一样，随意的就可以忽略掉了。

“方明泉，我和你说正经话。”凌帆转过身对着方明泉说，“叶蓉到现在还没工作，之前她和家里人又吵翻了。”

“吵翻了？为什么？”原本安静的方明泉听到这里忽然焦急地问，如同在皮肤下装了一个调节装置，叶蓉就是启动的那把钥匙。

“凌帆，你别多嘴！”叶蓉不满地制止，但她知道这对凌帆是徒劳的。

“蓉蓉，我希望你能知道，我说过，不管你把我当成是什么人，我总是会把你当成是我的全部。”叶蓉看到方明泉转头望着自己，依旧是那个熟悉了许多年的温柔眼神，像是X光线一般直接透视到了自己的心底，刺破多日来积郁起的厚厚乌云，在万籁空寂的大海里驻进一道暖流。

“她上次面试失败后她妈打了她一个耳光，还说找不到工作就别回来了，她现在只能每天住在寝室里，而且你知道她每个月生活费可能都不够你买双鞋子。”

“为什么不跟我说？”方明泉用悲伤的目光望着叶蓉问。

看着方明泉眼里液体般流泻出的悲伤，忽然间身体里的血液都像是停止了流动一般，胸腔里莫名其妙地滚过巨大的悲伤，叶蓉的眼眶开始慢慢泛红。眼前这个男人，一直就用这样的眼神陪她度过了六年的时光，这些年的回忆都像是被浇注成了一个深深的沙漏，所有和他相关的回忆都在反复不断地来回流动着。

她忽然想起了他问过自己的一句话——你究竟在等待什么？

是啊，自己究竟是在等待什么？等待什么样的未来呢？

“那天你说会来陪我，所以我就一直在医院的广场上等着你结果你却没有出现，晚上的时候我打电话给你你又不接我电话，你让我怎么告诉你，你让我告诉你什么啊！”叶蓉一开口大滴大滴的眼泪就沿着脸颊滚烫地落了下来，空调里打出的冷气冒着白烟，但真正的寒冷只有眼泪才知道。

楚晴拉过叶蓉，双手用力地抱住她的头，下巴轻轻地抵着叶蓉的头顶，却用混合着各种各样悲伤意味的眼神望着对面的方明泉。

“对不起。”方明泉低下头轻声地重复着这个简单的词汇，每一句对不起都像是一块多米诺骨牌，一直摆放成一个巨大的形状，然后连续不断地倒下，最后是一个巨大的、怵目惊心的对不起。

被嵌进时光里的悲伤，被嵌进悲伤里的命运。

顾天香刚走进音乐学院的那幢肖邦楼，走道里就传来了清晰的音乐声，她能听出来那是柴可夫斯基的《第一钢琴协奏曲——自由海洋》。

走道边一排长长的窗户里弹跳过无数的金色光线，顾天香听着钢琴声忽然用力地捂住嘴巴，眼泪莫名其妙地流个不停，像是有人不小心触动了身体里的某一个开关，悲伤就从闸口源源不断地泻出来。

其实在每一个人的心里，幻想般的美梦就像是埋进了柔软泥土里的一粒种子，当春暖花开的时节就会破土而出，那种力量是无法阻挡的，和自然界的法则一样，是心的法则。

于是青春就成了那个被允许做梦的特定时节，无论是怎样的你，也无论你是怎样的人，都会在青春旋律里无歇止地做着空行般的梦。

青春时代的每一天都在做着粉色的梦，把阳光都装点得温柔斑斓。

而青春也就是以这样美好暖昧的姿势一直向前奔跑，直到有一天一不小心，我们就突然跌出了青春的行列。

艰难爬起来后，才察觉到身体里那些能够用来做梦的力气都全部枯竭了。

于是发现，我们所能做的，就是只能每天期待，期待着未来。

期待着那个未知的次世代。

这也就是我们生命里的全部。

顾天香的脸贴在玻璃上，冷冰冰的感觉直从皮肤里往下钻，而身体里像巨树枝杈般流淌着滚烫的血液。

玻璃那边传来的旋律已经到了全曲的最强音，烤漆黑色钢琴的前面，一个穿着黑色毛衣身材削瘦的男子用白皙修长的十指在黑白琴键上来回跳舞，头顶上一盏强光灯打出浓白色的光线，在他身边环绕开一轮光晕。

“哇，好帅哦！”玻璃的反射里顾天香听到一个脸上长着青春痘的女生用日剧里卡哇伊小女生的语气喊道。

“对啊，对啊，好有型哦。”另一个像是从同一个剧组里跑出来的女生附和道。

“他是谁啊？他钢琴弹得好好哦。”

“不只是好，关键还很帅啊，你看他弹钢琴的那姿势，简直要我的命了喏。”一个女生用手紧紧捂住胸口做出卡通里的样子，就好像她的心脏不是长在左胸腔的。

“你们谁去问他要手机号码呀？”

“你去，你去，快点呀。”

“不要嘛，他会觉得人家不矜持的。”

“不会啦，现在男生都喜欢主动的女生，快点去问他要号码啊。”

顾天香忽然觉得背后这帮女人饥渴得就像她肚子饿的时候，看到帅哥就脸红心跳两腿一蹬直奔天堂了。

突然，钢琴发出一个最强音之后中断了，只剩下余音的声波在看不见的空气里来回震荡，只是顾天香却奇怪得几乎能感觉到每一下声波的脉搏，像是有另一根动脉连接到了自己心脏上，不停跳动着。

黑衣帅哥忽地站了起来，拿起钢琴上的乐谱就往外走，钢琴房的门“砰”的一下被用力推开。

看着连正眼都不看她们一眼的黑衣帅哥头也不回地向前走去，刚才的几个女生后推推嚷嚷了起来，像是耳旁呼啸的冷风刺进顾天香的耳朵。

“哎，他出来了出来了，你们谁上去和他说话呀？”

“哇，你看他的表情哦，冷冰冰的好酷哦。”

“快点快点去啊，他要走掉了。”

顾天香扭过头去，玻璃窗那边只剩下黑色钢琴静静地坐在那儿，像是睡着了一般。地上的影子在强光灯下变得很浓，像洒掉后又重新凝结起来的一滩墨汁。

光柱下的空气里似乎游离着浓郁的悲伤，顾天香忽然觉得，原来回忆中的青春岁月其实是段很残酷的光阴。

冗长空旷的走廊里，粗略的光线模糊地照在走廊尽头的水门汀地上，光束里浮游着浅浅的尘埃。

像是一个会不知通往何处的洞穴。

顾天香望着前面那个在尘埃里有些模糊的背影，几粒咖啡色的灰尘粘在了长长的黑色毛线上。

前面的人忽然回头，用漠然的视线望着顾天香。“你跟着我干吗！”说话第语气毫不客气，听不出一丝友善的气息。

被对方用冷冰冰的眼神望着，顾天香忽然就手忙脚乱起来，紧张一下子从毛细血管里全钻了出来，脸憋地通红。“那个，那个，我没有跟着你，我，我。”顾天香语无伦次地辩解，忽然她看到前面门口的牌子上有着一个黑色的小人儿。“我在找厕所。”

“从钢琴房出来就跟我到现在，你就只找出这么拙劣的借口！你们这种肤浅的女人，真是让人讨厌！”修长的浓黑色眉毛挑了挑，男生转身就走。

“等等！”顾天香忽然叫道，低闷的声音在走廊里传递，像是对着洞穴呼喊时那般空寂。

男生停下来，没有回头。

“那，那个。”顾天香忽然鼓足勇气说：“我只是想告诉你第三节的第四段你弹出了，不是‘嗒嗒嗒啦—哒哒啦’而是‘哒哒哒啦哒—哒啦’，还有就是你没表现出自由的味道，你弹得音太低太沉闷了。”

男生忽然转身，目光还是冰冷得随时要冻结起来，顾天香忽然发觉原来他比隔着玻璃还要好看,像剑一样锋利的眉毛和眼睛。

“就,这些。”顾天香有些害怕地抱着手里的小提琴,小声地说道。

“小提琴系的?”男生忽然问。

“什么?”顾天香愣了一下,马上又说,“啊,是的。”

“明天晚上八点3号音乐厅有场小型演出,来看吧!”男生吸了吸鼻子随意地说。

如果这时候有别人在,那就一定能发现顾天香的眼睛里会出现四片扇形的液体,就像那种日式漫画里感动得发骚的女主角一样。

午后的时光里,在温暖安静的走廊上,顾天香觉得自己是一面液体的镜子,粉嫩的花朵美丽地漂浮着。

南校门斜对角的真锅咖啡厅里播放着Mandy Moore在《初恋的回忆》中唱的那首《Cry》。

楚晴和凌帆坐在一起,对面是方明泉和叶蓉。

谁都没有说话,气氛有些尴尬,空气里满是湿漉漉的音符。

而外面是社会这个巨大的暗流,我们卑微的人生像是被编写好的方程式,终究会一起被卷入这个庞大的黑色漩涡里去,被吸纳得点滴不剩。

楚晴抬起头对方明泉微笑着说:“下个星期六晚上我家有个party,到时候你也一起来吧。”

方明泉看了看叶蓉,她还是低着头一句话都不说,安静地像是咖啡桌边的一件摆设。

方明泉点点头,站起来对楚晴和凌帆说:“请帮我好好照顾她,我先走了。”

“我送你。”叶蓉忽然也站起来低声说。

方明泉抬头就看到叶蓉白皙的脸上红红的眼圈。

一直等到叶蓉和方明泉走出去，凌帆才开口问楚晴："叶蓉她到底喜不喜欢方明泉？"

楚晴呆了呆，有些失神地说："不知道，或许叶蓉自己都不一定知道。"

空气里湿漉漉的音符像是天空哭泣时的眼泪。

凌帆明白有些事，谁都不能说知道，因为谁都不知道谁是知道的。

就像我们的未来，永远无法被谁预言。

"叶蓉她从不承认方明泉是她男朋友，但在我面前的时候她总是说起他，说他的理想、说他的温柔、说他带给她的希望与快乐。"楚晴用银色小汤勺在咖啡杯里缓慢地搅拌着，"他们会买情侣装穿，却从不在逛街的时候牵手。她喜欢在电话里向他不停地哭，却从不在他面前流眼泪。两个人总是恶心地叫着对方昵称或猪头，却从不称呼对方为老公老婆。明明说不是情侣关系，在被别人追的时候却迫不及待地说自己有另一半了。哎……"

楚晴若有所思地叹了口气，咖啡杯里黑色流体的漩涡，悄悄的旋转着，如同在暗合命运巨轮的节拍。

"回去吧，我先走了。"方明泉回头对叶蓉说。

叶蓉低着头，牙齿轻轻地咬着嘴唇没说话。

"怎么了？"方明泉故作轻松地问，但心里被填满的密密麻麻的难过却让自己像是要喘不过气来。

"你为什么对我这么好？"

"你知道的。"方明泉小声说。

“请你以后不要再对我这么好了可以吗？”叶蓉抬起头面无表情地看着方明泉说。

方明泉愣住了，他看着叶蓉的眼睛不知道该怎么回答，但是眼神却不断的问“为什么？”

“女人都是很贱的，你越是对她好她就越是不在乎你，当你把你所有的感情都付出去的时候你就会发觉其实在别人那里你最珍贵的东西不过就是一堆垃圾，真的，明泉，女人就是这么贱的。”停顿了很久叶蓉才深吸了一口气说：“以后不要再来找我了，好吗？”

每个字都像是挤压进方明泉身体里的积雪，越挤越多，压得血液都几乎无法流动。

“我走了，再见。”叶蓉转身拉开咖啡馆的门要走，方明泉伸手拉住她，只是叶蓉没说话也没回头。

“下星期六我来接你去party。”

叶蓉被拉着的手用力了一下从方明泉的手里挣脱了开来，走进了咖啡馆里。

方明泉看着门被关上，抬起手背抹了抹眼睛，然后掏出手机来按了一个电话。“夏渔，出来陪我喝酒！”

如果时间能够变成一本乐谱的话，那么翻动乐谱，忽然就能再次看到高一那年的记忆片段，并且听到那段反复出现的悲怆旋律，然后迅速像是温热而刺痛的液体流遍被积雪填满的身体。

穿着学校黑色制服的男生一屁股坐在叶蓉前面的课桌上，肩上斜背着一个好看的书包。

“方明泉，给我下去，我做值日呢。”叶蓉甩了甩手里的抹布说。

从透明的窗玻璃向外看去，窗框里的那一片天空，格外的清晰而柔和,像是一块融化满了夕阳光线的棉花糖。

"叶蓉,我喜欢你。"方明泉笑眯眯的忽然开口。

周围留下来一起值日的几个女生突然投来诧异的目光，像是应该往舞台正中央打亮的聚光灯直直的向他们戳过来。

"你干嘛啊,这算是向我表白吗？"叶蓉抬头盯着方明泉问。

方明泉咧开嘴笑了笑，笑容里温暖的黄昏味道满满的溢出来,"对啊,要不要我再说一遍。叶蓉,我喜欢你,而且一生一世就喜欢你一个。"

叶蓉耸耸肩继续擦桌子,边擦边说:"那好啊,什么时候你开着跑车带着钻戒过来了,我就嫁给你。"

那个时候，方明泉觉得窗外洒进来落在叶蓉白色校服上的夕阳像极了新娘肩上披着的白色薄纱。

人生乐章最悲伤的旋律就是响起在人们憧憬未来的时候。

当过去不在,我们才明白要珍惜现在。

但是当现在也不在时，我们就只能可怜的蜷缩在世界的某个角落里等待未来。

The Threenth >>>

当现在不在，我们将期待怎样的未来？

凌帆迷迷糊糊地睁开眼睛，胸口有些痛，应该是趴着睡的时候手机压在了身体下面。迷迷糊糊的视界里看到有一张惨白的脸在距离自己很近的地方，死死地瞪着自己。

凌帆翻了个身面朝墙睡，但下一秒脑子里就觉得不对劲，马上睁大眼睛把头扭过去。

“啊！鬼啊！”凌帆大叫着从床上跳起来，而那张惨白的脸也一起尖叫了起来。等到看清面前的人是顾天香的时候凌帆才停止了尖叫，瞪着脸上贴着面膜的顾天香吼道：“大清早你鬼叫什么啊！”

“你叫我也叫咯。”顾天香说话的时候都几乎脸嘴唇都没动，一句话几乎是从半张着的嘴巴里漏出来的。

“你干吗？”凌帆松了口气一屁股坐在床上问。

“做面膜啊。”顾天香小心地拍打着脸上惨白的面膜。

“你有病啊，大清早做面膜。”凌帆说完忽然想起了什么，忙问，“等等，顾天香，你什么时候买了面膜？”

“你的呀。我自己哪来面膜啊。”顾天香从自己床上拿起一个包装盒在凌帆面前无所谓地晃了晃，正是前两天凌帆刚从楚晴那儿骗来的ESTEELAUDER精华美白面膜。

凌帆一把夺过对方手里的盒子，里面已经是空空如也。凌帆的表情像是看到鬼一样惊恐，“我记得里面有三片呢，你不会全用掉了吧？”

顾天香不置可否地点点头，然后指了指脸说：“这是最后一片，另外两片我昨晚趁你睡觉的时候偷偷用掉了啊。”

凌帆再一次从床上跳起来高声尖叫道：“顾天香！我掐死你！”

而顾天香则是大叫着“木已成舟生米煮成熟饭，你就别这样了”开门跑了出去。

凌帆追着顾天香刚跑出房间就看到坐在客厅沙发上穿戴得整整齐齐在吃早餐的楚晴和夏渔。

凌帆愣了一下脑子里还没反应过来，穿着黑色衬衫的夏渔回过头来冲她笑了笑说:“早啊,美女。”

“呵呵,早,帅哥。”不料回答的声音却出现在自己左边,夏渔一回头就被吓了一跳大叫一声:“鬼啊!”当看清是贴着面膜的顾天香时为时已晚,自己的早餐早就到了顾天香手里。

“喂,楚晴,他怎么进来啦。”凌帆一手指着夏渔一手捂住胸口假装惊吓地问。

楚晴咬了一口手里的土司翻着夏渔带进来的《时尚城市》头都没抬地说:“小渔又不是第一次来,你装什么纯情啊。”

“哎,人家还是黄花大闺女呢,我穿这么性感全被你男人看去了怎么办。”

“靠,姓凌的,我还没找你算账呢,去年去碧海金沙游泳时你看着我家小渔流口水这怎么算?”楚晴抬起头指着凌帆身上的睡裙说,“而且拜托你以后别在寝室里穿得像日本女优一样,学学人家顾天香不行啊。”

“人家也要你负责喏。”穿着印满卡通小熊图案睡衣睡裤的顾天香嚼着面包装可怜地说。

“滚!”楚晴和凌帆同时冲顾天香吼道。

“叶蓉呢? 怎么没看到她?”夏渔四处看了看问。

“还没起来吧。”楚晴刚说完房门就开了,顶着一头枯草般乱发的叶蓉从里面走了出来,随便地抓了抓稻草头扫了几个人一眼说:“早。”然后直接像僵尸一样往卫生间移动过去。

“叶蓉,失恋啦?”夏渔眯着眼笑着问,刚说完坐在旁边的楚晴就用脚踢了他一下，另一边顾天香吃东西的动作也僵住了。

叶蓉的脚步停了停，抬眼看了看夏渔愣愣地说："早，帅哥。"看到一旁贴着面膜的顾天香，"顾天香，你扮鬼啊？"然后推开洗手间的门。

"昨晚他喝得烂醉。"顿了顿夏渔继续说，"你最清楚了，他以前从来不喝酒的。"

"哦。"叶蓉什么都没说直挺挺地走进了洗手间，关上了门。

门一关上楚晴抬脚踹了夏渔几下小声叫起来："喂，你傻了啊，干吗和她说这个。"

夏渔端起茶几上楚晴刚才喝过的咖啡抿了一口，"我是在帮她，也帮他。"

"还有吗？"顾天香抽了张纸巾擦擦面膜问，楚晴低头一看，自己和夏渔的早饭都没了。

上海的秋天来得意外的快，住在老式的弄堂里早晨一打开窗就能闻到浓浓的秋味，夹杂着巷口小笼包的温香。

马路两边的梧桐在秋天里开始渐渐变黄，不知道哪里刮来的枫树叶子铺了一地，过不了多久它们就会被清洁工人全部扫掉，像是沙滩上曾经涨潮过的海水一样不留痕迹。

每个人脚踩着的地方，都是这座城市里庞大时代的细胞。

中午十二点，阳光像被弓弦弹过一样直刺地面，窗外的云朵如同被钉子钉在了天空上面。

画面凝固得像是大片里被拉扯到近乎静止的慢镜。

记忆里昨天下午从咖啡馆玻璃门的反射里看到的那个眼神，也像是被拉伸成了一个世纪般漫长的距离。只是模糊的反射里看不清方明泉脸上的表情，秋天的空气隔绝了一切。

手里不停地摆弄着自己那个老式的滑盖手机，合上，拉开，合上，拉开，反复地无意识做着这两个动作，心里又像是被倒进了一瓶浆糊般粘稠得微微发痛。

“你今天不出门吗？”楚晴推门进来，从床底下找出那双绿色的LOUIS VUITTON高跟鞋套在脚上问。

叶蓉笑笑，摇摇头。

楚晴穿好鞋子走过来轻轻抱了抱叶蓉柔声说：“那我出去了，今晚我大概回家住。”

一直等到楚晴拎起她那只Caetier手袋走出房间，叶蓉脸上的笑容才消失，像是天空里忽然被风吹散掉的云。

叶蓉拿起手机，里面距离现在最近的一条短信是今天早晨方明泉叫她起床不要迟到去招聘会发的。犹豫了一下，叶蓉还是按下了蓝色的通话键。

电话嘟嘟响了两声，通了。

只是还没等叶蓉开口说话，里面传来一个有些慵懒而甜美的女人声音，“喂。”

叶蓉愣了一下，马上怀疑自己是不是打错电话了，但在看了屏幕上的通话人之后就更愣了。窗外刮起一阵风，天空里大朵大朵的白云忽然飞掠过她的头顶，像是极速远去的温暖。

昨天下午，刚走进去的自己马上返身拉开咖啡馆的门，看到的却只是那个熟悉的背影打着电话走远的样子。

“喂，你找谁啊？”电话里那个听起来年轻而甜美的女声问。

叶蓉忽然举起手机用尽力气狠狠地往地上砸去。

地上四散的零件，像是颗被打得粉碎的心。

“小泉，电话。”妈妈在卧室里喊道。

“谁啊？”方明泉光着上身从卫生间里出来，年轻到闪着光芒的皮肤上沾着几滴水，湿漉漉的头发像黑色的瓷片一样贴在脸上。

“一个女孩子哦，声音很好听的。”妈妈晃着手里的电话一脸暧昧的笑眯眯说。

方明泉有些害羞的挠挠头接过电话，却看到妈妈正一脸认真地看着自己，忙手忙脚乱的推妈妈出去，还不停的用口型让妈妈快点走。妈妈一边笑一边捏起拳头假装在方明泉身上打了几下。

“刚才是我妈，她挺烦的。”方明泉关上门笑了笑对电话那边的小薰说。

“没有啊，你妈妈很可爱啊，她刚才还偷偷问我是不是你女朋友呢。”小薰轻轻笑着说。

方明泉又挠了挠湿漉漉的头发不好意思地说：“你别听她瞎说，她跟小孩子一样的，我们家其实她最小了。”

小薰笑着没说话。

“那个，昨天晚上谢谢你送我回来。”方明泉说。

“你呀，干吗喝那么多酒，打你电话的时候你那个朋友说你都不能说话了。”小薰嗔怪道。

“哦，你说的是夏渔吧？我酒量不太好。”

“我赶过来的时候你都趴在桌上不动了，下次不许你再喝酒了。”

方明泉笑着点头说是，沉默了几秒钟方明泉说：“小薰，真的谢谢你，今生今世能遇到你，真好。”

“傻瓜。对了，昨晚不小心把你手机放我包里忘记拿出来了，刚才有人打电话过来。”

“谁啊？”

“不知道呀，我问了两句对方就把电话挂了，你手机上显示的是一个叫蓉蓉的，谁啊？你同学吗？”

听到这个名字时方明泉像是被人在胸口里硬生生塞进了一把冰块，把刚刚温暖起来的血液全部冷冻了起来，喉咙里像是一张嘴就会吐出口冰碴来。

“你怎么啦？怎么不说话？”听到这边久久不说话，小薰忙问。

“没什么，我家的电话信号好像不太好。这样吧，今晚我请你吃饭，谢谢你昨晚特地赶过来送我回家。”

“那先说好哦，不许喝酒。”

方明泉微笑着说：“知道啦，肯定不喝酒，陪你喝果汁好吧。”

刚挂上电话打开门，妈妈就站在门口暧昧地笑着问：“小泉，刚才那个女孩子是谁啊？”

“就一个同学啦。”方明泉张望着别处答道。

“漂不漂亮啊？什么时候带回来给妈妈看看啊？妈妈一直想有个女儿哎。”妈妈像小孩子一样缠着方明泉追问道。

“哎呀，妈，什么跟什么嘛，我们只是普通朋友啦。”

妈妈一脸坏笑着从背后拿出一个红色的发箍来说：“这可是从你电脑桌上找到的哦，人家女生什么时候来过我们家啦？快给我老实交代哦！”

有时候，生活就像是一团被胡乱缠起的线团，当我们在头痛它为什么如此凌乱的时候我们都忘记了一点，其实它本不过只是一条线。

路过一家音像店的时候顾天香看到了店铺玻璃门内贴着的巨大海报。是一张日本美女小提琴家川井郁子《缪斯女神》专辑的封面海报。

封面上身材高挑的川井郁子穿着一件大拖尾的白色束胸晚礼服，飘逸的长发和能令男人呼吸凝固的身材曲线，顾天香想不通这个曾留学于维也纳音乐学院的偶像气质小提琴独奏家到底是怎么拥有这种魔鬼身材的。

而如果让凌帆来回答的话，那答案就一定是“和我一样，天生的呀”。而且还一定会带着一脸凌帆式的骄傲表情。

不过也是，林志玲的身材，徐若瑄的脸蛋，学生会主席，经济管理学全科A的优异成绩，还有那冷静睿智到随时都能冒出一针见血的讽刺的头脑。每一次和她走在一起，总能发觉男人的目光都聚焦在她身上，就像阳光下放大镜在地上凝聚起的最亮光斑。

这每一点，都像是在摩天大楼的一个窗口亮起一盏强光灯，全部亮起时就如同要压垮一切的华丽光明。

她们之间，就好像是两种相差甚远的存在。

手机响了，顾天香接起来听了会儿，在挂断前长长地“哦——”了一声，脸上却没有太多能够被读写的表情。

对街高档公寓楼的缝隙间透过来白寥寥的天光，打在川井郁子的海报上，美女演奏家手里的那把小提琴在普通的上海早晨里闪闪发光。

顾天香黑色的眼瞳里也烙下了一个深深的痕迹。

她突然重新拿起手机迅速地从通讯录里翻出了凌帆的号码，打了过去。

“凌帆，我要去参加柴可夫斯基音乐大赛亚洲区的预赛了，老师说能在预赛里得奖的人有机会免费去美国最顶尖的音乐学院留学。”顾天香兴奋地冲手机大叫，同时完全忽略掉凌帆在电话那头的不耐烦。

隔了几秒钟，顾天香看了看海报上的川井郁子，深吸一口气终于鼓起勇气说："我想去买套晚礼服，就是那种小说里女主人公去参加晚宴时穿的那种！"

说完之后，顾天香索性绝望地把眼睛一闭，反正按照常理凌帆是不会放弃这种机会来讽刺她的。

她忽然有了种自己买铁锹再挖了坑，然后往坑里面一躺再把铁锹硬塞到凌帆手里，最后还迫不及待地冲对方大喊"来啊，来啊，快把我活埋了"的感觉。

电话里凌帆嗲声嗲气地说："那我倒是极度推荐你去找一套麦当劳叔叔的衣服，而不是那种会把你那两只难看的胸部放在外面乘凉的晚礼服。"

一分钟后顾天香自己扒开了土从坑里跳了出来，然后愤怒地挂了电话，因为她实在无法容忍自己被比喻成麦当劳叔叔那个卖汉堡的小丑，尤其是在想起上周刚看过的《蝙蝠侠：黑暗骑士》里那个变态小丑先生之后，这个愤怒就更加剧烈了。

虽然顾天香内心还是很喜欢吃新地，但原则上这完全是两码事。

正在整理货架的音像店老板被突然冲入的一脸狰狞的顾天香吓得几乎休克，然后只见这个像吞了一颗原子弹的胖女生伸手一指咬牙切齿地说："我要这个！全部！"

两分钟后，老板在原本川井郁子海报的地方重新贴上了 SHE 的新专辑海报，而刚走出音像店的顾天香怀里正抱着一大堆海报。

陆家嘴环球金融中心，数以亿计的资产像河水般在这里流动，那些坐在巨大办公转椅里的人抽着雪茄，用纯金的派克笔在一份份文件上轻轻一勾，像是马上启动了经济命脉上的运作开关。

整个上海，在他们手里像玩具般被轻易玩弄。

“林总，日本那边的七亿已经到账了。晚上您要去参加城建局杜局长办的一个酒会。市政府第七号地明天正式开始竞标。”工作效率高得像是机器人的秘书站在办公桌前报告着，林天翔挥了挥手说：“先到这吧，让财政部把倒账的七亿打到香港宏建建团那边，记得多打百分之零点七的资金，表示我们初次合作的诚意。你现在去帮我定一份礼物，晚上之前送去酒会，再给杜局长打三百万。然后告诉陈思，七号那块地必须给我拿下，要是竞标失败的话你让他提头来见我吧。”林天翔用手揉了揉太阳穴，闭上眼睛说，“给我打个电话给吴医生，让他今天晚上给我安排个检查。”

“那个……林总。”穿着深黑色套装的秘书有些为难地说，“晚上杜局长的酒会您不去了吗？他可是……”

秘书的话还没说完林天翔就抬起一只手冲她摆了摆，秘书马上识趣地拿起桌上的文件退了出去。

那些随手玩弄着世界的人们，他们对我们来说遥远得像是天堂里的上帝，我们只能在报纸的某一版上看到他们巨大的侧影像，或是在经济新闻里从播音员的声音中听到他们总是关联着世界命运的名字，如同化身在基督教堂的十字架。

他们光芒闪闪，像是天空里的太阳般让我们不敢正视。

似乎他们永远都是财经杂志里的金融数据一般，没有感情，理性得一加一等于二。

但是其实我们永远都不知道他们为了得到这样的地位，为了维持这样的生活承受着怎样的痛苦。

当我们在温暖的被窝里酣睡时他们还对着电脑屏幕查看着全球各地的上证指数；当我们抽着纸巾痛哭流涕地看韩剧时他们正喝着咖啡分析着枯燥的文件；当我们在拥挤的地铁里吃早餐的时候他们却正在

赶往华盛顿的班机上，天知道迟一秒钟会是多少亿美元的损失。

我们永远都不知道，为了这样的生活他们付出了怎样的代价。

那些压在心里的沉重代价深陷进心底的泥泞，让他们永远失去了生命飞翔的灵性。

“爸！”楚晴蹦蹦跳跳地走进来，手里端着半杯插着吸管的奶茶。

林天翔笑着睁开眼睛坐起来，“我的宝贝女儿，你怎么来啦？”

“妈回香港了，家里又没人，我来你这转转，怎么？不欢迎我啊？”楚晴把奶茶往林天翔的办公桌上一放，然后一屁股坐在他办公桌上晃着两条光滑的小腿。

“欢迎，怎么不欢迎，你早点告诉我我就叫所有员工出去列队欢迎了。”林天翔呵呵笑着说。

“切，才不要呢，跟出殡一样的。”

“怎么喝这种东西？”林天翔拿起那半杯奶茶皱着眉说，也不知道是不满这杯奶茶还是刚才楚晴的那个形容。

“很好喝的，小渔帮我买的，不信你喝喝看。”楚晴说着把奶茶推到林天翔面前，林天翔拗不过女儿只能象征性地喝了几口。

“为什么一声不响的突然从纽约跑回来，也不和我们说一声？”林天翔放下奶茶问。

楚晴从桌上跳下来晃到林天翔身边从后面搂住他说：“想回来就回来咯，没什么为什么。”

林天翔用大手拍拍女儿缠住自己脖子的细腻手臂说：“晴晴，上次你突然说想去留学我本来很高兴，而且为你选了纽约大学的企业管理学你也没反对，本来爸爸都以为你……哎，你怎么就突然自己跑回来了呢？”

楚晴放开手说：“爸，你别指望让我和你学做生意喔，我特讨厌你们商场上那一套。”

“可是我这么大的家业……”

“爱怎么样怎么样去，要不你学人家比尔·盖茨把钱全捐了，给自己积点德啊。”楚晴毫不客气地打断林天翔的话，她知道纵容爸爸说下去的后果就是缠着自己学做生意，“你看那些商场上的女人，多可怕啊。个个长得跟哥斯拉一样，每天那脸冷得像是冰箱冷冻柜里的猪头肉，你要让我过这样的生活我还不如出家当尼姑呢，说不定混得好还能当个师太呢。”

“去你的！”林天翔看着女儿笑道。

“我说你们那时候干吗不再生个男孩儿啊，这样我就不用天天被你烦了。”

林天翔忽然站起来拉着楚晴走到巨大的落地窗前，指着窗外说：“你看看这座城市！”

透过淡青色的玻璃看出去，光线每分每秒都在天空里不断变幻着，沿江无数的天价楼盘沐浴在昏黄色的上海秋天里，高低参差的写字楼像雨后蓬勃生长的竹林，把城市变得像地下迷宫般错综复杂。用不了多久，上帝就会用灰色的幕布把上海的天空包起来，然后每一座楼上潮水般的亮起灯来，灿烂得如夏夜天空里的繁星。

夜色在窗户玻璃上擦出一道道透明的痕迹。

“你看到了吗？我们脚下的这座城市，我们就站在这座城市的顶端。只要你想要，它随时都可能是你的！”林天翔有些激动地扭头看着女儿说。

楚晴坚定地摇摇头，小声问：“爸，为了这些，你失去了多少？”

最后变幻的一丝光线在远处的天空里消失。

我们得到的永远远不及我们失去的来得多，因为即使榨干了时间，我们失去的也不会再回来了。

顾天香拉着凌帆在学校旁边那个商场里转悠第三圈的时候凌帆终于忍不住了。

“顾天香你哪根神经坏啦？”凌帆一屁股坐在一张沙发上揉着走痛的脚叫道。

“脑神经！”

凌帆吃惊地抬头看着顾天香，她真后悔刚才应该问“顾天香你脑神经坏了吧”，这样就不至于弄得现在自己没话说了，“你到底要买什么啊？晚礼服？就这么大一个商场，我们都转悠两圈了。再转下去估计人家当我们来逛动物园了。”

“那个……那个……”顾天香扭着身体支支吾吾。

“你给老娘快点说！”凌帆吼了一声，几米处的礼品店柜台前两个背着书包穿着校服的高中男生投来诧异的目光，奇怪于刚才那一嗓子到底是坐在沙发上的美女喊的还是站在那边的胖女人喊的，不过简单地交换了一下眼神后两人得出的结论是：美女是不可能发出那种声音的。

凌帆发现那两个男学生朝这边看，就回过头去妩媚地笑了笑，两个男生顿时涨红了脸手忙脚乱地转过身去，估计是给女朋友买的小礼物也掉在地上了，连连向营业员道歉，而稚嫩的他们却不知道自己应该是“上帝”。

凌帆捂住嘴刚笑了几下就不笑了，因为她记起来，曾经自己也这样的青涩过，像一颗被露水淋透的橄榄。

“其实我要买……高跟鞋、连衣裙、唇膏、眼线笔、腮红……”顾天香掰着手指匪夷所思地报出一大串只有正常女生才会去买的东西来。

“你捡钱包了吧?”凌帆吃惊地站起来,“不对呀,你有钱了应该买吃的才正常啊。”

“不是不是啦。那个……有人请我去看音乐会。”顾天香双手紧握,大幅度地扭着身体做出一副娇羞的模样说。

“靠,受不了了,走人。”凌帆把包往后一甩抬脚就走。

“求求你,别!”顾天香一步冲过去抱住凌帆,抱得凌帆差点断了气,“你走了谁来帮我挑啊?”

外滩,已经和南京路、陆家嘴并排成为了上海第一号的风景标志。翻开上海地图,一定能看到用醒目的颜色标记的这几个地方。登陆各地旅行社的网站,在上海游里面一定能找到外滩这两个字眼,去北京登长城似乎已经变成了遥远记忆里的回音了。

而 SMG 旗下的人文艺术频道里昨天刚刚放映过老上海曾经的外滩和苏州河景象,假如不是因为在上海,假如不是因为这座城市扶摇直上的发展轨迹,谁会相信那些旧照片是曾经过去的时光!也只是因为在上海,当国内大多数城市才刚刚站起来的时候,它就像是装载了大动力的推进器“轰”的一下直接飞驰到了别人仰望才能看到的高度里。

当每晚七点档各地电视台清一色地转播着中央一套的新闻联播时,上海的电视台正自顾自地播放着节目,生活时尚频道里的《今日印象》正在介绍着许多“only in shanghai”的商品。但即便每日更新的时尚讯息,也无法涵盖上海在地球自转一圈的这 86400 秒里发生的巨大变化。

就比如外滩这一个景点,将很快就将变成以前的四倍规模。而外滩源的洛克菲勒中心,也让苏州河畔的地价像是装了弹簧般翻了一番。

这是一座让人觉得不可思议的城市。

林夜希把脸贴在玻璃上看着外面，远处的黄浦江对岸竖立着巨大的广告牌，上面的字模糊得像是一团雾气，只能隐约地看到 generation 这个单词。林夜希从身边的 Bally 包里翻出一本蓝皮封面的笔记本写道："横断在上海里的巨大江流，像是楚河汉界般分割出截然不同的两个世界。"

"嗨，帅哥。"颜雨薰从林夜希身边走过，拍了一下他的肩然后坐在了他对面。

林夜希放下笔和本子冲自己对面笑得甜美的女生笑了笑，说："嗨，美女。"

颜雨薰低头看了看自己面前白色青花瓷杯里还有半杯冒着热气的咖啡，抬头问："刚才和哪个美眉约会呢？"

林夜希把身体往后仰，双手枕在脑后说："要真是美眉就好了。"然后嘴角微微翘起，像是在痛苦地微笑。

"她来过了？"对面的女孩收起笑容问。

林夜希闭上眼点了点头。此时颜雨薰正好有些无奈地说："我同情你。"

于是那个点头就模糊地不知道是在回答"她来过了"还是"我同情你"这句话。

林夜希睁开眼睛从旁边的座位上拿出一张纸递了过去。女孩颜雨薰接过来看了一眼问："新书的封面？"

林夜希点点头，"她说十一黄金周上市，这次签售会是有史以来规模最大的一次，哎，我的天呐。"

颜雨薰低头看着手里的新书封面，巨大的书名下是巴黎著名的塞纳河，蜿蜒穿流过巴黎市中心，把巴黎分割成新兴商业的繁华气质的右岸和艺术丰沛的人文思潮的左岸。而下一张做为扉页的画面上林夜希面容苍白冰冷地坐在左岸的咖啡馆里，身前是一杯飘着白烟的Chanson。再翻回去时才注意到那巨大的书名。

《迷黎》。

“很棒的封面。”颜雨薰放下封面顺手端起了那半杯咖啡喝了一口，有些冷但却苦涩地要命，果然是和自己截然相反的口味。

林夜希忽然重新把脸贴在玻璃上，喃喃地说:“小薰，请你快点找到那个能打败我的人，好吗？”

远处江面上的雾气终于散了，巨大的广告牌上是刘若英代言的夏普液晶电视，而那句巨大的广告词被昏黄柔美的夕阳光线笼罩着。

——让我们迎接次世代。

“哪个丑八怪会请你去看音乐会？”凌帆第N次绝望地丢下一盒眼影，她真的不知道该怎么为这位一百五十斤重的顾天香小姐选择化妆品，这种感觉简直就是给奶牛选择内衣一样可怕。不过那边的店员小姐还是依旧和三十分钟前一样笑颜如花热情如火地给顾天香推荐化妆品。鬼晓得这位小姐在等顾天香付完账以后会拿出个巫毒人偶来插上多少根银针以诅咒她不得好死。

“胡说八道，人家可不是丑八怪，人家帅得狠呢！”顾天香一边挑着化妆品一边扭头反驳。

“对，一定是瞎了眼，然后狠狠地摔吧！”

顾天香一把拽过凌帆来拿着两支唇膏问:“你说我适合哪种颜色啊？我觉得大红色太艳丽了，但是粉嫩色又显得幼稚了点，你帮我看看。”

凌帆皮笑肉不笑地扭头问店员:“你们这里有白色的唇膏吗？”

“这个……”店员小姐一脸尴尬。

“哦哟，你干吗这样啦，人家不买了啦。”顾天香丢下两支唇膏转身就走，一旁的凌帆被她的表情吓得两腿发软，而余光里能瞥到那位店员小姐脸上的表情像是电视机的频道，瞬间由尴尬变成了发呆，然后又直接变成了愤怒，而那只遥控板却正在迅速地远去。

“抱歉，收起来吧。”凌帆有些同情地对店员小姐说，然后甩了甩头发也走开了。

可是刚走出那家店还没超过五十步，凌帆就看到顾天香顶着一脸跟见鬼一样的表情朝自己冲来。

“你见鬼啦？”凌帆截住顾天香问。

“给我个地洞，给我个地洞。”顾天香不停地重复说这句话，凌帆一不留神她竟然就不见了。

不远处，一个穿着黑色外套的瘦高男人缓步走来，手里拎着一袋估计刚从超市冷柜里买来的菜。男人的表情有些漠然，看什么的眼光都像是从冰库里刚拿出来的死猪，至少凌帆对这种面容冷酷却英俊无敌的男人是这么理解的。

过了一会儿，一个烫着日系卷发的女生拎着包走过来和男人说笑了几句，然后挽起男人的手消失在了电梯里。

一直等到电梯门关上，顾天香才不知道从什么地方冒出来，站在凌帆旁边。

凌帆扭头，忽然发现一向连自己都佩服的那个精神意志强大到无坚不摧的顾天香眼睛里湿漉漉的，像是深冬时中午开始被蒸发的冰露，冒着寒冷的白气。

“晚上你还去看音乐会吗？”凌帆有史以来第一次柔声地问她。

顾天香摇摇头，隔了许久才哽咽地说：“人家受打击了啦。”

虽然凌帆不知道顾天香是在怎样的一个错误里寻找着当年青春的足迹,但是她至少知道,顾天香也是一个普通的女孩儿。

爱情,就像是空气般,是我们生存下去的必需品。

我们生命里的痛苦和快乐,都紧紧缠绕着爱。

生活里往往都会有着让人惊叹不已的结果，就像是心率线总会在每个低谷后跃上高峰。

十五分钟后，顾天香说为了安抚自己深受打击的心灵和怀念有生以来的第一次失恋（上帝知道到底是怎么回事，可怜那安慰她的凌帆啊),决定晚上去大吃一顿。

凌帆打电话给叶蓉,想叫她一起来“安慰”一下顾天香,但是电话里只能听到“您拨打的电话已关机”。

在同样的时刻,叶蓉抱着被子坐在床上,呆呆地望着外面的世界。

天空灰得像哭过。

从落日过后的天桥上往下看，川流不息的车流像是天空里定格了许久后蓄满力的流云。

小薰背着手在方明泉的前面一步步地倒退着走，身上粉嫩的裙子像是空气里糜烂开的一朵花。

“你说,我们会有怎样的未来呢? ”小薰笑眯眯地用大大的眼睛看着方明泉问。

天边的地平线被琳琅耸立的楼体给遮掩住了，从小到大就没有见到过书上说的空旷而遥远的地平线。

“未来? 不知道呀。或许未来我们会死掉。”方明泉忽然愣愣地说。

“胡说什么呀。”小薰娇嗔道，只是脸上的笑容却越发的迷人了。

“总有一天我们都会死的，因为我们所存在的时间是那么的有限，然后……然后我们脚下的这座城市就在我们死亡的循环中继续向前迈进，我们会被写进历史里，说我们见证了这座城市的变迁。”小薰停下了脚步看着方明泉说话时认真的表情，“我们每个人都像是一块多米诺骨牌，用我们生命的坍塌来给这座城市提供飞翔的动力。”

方明泉抬起手，用皙白修长的手指轻轻的把遮在小薰脸颊上的一缕头发陇到耳后，柔声说：“我们的未来，就是这座多米诺之城。”

小薰绯红着脸闭上眼睛。

时间像是爱情电影里打上柔美光线的慢镜，连枝头落下的秋叶也旋转出思念的圈。

而一直等在马路对面的夏渔却看到楚晴从大厦正门口匆匆地走出来拦住了一辆出租车，扬长而去。

还没等他拿起手机想打电话问楚晴为什么突然走了的时候，他的母亲米心慧的电话打来了。

“妈。”夏渔戴上耳麦接通了电话，他知道自己老妈上个星期去了澳门办事还没回来。

“我听说楚晴回来了是吗？”米心慧开口的第一句话果然不出自己所料。

“是吗？我怎么不知道？”夏渔冷冷地回答。

“我给你卡里打了两万块钱，你明天去买份礼物然后去找楚晴。MANGO最新发布了一些时装！”米心慧在电话里以不容置疑的口气命令道，“你小孩子家家不懂事，我这个做妈的可要为你好好考虑。”

夏渔吸了口气，挂掉了电话，也不管米心慧在电话那头会变成什么样的脸色。然后他给楚晴拨了个电话,但是占线。

他关掉手机,朝着苍茫的夜色走去。

汹涌的光流迅速淹没了他的身影。

The Fourth >>>

当现在不在，我们将期待怎样的未来？

顾天香在吃第一份意大利面的时候凌帆正用小勺子挖着一小块抹茶慕斯。

吃着吃着顾天香就莫名其妙地从包里掏出一张海报拍在桌上。

凌帆放下小勺子盯着顾天香看了足足两分钟，然后指着她盘子里的意大利面同情地说:“顾天香,你吃面吃中毒了吧?”

顾天香直接忽略一切讽刺拍着海报严肃地说:“我决定了，我一定要去参加比赛,而且还要穿上这身衣服!”

凌帆低头看了看,海报上是一个身材很棒的女人,一只手里拿着小提琴,明晃晃的光线从侧面把她打亮,穿着一身白色的晚礼服。是那种十分知性而唯美的样子,不过假如要拿来和顾天香的身材做比较的话,那凌帆还是觉得这个叫川井郁子的女人手里那把小提琴的体形更接近一点。

凌帆看着顾天香那认真得聚集在一起的五官问:“你那个柴可夫斯基音乐比赛什么时候?”

顾天香皱着眉很努力地回忆了几分钟,“好像是圣诞节前后吧。”

“那看来时间还很充裕。”凌帆低下头去整理新生的报道名单一脸平静地说,“够你订做一套大号的麦当劳叔叔衣服了,我怕现有的你穿不上。”

顾天香恨不能拽起自己的头发然后直接把自己从窗户里扔出去，因为她实在无法忍受每次凌帆在打击她的时候都好像是回答出一加一等于几一样平静。

凌帆也不知道顾天香从哪又变出来了一大堆海报，竟对着走过的服务员热情地赠送起来。虽然看起来好像她是川井郁子某场演奏会的宣传员，但她在把海报硬塞给一位不知所措的瘦男服务生时凌帆分明听到顾天香在说:“你看你看,这个就是以后的我耶。”

凌帆举起面前的盆子偷偷地挡住脸，大气都不敢喘。

顾天香开始吃第二份意大利面的时候凌帆抹抹嘴，放下了没吃完的抹茶慕斯，然后叫了一壶普洱。

凌帆抬头对顾天香说："这顿你请！"

"凭什么？受伤的是我哎。"顾天香"飕"地一下吸了根面条，叫道。

"就凭那三张面膜，你知道我为了从楚晴那儿骗这三张面膜过来牺牲了多少脑细胞吗！"

"说实话我觉得那东西真没意思，贴脸上跟受刑一样的，半夜我去上厕所的时候看到镜子里的自己吓得我以为见鬼了呢。"

凌帆的承受能力彻底到了极限，"你不会是贴着面膜睡了一夜吧？"

"对啊。我以为这样第二天起来就能和你一样白了。"

"你个猪脑袋，你当面膜是石灰啊！涂上去就会变白？"

但是顾天香却根本不在意凌帆的讽刺，用叉子卷了卷，把盆子里最后残余的意大利面给扫荡了个干净。然后一挥大手开心地吼道："服务员，买单。"

等到凌帆和顾天香回到寝室，她们发现寝室的灯全都关着，叶蓉和楚晴正靠在一起仰着头在阳台上数星星。于是两个女生兴奋地甩掉鞋一起挤了过去，楚晴看到顾天香奔来的时候脸上的表情惊恐得像是吞下了一个铅球，嘴里大叫着："别过来别过来，阳台会塌的。"不过幸好地心引力不是那么喜欢和顾天香扯上关系，所以也没有发生女生宿舍楼变成比萨斜塔的情况，四个人挤在一个阳台上也安然无恙。

天空里，金黄色的星星多得数不过来。

天空像是一面巨大的镜子，把上面的星光全部反射到了地上。

上海这座城市,本身就是一片巨大无比的光之海洋,渺小的我们就沐浴在其中,安详得像是躺在墓园里的灵柩。

有些时候,我们不得不承认,某些地方其实已经嵌进了我们的生命里。无论我们会身处何处,我们都还是那片海洋里提取出的一滴水。

当顾天香发觉阳台并没有塌掉而激动地宣扬其实她只是看起来比较丰满而实质上密度很小的时候,楚晴、叶蓉和凌帆都面无表情地站了起来,然后凌帆若无其事的对叶蓉说:“哎呀,你看你又瘦了点,腰细了好多哦。”

顾天香胸闷得大叫了一声:“妖孽!”然后站起来使劲地跳了两下,叶蓉隐隐觉得楼板就要断了,刚想阻止顾天香时就听到外面楼下宿管阿姨用上海话大声叫骂:“上头要死啊,侬拆房子啊!”

顾天香不能完全听懂上海话的意思,但却被楼下的那个嗓门吓了一跳,一低头发现铺在地上刚才四个人坐的布有些眼熟,仔细辨认了一下头马上就大了,竟然是自己的床单。

“楚晴,你个贱人,给我滚出来!”顾天香大吼道,她知道叶蓉是没胆量做这事的。

却看见跑出来的楚晴只穿着内衣,用手捏着自己细细的腰喃喃自语:“真讨厌,好像有点赘肉了啊。”

端着杯水的凌帆过来摸了摸楚晴光滑的腰说:“没有啊,没赘肉啊。”说着竟撩起自己的衣服露出比楚晴更加纤细得楚楚动人的腰肢说:“你的身材和我一样好呢。”

顾天香看着这一幕香艳得有些变态的镜头顿时觉得呼吸困难,假如这时候有某位天使大姐正好飞过去,那一定能看到顾天香插着翅膀的头顶着个光环笔直向上飞的灵魂。

大概上帝爷爷会在天堂大门口对顾天香慈祥地说:“孩子，你终于解脱了。”

时间是从来不会休息的，它总是一副害怕会迟到一样的表情拼命往前赶。

对于中国大多数地方,时间是用天来计算的,而更多的地方是用月甚至是年来计算的,不要说地方政府门口那排花卉去年也是这么干枯,完全不像是政府大门里的公务员那般油水充足，即便是某人外出闯荡了七八年,一回来看到的还是和以前一模一样,记忆力差点的恐怕会马上忘记了自己的年龄。

而在上海这个地方,时间应该是精确到用秒来计算的。虽然现在很多作家的水平都蜕化到了像初中生一样形容着“时光如水”或是“光阴似箭”,但光阴确实是很“贱”的。比方说你早上上班的时候看到小区对面的车站背投广告里还是诺基亚的的第一款触摸屏 5800X,晚上回来的时候就会发现背投广告已经换成了最新的诺基亚 E71，晚上看电视的时候一定能在上海新闻娱乐频道看到 E71 的广告。又或者说你一个星期不去南京东路逛,突然发现美特斯邦威的专卖店旁边多了一家叫 ME CITY 的店,而走进去一看才知道不过是美特斯邦威穿了件马甲。

如果说这个城市在以光速发展，那它和其他城市拉开的距离就要用光年来计算了。

不过幸好时间只有一根轴心线，每个人都拥有同样长短的时间来渡过。

楚晴她们这帮人就在同样的时间里慢慢度过生命，就好像一条函数一样,生命随着时间的推移不断增长。

她们,或者说是我们每一个人,都在时间的推移里愈合伤口,也等待着未来会给我们怎样的伤痛。

顾天香的恢复力绝对是最惊人的，从她一顿早饭能在学校食堂吃下一碗豆浆一个咖喱煎包和四个南瓜饼这一点上来看，她绝对有理由被人怀疑是《X战警》里金刚狼的远房亲戚。

而倔强地坚持说自己没受伤的叶蓉也基本没有什么大碍了，因为她已经能理智的在楚晴说准备请她们去吃金钱豹时就马上说“我不去了,你把我那份兑换成人民币吧。”,当然这也是因为她上次面试失败后就再也没有回家所以钱包很快就山穷水尽了。不过最后她还是被楚晴拖去了汇金百货六楼，于是那天晚上叶蓉就只吃鲍鱼、鱼翅和哈根达斯,她说要把220元吃回来,并且争取吃到2200元。然后当天半夜凌帆上厕所回来发现顾天香咬着手指一脸奸笑地说着梦话,内容极度变态,大概意思就是希望叶蓉吃了这么多明天醒来就变得比自己还胖。

我们的生活就是这么的璀璨,像涂满了蜂蜜的面包片,囚满了几只如饥似渴的小蜜蜂。

时间终于来到了周末。

对于高中生来说周末其实和平时没什么区别，唯一的区别就在于周末补课是要交出一大笔钱的，因为在教育系统展开巨大的减负旗帜和社会那更加庞大的生存压力相矛盾时，几乎只要是有点智商的人民教师都会在国家创造的这如温泉般舒适的大背景里利用补课这个手段疯狂地敛财。

难怪培根会在几百年前就说出“knowledge is power”这样的名言,看来名人自然有他们的一套。

对于大学生来说，周末其实就等于是给了他们一个更加放纵的机会,即便是在现在这个大学轻松愉快得超过养老院的年代里,他们还是用周末这个词来给自己寻找更加疯狂放纵的借口。

这样的借口，会在数年之后，当他们被社会那庞大的竞争力给压垮，就算走在路上也感觉着头顶上的天空沉重地掉了下来的时候，他们就再也无力去说上一句“周末是用来放松”的话了。因为在经历了五天生活惨无人道的摧残之后，周末的时候他们会关掉手机，不上 QQ 和 MSN，甚至连飞信这样的工具都不敢用，他们只想利用这短暂的 48 个小时窝在自己渺小的天地里，裹着被子呆呆地望着窗外的天空，希望自己什么都不是。

不过对于大四的女生来说，其实是不是周末是很难被分辨出来的，因为再也不会有那种听到说今天上邓小平理论就知道是星期四的机会了。假如不是顾天香昨天晚上抱着电视机在看《相约星期六》的话，凌帆几乎忘了自己马上就要去上班了。对于这档沪上著名的相亲节目，楚晴从来都嗤之以鼻，她以前坚持认为《相约星期六》根本就是那种烫着难看的过时卷发一天到晚发牢骚抱怨自己嫁错了人的上海中年女人才会看的节目，当她发现顾天香是这档节目的超级 fans 的时候，她终于勉强在之前的结论里加上“那种基本上这辈子是嫁不出去的女人也喜欢看这样的节目虐待自己的心灵”的观点。不过对于楚晴之前的形容，叶蓉发觉她这话简直就像是在把她母亲研究了十年之后得出的结论，因为她妈妈就是这样一个烫着难看的过时卷发一天到晚发牢骚抱怨自己嫁错了人的上海中年女人，而且和顾天香一样特别喜欢看《相约星期六》，每次看到里面的什么“经理”“主管”之类的男人时也不管对方的眼睛是不是长在了鼻子上面，就笑逐颜开地说：“这个好，这个赚大钱的，适合做我女婿。”

每当那个时候，叶蓉心里就像是有一种绿色黏液从身体里流淌出来的感觉，然后迅速溶解在空气里，变成无法取代和瓦解的憎恨与阴毒。

而凌帆却一头扎进了叶蓉的床上，因为叶蓉窗边的书桌上摆满了书，而其中有着夜夕从出道至今的所有出版的书，写真和杂志。

“你说什么？你把那家录用你的公司的名字再说一遍。”凌帆觉得叶蓉问这句话的时候两眼在放着绿光，像是饿极了的顾天香。

当再次从凌帆嘴里听到 TOP 文化公司这个名字的时候叶蓉一下子扑到床上紧紧地抱住了凌帆，而被吓得以为叶蓉兽性大发要强暴自己的凌帆则一边死命的推开叶蓉一边紧紧的捂住自己的领口。

“你笨蛋啊。”叶蓉兴奋地大笑着对凌帆说。

“你才傻瓜呢。”凌帆喘着气反驳。

“不是，我是说你怎么会不知道夜夕就是这个公司的作家呢？他从出道以来的所有书都是这家 TOP 文化公司出的。”

对于叶蓉亲切地叫着的那个叫“夜夕”的名字楚晴只是有所耳闻，只知道那是一个帅得可以去演电影的偶像型作家，对于她这个只看英文原版文学的人来说这个名字在中国文学界代表着怎样庞大的魅力她确实无法知晓。

“我知道啊。”凌帆一脸平静地说，然后拿起夜夕之前的一本书，“这上面不是写着嘛，上海 TOP 文化公司，要不然你以为我爬你床上来干吗啊。”

“小帆啊，等你和他熟了以后把我介绍给他怎么样啊？”叶蓉靠过来用胳膊搂着凌帆亲昵地说。

凌帆则是一派刚正不阿的表情，“想都别想，要是有这么好的机会我不会留给自己啊。人家又帅又有钱还有地位还有才华……”

凌帆还没数完夜夕的优点楚晴就满脸阴沉沉的表情打断掉，“你们这么喜欢的话要不我叫 Viken 把他抓过来，然后强奸还是轮奸就随你们便。”

不料叶蓉和凌帆异口同声地回答：“没问题。”

客厅里正在看《相约星期六》的顾天香忽然发出一串爆笑声。

叶蓉捧着夜夕的书心花怒放，完全忘了当年第一本夜夕的书是方明泉给她看的，而那个时候的方明泉坐在她旁边，被光线照得发亮的脸颊上满是柔情蜜意，方明泉指着书对叶蓉说："总有一天我会超越这个人的。"

叶蓉从洗手间里出来正好看到凌帆背着包拉开门，叶蓉问："这么晚了还出去啊？"

"恩，有点小事。"凌帆小声地说了句，然后快速从叶蓉身边走过，拉开客厅的门走了出去。

叶蓉看着凌帆纤弱的背影消失在视界里，忽然有一种强烈的悲伤感铺天盖地的涌了出来。

长宁区的某块地方，有很大一片陈旧的老式居民区。这种在高楼大厦的夹缝间生存着的贫民窟和郊区的感觉不同，更拥挤也更逼仄潮湿。过道永远狭窄得只能容一个人走过，因为没有卫生间所以每天醒来的第一件事就是把马桶倒掉，被逼得无处可去的蛇虫鼠蚁都纷纷来这里定居。

每天清晨都会听到因为用错了水龙头而引起的争吵，每天也都会因为晾衣服占了地方而互相赠送白眼。

在这座城市变得日渐锋利的时候，这些不协调的景象就像是在 LV 的衣服上打上一块巨大的粗尼花布补丁。

凌帆抬头看了看，对街是一片新盖的住宅区，前几天剪彩的红布还挂在大门顶上，在街上路灯的微弱光线里微微摇晃着。

狭长漆黑的弄堂里有尖锐的冷风吹来，头顶是交错而过的电线，把原本就昏暗不明的天空分割成一大片一大片。听觉里不时能传来八点档滥情言情剧里刺耳的对白声。

凌帆深吸了口气，走了进去，纤长的背影瞬间被黑暗吞噬。

不知道是不是夏天真的要过去的原因，空气竟冷得如身体被抽走了血液。凌帆冻得哆嗦的手摸出钥匙插进锁孔，拉开门屋里是一片漆黑。

刚反身关上门，屋里的灯就亮了起来，浅黄色的光线把她的影子深深地打在粗糙的门板上。

“你还知道回来啊？几个月不回来我还当你死在外面了呢！”背后一个冷冰冰的声音说。

凌帆深吸了口气，转过身来说：“你什么时候管我的死活啊，妈！”灯光里凌帆的脸像是结满了一层厚厚的冰霜。

一切刹那间安静了下来。隔壁人家传来某个电视剧里粗俗的对白：我其实一直都很爱你啊。

但是生活里，大风过后的天空还会不会再变得更晴朗呢？

“你个臭丫头还学会顶嘴了啊！”母亲愤怒得浑身发抖，抬手用力地甩过来。

凌帆冷笑了一下头一偏躲开了母亲的耳光。

“你骂够了没有？”凌帆漠然地看着眼前这个形容憔悴的中年女人，她的心里已经很难再把妈妈这个词汇和眼前这个人联系起来了。

这样的一个词汇，就像是生命中剥落掉的一块白斑。

小学时期末开家长会，凌帆把通知单带回家，但是陈家瑛从来都不会多看一眼，第二天的家长会上也一定会空缺出一个位置，像是很早的时候就在幼小的心灵上挖掉一块，然后随着女孩的长大，那块失缺的部分也渐渐被扩大，直到最后融化成一个黑漆漆的空洞，吞吐吸纳着所有对亲情的温暖和奢望。

“你整整骂了我二十几年了，你还没骂够啊！”凌帆冷漠地对母亲说。

陈家瑛的嘴角抽动了几下，“是老娘生你养你的，老娘爱怎么骂你就怎么骂你！”

凌帆冷笑了一下从包里取出一个信封，拿出几叠厚厚的粉红色人民币朝着母亲的脸甩了过去。

漫天纷飞的百元大钞像是一只只纸蝴蝶，从某个躯体里飞离出来，带走所有的灵魂，只留下一个空洞的躯壳，静静地刮动着猛烈的风暴。

“你和我那死鬼爸爸一样不就是要钱吗？我现在把钱还给你，以后我什么都不欠你了。”风暴中心的凌帆说话的表情冷静漠然得让人心寒。

陈家瑛望着满地的钞票阴着脸盯着女儿，“你哪来这么多钱？”

凌帆转过身去拉开门没有说话，过了几秒钟说：“我自己挣的。”

“你一个小丫头你凭什么挣这么多钱啊？你今天给我说说清楚，你是不是做了什么见不得人的事情？”陈家瑛脸上激动的表情像是马上就要喷发的火山。

凌帆回头，门外刮进来的风吹乱了她的长发，“我每年考试都考全校第一，你哪次注意过？不要总是把别人想得和你一样没用！”

门重重地砸上，天花板缝隙间经年累月积淀起的灰尘被震落下来，发出窸窸窣窣的声音一齐落在陈家瑛的头顶。

刚走到弄堂口还没能看到路上的灯光，包里的手机就响了，荒寥寂静的夜里欢快的铃声显得格外突兀。

凌帆接起电话，但还没听上两句就突然大骂起来：“你怎么不给我去死啊！”

骂完之后像是终于被抽空了身体里最后的一丝力气，整个人倚着墙壁慢慢地蹲下去，一只手拼命地捂住嘴巴，但发红了的眼睛里还是大把大把地滚出眼泪。

灌进来的冷风一点一点冻结起泪痕。

顾天香趴在床上捧着她那台集成显卡却重得跟砖头一样的联想笔

记本在看新一期的《我猜我猜我猜猜猜》，里面的吴宗宪依旧和只会说人话的大猩猩没什么两样。

门锁扭动了一下，房门被推了开。

顾天香翘着脚以一种人体学家都很难解释的姿势回头看了一眼，确定走进来的人是凌帆。

“咦，你不是回家了吗？”顾天香用并不惊讶的表情来说一句听起来很惊讶的话。

凌帆随手关上门，甩掉脚上那双七公分长的细高跟鞋，一头栽倒在自己床上。

“凌帆，我跟你说，我真的没骗你，她真的回来了。”顾天香把那只甩到她床上来的银色高跟鞋丢到地上说，表情坚毅得像是董存瑞要去炸桥一般。

凌帆仰起头闭着眼睛说：“顾天香，我死了，有事请烧香给我！”说完又一头栽下去，拉过一条毯子盖住整个人。

几缕长长的酒红色头发从毯子下面露出来，在明晃晃的日光灯下格外的好看。

顾天香笑了笑，拿起空调遥控板把打着浓浓冷气的空调给关了，然后关掉了笔记本和日光灯。

瞬间，她们沉睡的小小世界安静了下来，如同沉沦入黑色的海底。

人生像是一口盛满了滚烫油液的锅子，时间一滴一滴地掉进去，四处飞溅。

早晨的时候空气最新鲜了，不过在这个快节奏的城市里人们似乎更加依赖那张舒适温软的床。

只有那些老得快放进历史书的家伙才会在大清早的公园和和早起的鸟儿一起做运动。

在叶蓉还睡得满枕粉梦时楚晴已经开始在她那个巨大的衣橱里寻找能搭配出完美效果的衣服了。然后在她折腾了半个小时之后她顺利地找出了一件 MAX & Co.波点连衣裙和一双 HUGO 黑色长靴，而由于最近几天上海的气温降得飞快，她又配上了一件 SJSJ 的米色外套。做好这一切之后她顺利地把死赖在床上的叶蓉给拖了起来，于是顶着一头乱草穿着三高五低的睡衣的叶蓉就和旁边梳妆打扮精致穿着得体的楚晴形成了鲜明的对比。

凌帆后来说她一进来看到两个人时还以为她们是来自不同星球的物种。

而从这点上来讲，叶蓉确实觉得楚晴和她不是同一个世界的人。

凌帆一大早就起床是因为今天是她第一天去 TOP 上班的日子，而她推门进来的时候叶蓉就知道她又是因为觉得没合适的衣服来找楚晴借衣服了，因为过去每次遇到重大事情她就会只穿着内衣跑过来，大有你不借我衣服老娘就直接裸奔着出去的意思。

最后楚晴怕自己 SJSJ 的外套的袖子会被凌帆扯下来才勉强同意把一套 Prada 宝蓝色套装借给她，不过时间截点是今晚五点她下班回来后马上要还回来。

在叶蓉忙着洗脸刷牙的时候楚晴正安逸地坐在客厅的沙发上喝着一杯不知道她什么时候热过的牛奶，同时她还抽空把顾天香也从床上叫了起来，叫顾天香起床比叫叶蓉起床容易得多，楚晴只是弯下腰在死猪般睡相的顾天香耳边说了一句“吃早饭了”，然后顾天香就像是到整点后挂钟里的布谷鸟一样从床上坐了起来，精神百倍的大叫一声“太好了”。

半个小时后,四个人就一起坐在了学校食堂的二楼吃早饭了。

不过这顿早饭叶蓉吃得是担惊受怕，楚晴就这么穿着一套可以买下两万个馒头的衣服坐在那里用喝咖啡的优雅姿势喝着豆浆，然后翻着刚买的《LIFE》杂志。把头发挽成一个髻穿着宝蓝色套裙活脱脱一个办公室 OL 形象的凌帆正不停地翻着昨天晚上从网上下载下来的关于 TOP 的资料,而坐在自己对面的顾天香挂着两个大大的眼袋正在拼命吸着汤包里流出来的汁水。

这样神奇的组合迅速让她们这桌成为了整个食堂的焦点，叶蓉此时真恨不得能把自己塞进那个荷包蛋里再也不要出来。

“凌学姐？是你吗？”一个男生的声音忽然问。

四个人一起抬头,看到说话的是一个长得像女人一样好看的男生,肩上搭着个包,正笑眯眯地看着凌帆。

“是你？你怎么在这儿？”凌帆下意识地问,但问完之后才想起这里是学校食堂,谢恩崎会在这儿也是很正常的。

“学姐今天真漂亮,刚才就听人说今天食堂里惊现成熟美女,没想到是学姐啊。”谢恩崎左一句学姐右一句学姐亲热地叫着。

“他是谁啊？”顾天香把碗里的汤包压榨干净之后问凌帆。

“就是我上次和你们说的那个大一小弟弟。”凌帆表情冷静地说,她对任何向她表示倾慕的男生都是这样一副冰冷的面孔。

“几位姐姐好,我叫谢恩崎,是新的学生会主席。”谢恩崎像个小学生一样礼貌地说。

“一个学生会主席,有什么值得炫耀的。”凌帆翻着资料面无表情地说。

楚晴也翻着手里厚厚的时尚杂志头都不抬地说:“是啊，不过我记得你当选学生会主席的时候可是激动了一个星期呢。”

凌帆刚想反击，楚晴翘起一根手指指着她身上的 Parda 套裙胸有成竹地问："你信不信我现在就把你扒光？"如果不是因为再过一会儿她就该上班去的话凌帆才无所谓楚晴会怎么做。

"学姐今天是要去上班吗？"

"嗯，今天第一天去上班，你要不要送我去呀？"凌帆竟一反常态地笑着回答谢恩崎有些无聊的问题，不过楚晴她们却知道因为刚才凌帆转头时看到了五米外的餐桌上一个大一的小女生正用力瞪着自己，那种邪恶的骄傲欲就马上漫过了她的心头。

谢恩崎愣了下，而那个瞪着自己的女生果然和她估计的一样站起来往这边快步走过来。

"恩崎，她是谁呀？"标准的娇滴滴上海女生的声音，凌帆脸上露出一丝不易察觉的冷笑，然后换上一副温柔迷人的表情迅速站起来，拉着谢恩崎的手说："恩崎，送我去上班好吗？"

还没等谢恩崎脸上尴尬的表情溶解掉，那个娇小玲珑的女生冲到凌帆面前大声说："你凭什么叫他送你上班啊"。

谢恩崎一把拉住女生压低了声音说："盈盈，你别闹了。"

女孩子回过头看着谢恩崎脸上不悦的表情，又看看凌帆得意的神态，眼眶迅速地红了起来，声音哽咽地说："你帮这个女人说话啊？"

"小妹妹，先慢慢学着怎么走路吧。"凌帆像是个刚从赌桌上赢钱的老板般得意，小声地在女生耳边说。

然后接下来的事情就像是言情剧里演烂掉的桥段，娇气的上海女生带着半哭半怒的表情甩掉谢恩崎的手奔出了食堂，而在女生消失之后本来对谢恩崎满脸柔情的凌帆坐下来又变得冰冷坚硬，只留下一脸尴尬左右为难的男主角。

在这样的一出闹剧之后除了顾天香外别人都没了继续吃下去的兴趣，于是四人一起走出了食堂，准备各自去各自要去的地方。

楚晴去逛街，凌帆去上班，叶蓉去找工作，顾天香回寝室继续睡觉。

临走的时候楚晴像是忽然想起了什么，把走出去十米的凌帆给拉了回来。

“你干吗？再晚我上班要迟到了，姐姐你不是想我第一天上班就被辞掉吧？”踩着高跟鞋的凌帆问。

“你准备怎么去上班？”楚晴郑重其事地问了句让人莫名其妙的话。

“废话，当然是坐公车，难道还用 11 路（指两条腿）啊？”凌帆白了楚晴一眼说。

楚晴捂住胸口一副见鬼的模样叫着：“姐姐你不是吧，穿着 Parda 去挤公车？你昨晚被顾天香打成脑膜炎了吧？”

一旁的顾天香害怕会负上法律责任，连忙大叫道：“天地良心，我昨晚没打过她。”

“那怎么办？”凌帆两手一摊一脸流氓地说。

“打车！”楚晴斩钉截铁地回答。

“没钱！”凌帆的回答更干脆。

“我给！”楚晴毫不犹豫地说。

“成交！”凌帆满面春风。

楚晴从钱包里掏出一张红色人民币丢进了凌帆的上衣口袋里，说：“不过今晚回来我要是在衣服上找到任何一丝污迹或者刮伤，我把你炖了喂给顾天香吃！”那架势，就好像刚才塞在凌帆口袋里的是张军令状。

然后四个人像是夜空里忽然亮起的烟火里的光流，向着不同的方向而去。

只是不曾留意过，其实我们生活里每分每秒所发生的事情都在把我们往各自更遥远的地方拉去，彼此之间越来越遥远的距离让我们变得和过去不同，当视线里过去的谁都看不到时我们就都变成了一颗最冰冷的钻石。

孤独地活在我们自己的世界里。

当凌帆成为她们之中第一个正式从学校踏上社会的人时，叶蓉开始认真地思考起人生的未来在哪里这个问题。

她一直坚信她们四个人中间自己才是最正常的那个，而另外三个都夸张得像是从小说里跑出来的虚拟人物。

楚晴这个奢华品牌的狂热痴迷者从来都不用浪费脑细胞去想自己以后的人生道路该怎么走，假如问她你的未来在哪里，简直就是在侮辱中国的经济。比起上班工作之类的事情，她情愿花时间去吐槽顾天香觉得会更有意义。而她每天必做的事情就是通过各种途径来得知 Dior 或 LV 是不是又出了什么新品，就连还没进入中国市场的巴黎著名时装品牌“LEONARD Paris”也逃不过她的魔掌，预计 11 月份才会在上海久光百货开张的第一家 LEONARD Paris 专卖店还在装修的时候她就能从里面买来一件三千多元的外套，有时候叶蓉真怀疑 007 是她手下的打工仔。

而楚晴之所以每天都能够挥霍着无数金钱的原因是她包里有着从花旗银行到浦发银行的各种各样银行的信用卡，并且透支额度都在五万元以上。

叶蓉抬头看看这座城市里每天都在不断出现的新大楼，和那些被夷平后准备重建的旧楼，越来越多的钢筋水泥建筑装饰得再怎么华丽也没有生命的温暖气息，而这座城市里的人们在这样逼仄紧迫的缝隙间都安逸地生存着。

看看售楼处每天打扮得花枝招展的售楼小姐，或是银行看似越来越优厚的房贷政策，就能够清楚地知道上海现在的房价是一个怎样的水平了。

其实越来越多的普通上海人对于未来的憧憬就是能拥有一套属于自己的房子。

简单得如此卑微的希望。

而以楚晴父亲为代表的上海房地产大亨们就用疯狂飙升的房价蹂躏着那些卑微的希望。可以不用任何科学统计地说，上海有一半的人是在为房地产商打工。

所以“未来”这个词对楚晴来说就是银行账户里的钱，永远都不需要担心。

那个永远不需要担心未来的楚晴此时此刻正在外滩一字排开的名牌店里用无聊而慵懒的表情一件件地看着衣架上的衣服，和叶蓉凌帆的忙碌相比，她觉得自己的生命空虚得像是一整片被蒸发干海水的汪洋，裸露出巨大的海底世界。有时候她甚至觉得自己连顾天香都不如，虽然学着美术，但其实对艺术根本没什么兴趣，不过是用来推脱父亲想让她继承公司的借口罢了。

如果不是出生在这样的一个家庭里，什么都不会的自己该怎么在这个世界上生存。

每次慢慢地走在路上看着身边匆匆而过的上班族就觉得他们生活得如此多姿多彩，难道自己真的只能像个贵族一样每天醒来就是喝早茶和欣赏花园里的玫瑰吗?

对她而言，未来这个词汇迷茫得像是夜航在大海里的船又遇上了迷雾，一片迷茫。

虽说因为是上午，但在外滩这里的名牌专卖店里的服务员永远都比顾客来得多，他们运用高昂的价格来过滤掉全上海九成九的顾客，而剩下的这些才是真正的“上帝”。

楚晴身后五步之遥的地方，服务员点头哈腰地用糯米糕一样甜腻的声音介绍着楚晴用小指从衣架上勾出来看的每一件衣服，虽然她只是勾出来扫了一眼。

十分钟后手里拎着一个白色 MANGO 袋子的夏渔走进了外滩 3 号的 GUCCI 专卖店。

“送给你的。”夏渔把 MANGO 袋子递给楚晴说。

“干吗突然送礼物给我？”楚晴摘下墨镜奇怪地看着夏渔问。

“也没什么，就当是欢迎你回来的礼物吧。”夏渔似乎不太愿意多说话，只是沉默着陪楚晴挑衣服。

而楚晴只是接过袋子随手放到了沙发上，看都没看，似乎记忆里那个曾经为她买支唇膏都会高兴不已的女生再也不见了，他越来越觉得他们就像是同一个端点放出去的线，却朝着不同的方向远去。

“待会儿我们去干吗？”楚晴回头问。

“不知道啊。”夏渔眯着眼睛想了会儿回答。

“那走吧。”楚晴觉得无趣，把手里的衣服重新挂上衣架转身就走。

夏渔低头看了看沙发上白色的 MANGO 袋子，深呼吸了一下拎起袋子跟了出去。

刚走出外滩 3 号打大门，楚晴就看到那辆熟悉的宝马跑车停在她面前，夏渔也站住了脚步。

一个看起来只有三十几岁的女人打开车门，优雅地走了下来。

夏渔看到那个女人冲楚晴笑了笑，然后他就听到楚晴叫道：“妈。”

细微的光线从光点上射出，即使会飘散开星芒，也是单纯的一维。

平静的黑色海面像已沉睡，那是片面的二维。

树立起的天空和海面一样，构建出一个庞大的立方体，那是三维的。

我们所生存的世界，由长宽高和时间拼凑起来，于是就是一个四维的真实世界。

这个世界外那未知的宇宙，似乎有着所谓的五维定义。

五维之上还有六维。

六维后面还有七维。

……

未知的领域里数亿维的事物或许也是存在的。

那么，谁能告诉我悲伤是几维的吗?

——摘自夜夕《空界的天空》

叶蓉有一本笔记本，上面写满了她所读过的小说中她所喜欢的语段，其中凌帆最喜欢的就是这一段。叶蓉问她为什么，她说因为读起来感觉很抽象但又很细腻，让她想起了人。

也许就是如此！为什么历史总是扑朔迷离的？为什么时代会不断变迁呢？为什么我们所生存的这个世界如此复杂又精彩呢？

那其实因为创造历史、推动时代、构架世界的都是我们这些渺小到不能再渺小的人，因为我们这些依靠着血液循环流淌才活着的生物是这个世界上最奥妙的东西。

人的复杂是任何理论都无法解释的，有时候真的觉得我们胸膛里跳动的那颗心脏应该是颗钻石的样子，否则又怎能去主宰拥有数亿千万面孔的人呢?

谁来问一句，人到底是几维的呢?

The Fifth >>>

当 现 在 不 在 ， 我 们 将 期 待 怎 样 的 未 来 ？

如果说命运就是齿轮的话，那我们就是其间被碾碎的沙土！

“妈，你怎么从香港回来也不和我说一声啊？”楚晴小声地问，如果说这个世界上还有人能够让她害怕的话，那这个人就只能是她的母亲——楚湘怡。

楚湘怡微笑着，“你不是也一句话都不说就从纽约跑回来了吗？”

“妈，对不起啦。”

楚湘怡没理会楚晴的道歉，抬眼上下打量了一番站在她身边的夏渔，露出高傲的笑容说：“听说你妈是开服装公司的？”

夏渔点点头，直觉告诉他这个女人比凌帆的母亲米心慧还恐怖。

“你觉得自己凭什么配得上我女儿？”楚湘怡丢下一句话后就扬长而去，而那句话像是一支浸泡满了毒液的长枪，把夏渔当胸贯穿钉在了空气里。

“你没事吧？”楚晴扯了扯他的衣角小声地问。

“别碰我，你妈说了我配不上你！”夏渔打掉楚晴的手冷冷地说。

楚晴捂住被打红的手背叫道：“你发什么神经啊，又不是我说的！”

“可她凭什么这么说，她当自己是谁啊！”身体里像是积聚了数百年的瘴气，在一瞬间遇到了一丝火星燃起了巨大的爆炸，夏渔狠狠地把手里的袋子摔在地上。

“你这话什么意思？”楚晴双手抱胸冷冷地看着突然发怒的夏渔。

“什么意思？你看看她那副飞扬跋扈叫人恶心的样子。她当自己是谁啊，她又当你是谁啊，你们家不就是有钱吗？有什么了不起的！我真他妈的不知道是坏了哪根筋听我妈的话给你买礼物！”夏渔狠狠地踩着脚下的 MANGO 袋子，地上飞扬起高高的灰尘，而从他嘴里说出来的每一个字都像是一根根细密的针，把楚晴的心脏插成了一个刺猬。

眼前的夏渔陌生丑陋得让她难以分辨，这再也不是四年前用篮球砸中她的心的那个夏渔了。

四年的时光，就像是燃烧的烟丝，被记忆这张苍白的纸紧紧地挤压在了一起，然后点燃，冒出迷茫的烟雾，在游走过几丝绝望的火星后，灰飞烟灭。

楚晴低着头沉默着不说话，垂在眼前的刘海像是升腾起了一层黑压压的乌云，滚烫的眼泪漫过眼睛，楚晴用手用力地捂住嘴巴，但眼泪还是大滴大滴地从浓密的乌云里落了下来。

而对面夏渔的眼眶也迅速红了起来，积蓄在眼眶里的泪水被风吹出了涟漪，像是一道道深刻在生命年轮里的沉重悲伤。

夏渔试着伸手去抱楚晴，但楚晴马上后退了几步大叫："别碰我！"

"我先走了。"夏渔抬手抹了抹发红得刺痛的眼睛说，楚晴用力地咬着牙不让哭声发出来。

夏渔转身离开，楚晴双手紧紧捂住脸，缓缓地蹲下去，胸膛里翻涌起巨大的疼痛，痛得让她无法呼吸。

总之，被蒸发干的黑色巨浪铺天盖地而来，连那些存在海底深处的悲伤和绝望的暗流都一起被卷了起来。

是谁在空远死寂的海原里丢下了一颗原子弹，在天海之间升腾起一朵黑色的蘑菇云。

淮海中路上的一家餐厅里叶蓉正从里面走出来，她翻了翻钱包，里面只剩下一张一百元和一些散碎的零钱，她站在十字路口犹豫了一下，最终还是决定向西走，因为坐那边的交通线路回学校可以省下两块钱。

而餐厅巨大的橱窗玻璃里，一个服务生正在取下一张招牌服务员的广告。

在穷人们绞尽脑汁地思考着怎么活下去的时候，富人们却在风花雪月地上演着琼瑶剧。

这个时候的凌帆如果知道楚晴正蹲在外滩的马路边上哭，或者叶蓉找了一份在餐厅做服务员的工作她都没时间来表示惊讶。因为她现在恨不得自己能像哪吒一样变出六只手，甚至是更多的手，或者索性像个机器人一样被输入一条条指令然后有条不紊地开始工作，而不是忙得焦头烂额。

她从来没想到第一天上班竟会是这样忙，她本来以为第一天上班顶多只是先熟悉熟悉工作环境，然后再认识一下公司里的同事就 OK 了。

早上九点准时到公司的时候接待她报道的就是当时面试她的人事部部长，一个穿着性感短裙走路会走猫步的女人，而且名字竟然叫 Minnie。凌帆真的很难把这个女人和米老鼠的女朋友这个形象联系起来，或者说米老鼠的形象因此会变成一个坐着林肯穿着燕尾服带着单片眼镜的英国老头。

然后早上凌帆冲她打招呼说 hello 之后在记忆里算是经典的米老鼠印象彻底的被残害了，因为 Minnie 回答她的那句话和那只穿着连衣裙带着粉红色蝴蝶结的老鼠说的一样——why hello?

那个时候凌帆还不知道，其实更大的惊恐还在后面等着她，如果 Minnie 是在用锤子砸她的承受力的话，那么她的顶头上司——TOP 文化的老板就是直接朝她丢了颗响尾蛇导弹，炸得她尸骨全无。

这个时候凌帆是多么想念顾天香那雷人的温柔啊。

抽空的时候她给叶蓉发了条短信，内容是："这里全都不是人啊！"然后发完才想起叶蓉的手机已经坏掉了，于是又把这条短信转发给了顾天香，不过一直到中午休息的时候顾天香的短信才回过来，而上面那句雷人的话此时让凌帆感觉到了亲人般的温暖，就像战火纷飞的时代里突然遇上了小偷，因为顾天香问："你不是去上班吗？干吗跑动物园去啊？"

本来凌帆对于老总的概念就是那种挺着个像是怀孕了的大肚子，脸上的肉会像沙皮一样在走路的时候左右晃荡，然后穿金戴银，恨不得穿一套黄金圣衣来表现自己是多么的有钱。

不过她在看到自己的老板后她倒是希望老板都是像上面的那种形象。

因为在上海文化圈呼风唤雨的 TOP 文化公司的老总竟然是一个三十岁左右的女人，而且还是那种身材有致，脱下套裙就能去代言内衣广告，放下盘起来的头发就能去 T 台上走秀的成熟美女。不过这样的美女却一点都不迷人，因为她那张机器般冰冷的脸让凌帆觉得像是刚从南极厚厚的冰层下挖出来然后直接空运到上海的。

如果说楚晴是皇后，那么这个女人就是皇太后，如果说凌帆是个冰山美人，那么这个女人就是个钻石美人，永远比她们修炼的多得多。

就是这么个穿着 LV 套裙把睫毛刷出两厘米长还画着烟熏妆的女老总竟然有一个让人疯狂的英文名——Sissi

茜茜公主!!!!!!!

这是凌帆这一生里遇到过最最恐怖的事情，之前的 Minnie 就像是个安慰奖，而顾天香则完全已经被丢到十万八千里之外去了。

当听到 Minnie 说这就是总经理 Sissi 姐的时候，凌帆感觉空气里弥漫着一股湿气，像是黑色海面上山雨欲来的前奏，随时随地都会迎来一场毁灭性的风暴。

果然，坐在深黑色老板椅里面的Sissi翻了翻她的简历后抬起头用犀利的眼光看着凌帆面无表情地问："你会法语？"看到Sissi的面无表情，凌帆马上觉得之前自己的面无表情简直就是春光灿烂。

凌帆马上点头。

Sissi从抽屉里拿出一叠像《小时代》这么厚的纸丢在办公桌上说："把这份文件里的所有红色字体都翻译成法语，我允许你错十个地方，明天中午前交到我办公桌上。"

凌帆绝望地拿起那叠文件转身要走，就听到Sissi补充说："让Minnie带你熟悉下整个公司，一天之内要把公司每个人的名字和职位都记住。出去后顺便先帮我去楼下的上岛买杯咖啡，不要放糖浆和奶油，谢谢。"Sissi面无表情地说完后低头开始看手里的文件，而凌帆则已经听到上帝召唤她灵魂的声音了。

凌帆的办公桌就在总经理办公室的外面，因为她的职务就是总经理助理，而和她同样是总经理助理的竟还有两个，她觉得自己的大脑极度缺氧，因为她完全不明白究竟为什么一个总经理需要三个助手。后来通过Minnie才知道，因为TOP由三大板块组成，一个图书部和两个杂志部，三个助理分别是针对这三个部门的，她凌帆所对应的就是图书部。而楚晴经常看的时尚杂志《LIFE》就是他们出的。

在勉强用笔记下了公司所有重要职位的同事的名字后凌帆拖着快要崩溃的精神回到了助理办公室，刚坐下来她才想起之前Sissi姐叫她去买的咖啡都忘记了，一种庞大的寒冷感迅速在身体的四肢百骸里流窜，沿途而过时将血液降温。

每个细胞都被冻结了。

“完了，她会叫人把我五马分尸还是凌迟呢？”凌帆抱着上刑场的心推开了总经理办公室的门。

“你干吗？”里面的Sissi正端着一杯咖啡抬起头来用奇怪的眼神看着她。

凌帆的脑子空白了一秒钟，然后马上把头摇得恨不得掉下来，“我是想问下还有什么事需要我做的吗？”凌帆只能硬着头皮假装问，她知道这时候如果说没什么事那就等于是在找死。

“出去吧，有事会叫你的。”Sissi喝了口咖啡继续低下头去看文件。

凌帆退出去的时候激动得恨不得跪下来，不是佛祖显灵了就是耶稣又复活了。后来才知道这佛祖或耶稣其实就是Minnie，她就知道凌帆第一天一定会出什么差错，所以就叫人下去把咖啡买好了。

凌帆为此感激得一塌糊涂，假如Minnie能变成Mickey估计凌帆马上就以身相许报答大恩了。

而之后在TOP里面发生的一切都在证明，在Sissi面前她就是个连呼吸都要学习的婴儿。

下班的时候凌帆礼貌地向Sissi姐打招呼说再见，Sissi点头的时候视线根本就没离开过她手里的那个蓝色文件夹，凌帆准备关上门的时候突然听到Sissi说：“以后不需要借了人家的Prada来上班的。”

凌帆听到这句话瞬间呆若木鸡。

Sissi喝了口咖啡依旧头都不抬地说：“是不是自己的衣服，聪明人一看就明白。”

凌帆第一次感到，她的骄傲，她的尊严，她曾经被男人众星捧月般的地位，全都被社会这个庞大黑暗的漩涡给吞噬殆尽了。

楚晴看到有人从地上捡起了那只被踩烂的MANGO袋子，里面露出来的是一条羊毛围巾，她记得曾经自己和夏渔提过圣诞礼物想要一条。

楚晴抬起头，泪眼朦胧的视线里还是分辨出了方明泉的脸。方明泉把她从地上拉起来，然后递过来一张纸巾。

楚晴接过纸巾，手指和方明泉的手指碰到的时候眼睛里的闸门像是又失控一般的往外流眼泪。方明泉刚想安慰她几句，楚晴竟一把扑过去抱住了他。

“别这样。”方明泉皱着眉掰开楚晴的手。

“陪陪我。”楚晴抬起朦胧的泪眼目光迷离的对他说。

方明泉坚定地摇摇头，说：“对不起，我们不能再犯同样的错误了。”

这句话像是一下子戳中了楚晴的咽喉，海面上吹起的大风一下子就刮跑了所有的阴霾，但这并不等于乌云散去就是晴空。

一阵个安静的世界里，消失了颜色，消失了声音，消失了温度，消失了光线。

时间就变成了缓慢褪去的潮水，黏稠得近乎无法流动，退潮时留在沙滩上犹如一点一点裸露出来的黑色尸骸。

这才是乌云散去后的全部。

“抱歉，我要走了，你自己回去吧。”方明泉说，然后转身冲远处挥了挥手，越过他楚晴看到远处的背光阴影下站着一个穿裙子的女生，手里拿着两个可爱多，也冲这里挥了挥手，远远地就能感觉得出她那甜美的笑容。

“新女朋友？”楚晴抹去眼泪冷笑着问。

“我们总不可能永远被过去锁着吧？”方明泉反问。

“难怪连叶蓉，连我都不要了呢！”楚晴冷冷地说。

“请别搞错了，是叶蓉让我从今以后不要再找她了。还有，那件事情我们不是说好永远不要再提了吗！”方明泉用力地把手里破烂的 MANGO 袋子塞进楚晴的手里低沉着声音说。

说完后转身离开，只留下楚晴一个人狼狈不堪地站在那儿。

方明泉走到小薰身边，脸上迅速露出温柔的微笑问：“站累了吧？”

“没有，这个给你。”小薰摇摇头，把手里的一个可爱多递过来。

方明泉接过来看了看，然后指着小薰咬过一口的那个草莓味的说：“我要你这个。”

小薰的脸就迅速地像那个可爱多一样红了起来。“对了，那个是你朋友啊？”

“嗯，高中同学，很热情的一个人，见谁都喜欢拥抱，呵呵。”方明泉就着小薰刚刚咬过的地方咬了一口说。

“她没事吧，看起来好像不太对。”小薰问。

“没事！”方明泉缓缓地摇摇头笑着说，“她不要太好哦！”

如果我们的生活是一场战争，或者说是一次高潮迭起的终极对决，那么，在这个时候，一定会有非常悲壮的号角声从天空里刺下来。

枪林弹雨里的我们，面目全非的我们，脸上淌满了眼泪，把我们的悲伤和难过像是白旗般迎风招展开来。

持续不断的猎猎作响声，像是一拍密集的子弹打进胸腔。

叶蓉坐在路边的木椅上，低着头轻轻地揉着走痛的脚，旁边放着一只高跟鞋。偶尔抬起头来，水泥森林的枝叶间是一块米色的天空。风把她长长的头发吹起，凌乱地贴在脸上。

TOP 里凌帆又端进去一杯咖啡，放在桌上，Sissi 连头都没抬，凌帆抬起头，从高高的写字楼高大的窗户眺望出去，看到像是战场般惨烈的一整个上海。

而楼下的星巴克里，林夜希窝在一只红色的球形沙发里，开着 Word 的 MacBook Air 笔记本旁边放着一杯冷掉的卡布奇诺。落在他身上的细碎阳光，像是纠缠满了所有的幸福与痛苦。

而这还不是战争最惨烈的结局。

等待着她们的，是支离破碎的未来时光。

沙发的客厅里刚洗完澡的叶蓉正在看夜夕那本两年前出的《空界的天空》。

"我们以后再也不要谈恋爱了好吗？"楚晴把头靠在叶蓉的肩膀上说。

"不好，我要找个男人养我呢，生活多艰辛啊。"叶蓉摇摇头说。

"你怎么那么贱啊，没男人你就活不下去啊！"楚晴把头离开叶蓉的肩鄙夷地说。

窗外的夜空里浮动着大块大块的云，密得月光都透不进来。

叶蓉放下书吃惊地瞪大眼睛看着楚晴，过了许久才大声说道："对，我就是这么贱，怎么啦？这里只有你可以毫无顾忌地说着钱无所谓这样冠冕堂皇的话，因为你从来都没有过过拿五百块钱一个月还要看父母脸色的生活，你知不知道我现在身边加起来一共不到一百五十块啊？你知不知道我今天回来为了多省两块钱车费而穿着高跟鞋走了三条马路啊？你这辈子都不可能会知道这些，因为你可以随心所欲地花几千块钱买下一款难看得要死的名牌包包，你可以莫名其妙地就飞去美国玩人间蒸发。但是我们这些小老百姓不行，我们不工作就会饿死，会变成一堆骨头你知道吗？"

楚晴看着突然变得激动的叶蓉站起来，找出钱包拿出一叠粉红色的百元大钞甩过去大叫道："你缺钱，你缺钱你和我说呀，我有的是钱，你要多少我给你多少，可你凭什么这么对着我吼啊！"

两个人的对话一句一句的在清澈无比的黑夜里回荡着。

一声一声的在空洞无比的躯囊里轰鸣着。

叶蓉死死地咬着嘴唇，直到一丝红色缓慢地流下。

像是终于流出了身体里最后的一滴血。

"请你别侮辱我的人格！"叶蓉一字一顿咬牙切齿地说。

此时凌帆正好推开门，看到洒落在两人脚下满地的红色钞票。

像是汇聚起了一条死寂奔流的大河。

悲伤绝望地流动着。

房间里顾天香那台笨重的笔记本音响里传来莫扎特歌剧《魔笛》的夜之后咏叹调。

剧中唱到的歌词是——永远抛弃，永远丢掉，永远断绝，我们之间的一切关系，抛弃、扔掉、断绝！

深夜，叶蓉放下书关掉了枕边的台灯，渺小的天地间一片漆黑。

黑暗里，对面床上的楚晴通红着眼睛望过来，湿漉漉的像是下起了一场雨。

几声沉闷的雷鸣滚过头顶。

然后听到细密的雨滴砸落在窗户上。

"对不起。"黑暗里传来楚晴哭泣的声音。

叶蓉掀开被子站起来，钻到对面的床上，然后用力地抱住楚晴用力地说："没关系，亲爱的。"

窗外雷声滚滚,残余的夏天完结,秋天正式来临。

两墙之隔的另一间房间里,凌帆坐在写字台前,左边是一本厚厚的法语字典,右边是开着 Google 网页的电脑,中间放着一叠厚厚的文稿,上面被标记出来的红色字体像是我们生命里最值得伤怀的片段。

顾天香泡了杯咖啡放在凌帆面前,凌帆抬起头用拿着笔的手撩了下挡在眼睛前的头发笑了笑柔声说:“谢谢。”顾天香也笑了笑,然后用手撑着下巴坐在那儿安静地看凌帆在忙碌。

又是上海短暂而阴霾的秋季。

被时间蒸发掉的过去年代,过去那个欢呼跳跃的草样年代,像是浮游在狭长天空里的断云,看似压得很低,其实却永远也触摸不到,一层一层包覆起记忆里光明温暖的天空。

被生命推动着前进的现在时光,就像是从头顶散落下来的雨滴,连接起从不曾交汇的天空和大地,我们就生活在这样一个满是栅栏的牢笼世界里,无处可逃。

而我们那无限遥远的未来时代,总像是和现在互相排斥着一样从不曾来到,一点一点的消磨着我们心里的憧憬和幻想。

最最残酷的次世代,见证着我们最最微茫的存在。

当太阳再次升起的时候我们依旧对每个人微笑着说“hello”,而 Minnie 对凌帆的回答永远会是那句经典的“why hello”。

我们的时光像蜜糖般黏糊糊地流动着。

楚晴依旧每天早起,然后坐在客厅的沙发上用优雅的姿态喝一杯热牛奶,用那种让叶蓉觉得近乎女神的活力每天一个人乐此不彼地逛着恒隆或是久光，而她身上的衣服也像是时装展上的模特一样每天翻着新花样，就算是背着块画板去教室的时候也会穿上一双艺术气息浓郁的 CELINE 高跟鞋，搞得那些刚从杂志上学会认品牌的大一小女生个个都认为学美术可以创造无穷无尽的财富，然后激动得纷纷想要投入梵高的怀抱，或者说投入印着毛爷爷头像的红色纸头的怀抱。

而她们根本不知道，每一位美术院生背后工薪阶层的父母都恨不得小布什丢颗炸弹过来，直接把美术学院夷为平地，因为每年学院高昂的学费和大量的成本投入，都是在直接焚烧着他们工资卡上的存款。

不过对楚晴而言这里的美术学院简直破得充满了艺术的幽默感，有一年暑假她跟她老爸跑去澳大利亚，然后突然打电话给叶蓉，而电话的内容就是为了告诉她澳洲著名的艺术学府 AUT 也不过如此，当天晚上叶蓉抱着自己那张欠费停机的手机卡嚎啕大哭。

凌帆则从此开始了她的忙碌生活，朝九晚五，走出去的时候昂首挺胸像个光荣的白领，就差没给她带上朵大红花，一回到寝室整个人就直接软了下来，像滩烂泥一样倒在床上，用她自己的话就是“累得像条沙皮狗”。

在一个晚上听了凌帆 N 遍大叫“这不是人干的活啊”之后叶蓉终于忍不住说：“那你快点从那个疯人院逃出来吧！外面的世界多精彩啊。”但是凌帆冷静的回答是：“看在如此高的工资分上，这次我就不当自己是人了吧。”

为此叶蓉用浑身上下所有的细胞同时向凌帆表示了鄙视。同时脑子里也迅速展开了丰富的联想。想象里凌帆推开 TOP 的大门走进去，一个人走上来把一根数据线插在凌帆嘴里，然后从电脑上劈里啪啦地输入了一大串指令进去，接着就能看到凌帆脸上泛着机器人般的金属光泽直接把一台旧的大型打印机压扁后丢进垃圾桶，或是抱着几十公斤重的文件在几秒钟之内迅速发到TOP的每个角落里，最后在享用午餐的时候厨师会端上来一叠电池和一杯汽油，当凌帆嚼完电池喝掉汽油之后浑身充满着像阿童木一样的力量。

楚晴听完叶蓉这种疯狂的联想之后不死不活地丢出一句："叶蓉，你脑子中病毒了吧？"

于是所有的假象都被迅速地格式化掉，不过格不掉的是凌帆那让她发疯的助理工作。

星期二早上，当她把熬了大半夜才弄好的法文翻译放在办公桌上的时候Sissi抬起头轻描淡写地说了一句："我要上海书城今年每个月所有的图书销量统计表。"

星期三早晨凌帆一进办公室Sissi就走过来丢给她一张写有一个地址的打印纸，说："你现在去这个地方跑一躺，今天下班前把稿子拿回来。"于是凌帆就稀里糊涂地拎起包走出了TOP的大门，直到上了出租车后才明白原来是去找一个不会用电脑打字的作家拿一份稿件，这本来没什么，但最可怕的就是这个地址不详细到几乎只写了上海市嘉定区的某一个镇，没有路名也没有门牌号码，还有的就只是一个难听的笔名。

星期四中午，正在校对图书部一份文稿的时候Sissi突然把她叫进去，告诉她下楼买杯咖啡，回来后马上想办法搞到昨天晚上BBC伦敦时间18点到22点之间所有节目的录音，还必须是高清音质的。

对于这个冷酷无情的女老板，下达什么样的命令都是有可能的。

似乎一直忘了继续叶蓉关于她们未来的那个思考。

在听完凌帆关于她种种像邦女郎般的神奇工作经历前，叶蓉一直认为她的未来应该是在上海金茂大厦或者是国际金融中心这类用金融数据或报表来填充满的地方，凌帆应该每天都坐在里面不停地接电话记录数据和收发邮件，然后花一个月的薪水跑去恒隆买一件小坎肩或是八公分的高跟鞋。

但是现在叶蓉觉得凌帆的未来应该就是她的那个叫茜茜公主的年轻女老总，坐在巨大的黑色老板椅里拿起电话严肃地说："你好，我是凌总！"

而楚晴对这个形象的修改版是，凌帆坐在一张披着老虎皮的椅子上穿着黑色的风衣带着黑色的墨镜，然后拿起电话冰冷地说："做了他！"

和自己不同，至少凌帆能够看到如此纹路清晰的未来。

叶蓉为了生存下去，于是每天开始去餐厅上班，并且利用这间隙去各大医院找工作。

但是现实总是出乎你意料之外的坏，越来越多的女生为了好找工作而选择读护士专业，然后每年等到毕业的高峰期，那些预备护士就像是泄洪时奔腾的水，一起翻涌着灌进社会。而越来越多的学校遵循着老鹰的法则，出了校门的学生就不管其生死了。

大学和社会之间永远都像隔着一道深不见底的峡谷，而唯一能通行的那条独木桥上挤满了想要过去的人和想要把别人打下去的人，他们在那里争夺着生存的权力和期望未来的资格。

叶蓉揉揉酸痛的手臂，走出一家医院的行政大楼，然后把手里那份打印的简历揉成一团，丢进垃圾桶里，和所有的垃圾一样等待着被销毁。

不远处花坛的后面，穿着光鲜亮丽的楚晴望着叶蓉落寞地走出去的背影，血管里像是突然刺起无数的锋芒，在身体的每个部位都轻轻地痛着。

空气里挂满了压抑的气味。

顾天香背着小提琴走出女生寝室楼，因为五分钟前她的导师打电话来告诉她关于参加柴可夫斯基音乐大赛的曲目的事情。当她推开门走出去的时候，其实上帝已经和她开了一个大大的玩笑。

绕地球一周之后，又重新回到了原位。

“孟老师对不起，我迟到了。”顾天香几乎是撞开音乐教室的门冲了进去。

然后她就感觉自己撞在了一个人身上，接下来的一瞬间耳边回响起刺耳而短促的钢琴音。

“对不起，对不起。”顾天香抬起头连声道歉，然后声音忽然就卡壳掉了。

那个被她撞到而往后退并且反手撑在钢琴琴键上的人穿着黑衣服，好看的脸上有着像剑一样锋利的眼睛和眉毛。

从对方冰冷的眼神里一瞬间传递过来的惊讶让顾天香像是被电击了一样，这个时候丘比特这个插着翅膀的小孩一定把弓箭射得像机关枪一样快，顾天香的心脏一瞬间就变成了个仙人球。

“顾天香，你怎么老是这么冒失啊。”孟老师走过来说。然后又转头对那个穿黑衣服的男人说：“这就是我和你说的那个顾天香同学。”

男人冷酷的脸上泛起一丝琢磨不透的笑，“我想我们已经认识过了，对吧？厕所女生！”

“你们认识啊？”孟老师有些惊讶地问顾天香。

“啊，什么？哦，那个那个……”顾天香犹豫了半天问，“老师，他是谁啊？”

“你们到底认不认识啊？”孟老师闷了，完全搞不懂是怎么回事。

男人冰冷的容貌和锋利的脸部线条像是那些出现在楚晴手里的《LIFE》杂志大封面上的男模特。

“我是钢琴系的久保南川,请多多指教！”男人说完鞠了个躬。

“咦?日、日本人?”顾天香大吃一惊,以她的智商完全无法接受一个中文讲得比她还流利的人竟然是日本人这样的事实。

一旁孟老师的声音说:“是啊，南川就是这次和你一起去参加柴可夫斯基音乐大赛的人。”

如果凌帆知道的话那一定会指着十字架上的耶稣破口大骂，因为他保佑了一个连耶稣是男是女都没有分清楚的顾天香。

音乐大厅前面的台阶像是要用来登山一样多，顾天香就坐在台阶上,看着来来往往的那些女生。

虽然早晨的学校广播里明确无误地说今天的气温会是入秋以来最低的,但是那些打扮得精致入时的女生还依旧穿着短裙,就像楚晴凌帆叶蓉一样,会在大冬天甚至下雪的时候还穿着漂亮的短裙,长发披肩的样子温婉而美好。

谁不想和她们一样呢? 哪个女生会喜欢自己胖乎乎的样子而不是苗条纤细的身材呢?

顾天香也希望在过生日的时候会有男生为她买蛋糕，为她唱生日歌,而不是和一帮死党去吃饭K歌最后还要自己买单。她也幻想着情人节那天能够收到男朋友的玫瑰和巧克力，而不是一个人孤零零地躲在寝室里吃泡面。

然而那些粉红色的梦想都在现实这滩污泥里越陷越深,直到涌起几个气泡,就再无翻身之日。但即使是这样被时光的溶液侵蚀得支离破碎的幻想其实依然留下了根深蒂固的某个部分,顽强地存活在心脏里。

就像现在顾天香的心情一样。

“厕所女生，上次为什么不来看音乐会？”一个声音从头顶上掉下来，像是苹果般砸中顾天香的心。

“我……那天不舒服。”顾天香撒谎说。

“你撒谎。”南川坐了下来，就坐在她的身边。

“没有……”顾天香小声说。如果每个人都有一种特质的话，那么楚晴是豁达，凌帆是冷静，叶蓉是包容，而顾天香身上流淌的就是最纯真的善良，“我那天看到你和你女朋友了。”顾天香低下头说。

“你们这种女生，就会酝酿些没有意义的思想。如果你有空胡思乱想，倒不如马上去减肥，如果你能拿到柴可夫斯基国际大赛的入场券并且成功减肥的话—”南川把最后一个“话”字拖得很长。

“怎么样？”顾天香眼睛一亮。

“我就给你一次机会，做我女朋友！”顾天香回头看着久保南川，即使说这句话的时候他的表情也依然冷酷得像是冰块。

但是顾天香的笑容就留存在了这个模糊的暮色里。

“她很有活力。”看着像是回到青春年代的顾天香跳跃着远去的背影南川回头对身后的孟老师说。

“也是个很可爱的孩子啊。”孟老师推了推鼻梁上的眼睛说。

南川第一次舒展开冰冷的眉宇笑了笑说：“如果能瘦一点就更可爱了。”

“刚才听她的演奏觉得怎么样？”

南川摇摇头，“很有实力，但没有灵性和感染力，似乎小提琴不适合她。”

孟老师赞同的点点头，“我就知道找你来没错的。”

“她似乎更应该弹钢琴，我觉得那才是她的天赋。上次她能听出我弹错的音节，很不简单。”

“不过这孩子似乎有什么难言之隐啊。”孟老师叹了口气说。

“所以你才找我来啊，我会帮她的，每个人都应该选择对自己而言最正确的未来，不是吗？”南川仰起头，望着被风吹得空荡荡的天空，只有暮色迟缓地掠过。

“南川，那你也该选择自己的未来啊。”

南川低下头，用力地摇了摇头说：“我从很小的时候就不去想什么未来了，对我而言这也是没意义的事情。”说完拍了拍孟老师的肩膀转过身，然后似乎又想起了什么，回头说：“千万别让顾天香知道其实只是她一个人去参加比赛。”

这个星期三的早晨，被洗干净的那条 MANGO 羊毛围巾在经历了两天上海土黄色的秋雨飘零之后终于干了。

这也是有生以来叶蓉第一次看到楚晴用她那双每天涂 LANCOME 水晶润肤乳保养的手伸进脸盆里洗东西，而且洗的时候是那么认真，偶尔会抬手擦一下眼角，然后在眼角留下一些晶莹的色彩。

楚晴把围巾从衣架上收下来，捧在手里，像是捧着她整个青葱岁月里的爱情。

她放下围巾，给夏渔打了两个电话，都是无人接听，然后又给他发了条短信“如果你还爱我，让我们好好谈谈好吗？”但是也一直没有人回。

楚晴不知道的是在她打电话给夏渔的半个小时前，夏渔刚接到米心慧从意大利打来的电话。

接起电话米心慧问的第一句话就是：“你去找过楚晴了吗？”

“没有！”夏渔打开扬声器把手机丢在一边，然后坐在地板上继续玩PS3。

“你怎么搞的！算了算了，我刚听说这个周六楚家有一个宴会，你到时候记得去，我已经选了一件礼服让助理帮你送过去了。”米心慧在电话那头不满地说。

夏渔没理她，继续打游戏，电视屏幕里光华流离的战斗场面异样激烈。

“听到没有？”米心慧在那头吼道。

“妈，我不想去。”

“什么不想去，你爸死的早，我一个人把你养这么大容易吗？我还给你住最好的，穿最好的，吃最好的，现在妈妈就让你做这么一件事你都不愿意，你有没有良心啊？”

“可人家根本就看不起我们，我去干吗？你给你儿子留点尊严好不好？我也不是你做生意的工具！”夏渔摔掉手里的游戏手柄吼道。

“你！你！你气死我了！”米心慧的声音变得格外的气急败坏，“我告诉你，你到时候要是没去楚家的宴会看我回来怎么收拾你！”

夏渔抓起手机砰的一下砸在雪白的墙上，与此同时，电视屏幕里的游戏角色正好被飞来的流弹击中，胸口溅起血花倒了下去。

过了几分钟夏渔平静下来，从抽屉里拿出另一只手机，又从地上捡起SIM卡装进去，开机。然后打了个电话。

“喂，方明泉。帮我想个办法，怎样才能马上让人发高烧？”

终于，到了星期四的晚上，再过四十八小时就会有一场华丽而盛大的Party举办。

她们会在Party上互相举杯，纪念纯真年代的逝去。

The Thired >>>

当现在不在，我们将期待怎样的未来？

时尚这个词汇在上海这座城市里是会以光速传染的，这个城市就像是被凝聚起的磐石，总会在时代的浪涛里寻觅到一个最舒适的地方。

在其他城市的电影院都快要倒闭的时候，上海的电影院里依然毫无间隙的放映着好莱坞大片，这种能推动时尚的庞大动力在这个城市里被无限制地放大到不可思议的境界。

书报亭的电影海报下，摆满了厚厚的全彩铜版纸杂志，里面巴黎、米兰时装秀T台上冷艳惊容的华服爆炸出刀刃般的时尚锋灼。

在中国，上海女人是毋庸置疑的精致冠军，她们就是那些不管多困难都要想办法在外套领上镶一圈花边的人，那些不管早上时间多么紧张，头发都要纹丝不乱梳出样子才肯出门的人。

而生活在这个城市里的上海男人们也像是重新被格式化过一样，然后被编写成一段时尚程序。比如喝咖啡首选汉源书屋，是张国荣流连过的地方；买书只光顾季风书园，读的是村上春树、卡尔维诺、赫尔博斯；晚上在余姚路欢乐时光，Tequila要加很多冰块；下雨的天窝在家里看影碟，只看王家卫、侯孝贤、布努埃尔……

即便是那些曾经过时的上海老克勤，也依靠着复古的元素重新踏入时尚的高雅行列。住着老式的公寓大楼，去和平老年爵士吧听爵士，同一群没大没小的朋友去国泰看电影，和老交情在华山路的红宝石吃一块鲜奶小方，或是去首席公馆这样有点故事的地方喝东西。

每每那些从穷乡僻壤里走进上海的人都会用像仰视神明一样的惊异目光注视着这个城市里与时俱进的人们。

时尚这个词汇，完全地融入了血液当中，每天随着呼吸一起，无数次地流经胸膛里的那个地方，然后再流遍全身。

东方欧罗巴里的人们,都是些依赖时尚生存的贵族。

星期四的晚上,四个人围坐在客厅的沙发上,这是凌帆上班以来她们第一次这么惬意的享受晚上的美好时光。

茶几上是一套楚晴下午从家里面带出来的紫砂茶具，在听了楚晴介绍这套茶具的价值之后叶蓉就幻想着趁月黑风高的时候把它偷出去卖掉，这样自己不仅一年不用去餐厅打工，还可以快乐地享受一个 LV 包包,但是这个想法在楚晴说完"要是谁把这套茶具给打破了我就抓她去浸猪笼"之后叶蓉的痴心妄想像是癌细胞一样被全部杀死。

"净化一下你们的肠胃,让你们从咖啡和甜品的阴影里摆脱出来。"楚晴用那种一克能抵叶蓉一天收入的上好西湖龙井茶叶来炫耀她精湛的茶道,无聊的有钱人就喜欢学这些。

"应该是让我们准备接受星期六丰盛美食的摧残吧？"叶蓉翻着手里看过好几遍的《空界的天空》说。

"我已经做好了扶墙进扶墙出的准备了。"顾天香的表情像是绑着炸药包马上就要冲出去炸桥的董存瑞。

"她什么意思？"楚晴问凌帆。

"意思就是说,去之前要饿到扶墙进去,出来的时候要饱到扶着墙出来。"凌帆修着指甲说,说完把磨下来的一层白色粉末吹进了空气里。

楚晴马上俯身保护住茶具叫道:"你别用你的指甲沫污染我的茶！"

"我看你才是在暴殄天物呢！"凌帆拍了拍沙发对楚晴说,"楚晴,什么时候你再去买个新沙发回来吧,我们这沙发都用了三年了,大概是我坐 TOP 那边的椅子坐习惯了吧,我怎么坐都觉得不舒服。昨天下班回来我经过宜家的时候进去看到了一套意大利真皮沙发,很舒服的。"

"滚,那怎么多事啊。别以为头上套个圆圈就当自己是天使,胸部贴两个贝壳就当自己是美人鱼啊。再说 TOP 给你的钱又不会少,要买自己买去啊。”

叶蓉马上举起手来,“随便你们谁买,我一定负责坐。”

“大家马上就要毕业分开了,还买什么沙发啊?”顾天香有时候真是纯真的可恶,这样伤感的话题谁都不愿意提起,都希望就这么烂在心里的某个角落然后被永远遗忘,直到那个时间必须来临的时候。

聚散分离,我们人生里永远不会缺少的元素,每次它来,都能赢回去满满一口袋的悲伤。

楚晴给自己准备的 Party 礼服是一件粉红色的 Vesarce 中式小礼服，当顾天香看到那张 19500 元的发票时她惊恐地指着楚晴裸露在小礼服的后背说:“他们怎么能这样黑心，花两万块钱后背上却连块布都没有！”然后用同情的眼光下安慰“上当”的楚晴,还说要带着她去消费者保护协会告他们。

楚晴翻着白眼用极大的耐心问:“你是不是想他们最好卖我一套黄金圣衣,还要是双子座把整张脸都蒙起来的那种?”

“这个嘛……”顾天香摸着下巴思考着。

“拜托,大姐。我的心理承受能力很差的,求你让我多活几年好不好?”楚晴黑着脸对顾天香说。

“我们到时候穿什么?”凌帆拍拍叶蓉问。

“我不知道,总不能穿着休闲装去吧?”

“你等等。”楚晴对叶蓉说,然后一路扭着细碎的小步子跑进房间,因为那件中式小礼服的裙摆收得很紧。不一会儿楚晴从房间里走出来手里拿着件蓝色礼服,对叶蓉说:“这是我前年买的一件 Kensie,不过胸围太大了,我要垫两个胸垫才能穿,你不嫌弃的话送给你吧。”

“让我试试。”凌帆马上抢过来说,不过楚晴同样以迅雷不及掩耳之势又拿了回去说:“你穿不了的,你的胸部又没叶蓉的大。”

这样奇怪的对话马上让叶蓉想起了香港星空卫视的娱乐节目《女人我最大》……

而一旁的顾天香用上下三层楼都能听到的声音哈哈大笑说:“楚晴你胸部缩水啦?”

接着黑暗的夜晚全女生宿舍楼都听到一下猛烈的撞击，然后是一片安详的死寂。

楚晴揉着打顾天香时被她一身肥肉弄痛的手腕，凌帆在旁边殷勤地服侍着，在觉得时机成熟之后凌帆像林志玲一样嗲声嗲气地说:“姐姐,你也送我件衣服好吗?”

楚晴用手推开凌帆说:“你不说我都忘了,星期一借你的那件 Prada 上面我怎么发现了一条六毫米长的水笔印啊?”

凌帆猛地站起来叫道:“不是吧姐姐,你这都看的出来?”

那边的顾天香端起一杯泡好的茶喝了一口,又马上吐了回去,然后皱着眉说:“靠,这什么东西,真难喝。”

楚晴的心马上揪了起来,然后带着满脸杀气向顾天香冲过去。

和早上在闹钟响过三次之后才手忙脚乱起床上班的叶蓉和凌帆，以及跟死猪一样四脚朝天抱着枕头呼呼大睡的顾天香不一样，楚晴依旧保持着每天早上六点起来挑衣服，喝一杯热牛奶并且动作优雅地翻着时尚杂志的习惯。

如果楚晴是罗浮宫,那她们三个就一定是巴黎郊区的废品回收站。

早上九点,凌帆准时地坐在了 TOP 的总经理助理办公室里,可怕的大魔王 Sissi 姐还没有来，于是她就利用这段难得的休闲时光来思考明天晚上到底该穿什么去 Party，对顾天香而言这个 party 的意义就等于是食物，不过对她而言，可不仅仅是这么简单。

去那里的每一个人都会是站在这座城市刀尖上的人物。

九点三十，穿着一件米色 Chanel 风衣的 Sissi 推开办公室的门走了进来。包括凌帆在内的三个助理马上站起来迎接。

“Alten，你让《LIFE》把十一特辑和下个月刊号的所有预选图片样本给我拿过来。”Sissi 一进来就直接对负责《LIFE》杂志部的助理 Alten 下命令。

“沈玲，告诉《文学》那边十一不用出特辑，但是你们必须想办法给我搞到梁羽生的独家专访，随便你们用跪求的还是用绑架的都必须给我做出来。”凌帆听到 Sissi 对年纪比较大的沈玲姐说的话时吓了一跳，梁羽生？不就是那个老得快死的武侠小说家吗？

“可是梁羽生不是在悉尼休养吗？”沈玲小声而为难地说。

“悉尼怎么了？”Sissi 冷哼了一声，“就算他在火星你们也给我坐着火箭上去找他。让 Minnie 马上给你们订飞悉尼的机票。”

凌帆听得一身冷汗。

“凌帆。”Sissi 喊她的名字。

“到！”凌帆紧张得就差没立正敬礼了。

“我现在要出去谈事情，待会儿你去我办公桌右边那个抽屉里拿一张建设银行的信用卡，密码我会发到你手机上的，然后帮我去恒隆买一件 Dior 的礼服回来放在我办公室后你就可以下班了。”

“咦？”凌帆愣了愣，怀疑自己听错了。

“有问题吗？”Sissi 用那双凌厉的眼睛瞥了她一眼问。

“没有没有。”凌帆马上说。

“待会儿让司机送你过去吧，回去后好好休息，下个星期有一场大仗要打。”Sissi说完转身后走了，凌帆刚刚得到的快乐一下子被她那句话给扼杀在萌芽中。

狂风暴雨来之前海面上总是会格外安宁祥和，但这里不是天堂，这里是最现实和残酷的人间世界。

九点三十，楚晴在和她们去食堂吃完早饭后回到家。

楚湘怡一边打电话和某个贵妇谈论着这一季 Burberry Prorsun 的广告里名模 Lily Donaldon 和 Agyness Deyn 的装扮，一边让那个她从英国带回来的管家往 Hermes 茶杯里倒咖啡。假如你看不出张曼玉和巩俐的年龄，那么你就一定也看不出楚湘怡的年龄，因为她那张从小就开始保养的脸看起来年轻得像是三十岁，看着这张脸有时候楚晴甚至很难开口叫她妈妈。

而铺着天蓝色桌布的法式长桌那头林天翔正在翻着财经报纸，身后站着的 Viken 有点像《终结者》里的施瓦辛格。

上海顶尖贵族圈里流行的早茶。

“爸妈，我回来了。”

“哦，小晴回来啦。”林天翔笑呵呵的放下报纸和跑过来抱住他脖子的女儿亲昵了几下。

“我听说明天的宴会你请了几个朋友来？”楚湘怡挂点电话后用那张异样年轻的脸对着楚晴问，她左手无名指上的那枚耀眼的 Tiffany 钻戒可以在上海内环买下一套两居室的房子。

“嗯，她们都是我在上海最好的朋友。”

“不过，我听说她们可都是些没什么背景的平民。”楚湘怡喝了口咖啡，表情活像是一条微笑的眼镜蛇。

楚晴干笑了几声，反驳道："妈，这都什么年代了你还玩平民贵族的游戏？土不土啊？"

"你……"楚湘怡被咖啡呛了一口，一个女佣马上上来不停地轻拍她的背，咳了好半天才缓过来，但是脸色差得像是刚从锅里捞出来的猪肝。

楚湘怡指着对面的林天翔说："我那时候真不应该听你的把女儿留在上海，你看看现在成什么样了啊。"说着站起来边咳边往外走。

楚晴和林天翔互相看了看，然后一起哈哈大笑。

她姓楚，但并不代表她就像她的妈妈楚湘怡。

"对了爸，和你商量件事儿。"楚晴拉过椅子坐在林天翔旁边，这让林天翔想起了楚晴小时候总喜欢坐在他腿上的样子。

"什么事？"

"明天晚上把 Viken 借我用用，我想让他开车去接我朋友，你也知道我们这儿没车是进不来的。"

"OK，没问题。"林天翔笑笑说。

"谢谢爸。"楚晴在林天翔脸上亲了一口，然后从她的 Caetier 手袋里拿出一条 GUCCI 领带说："爸，我刚给你买了条领带，应该会很配你明晚穿的礼服的。"

林天翔哭笑不得地看着楚晴手里那条春光烂漫的领带说："放心，我不会告诉你妈的。"

司机把车停在南京西路上恒隆广场的 Dior Homme 旗舰店前。

凌帆打开黑色轿车的门走了过去，初秋的风包裹着淡金色的光线从巨大的橱窗玻璃上反弹回来，几个穿着西装衬衣的男白领走过去的时候纷纷的向自己看过来。和教室里走出去时被那些青涩的男生注视着是完全不一样的感觉，如一朵盛开在绝壁上的花朵。

凌帆忽然觉得这个世界美好得不像话。

“你在这儿等我。”凌帆回头对 Sissi 的专职司机说,然后理了理身上的黑色套装,踩着七公分的细高跟鞋向着华丽的大门走去。

虽然以前也陪楚晴逛过名牌店，并且看她像打劫一样一口气刷下两三万的东西,不过那种感觉不一样。一个人走在这里面,随意地用小指勾出衣架上的一件衣服,然后再用满不在乎表情松开手指,感觉着几个店员小心翼翼伺候的氛围。

凌帆终于能够体会到一点楚晴当女王时的感觉了，那是种梦寐以求的快乐。

墙上挂的是新一期《时尚》杂志上刊登过的黑色短款小外套,橱窗里塑料 MODEL 身上的 V 型露背深海蓝晚礼服是 Mischa Barton 在威尼斯电影节时穿过的。

凌帆找到 Sissi 指定的那件黑色无肩长裙对跟在身后化着精美妆容的店员小姐说:“就要这件。”那感觉舒服得像是快要死掉了。

店员小心翼翼的把衣服叠好包好,然后再装进一个漂亮的纸袋里,刷卡的时候凌帆看到玻璃柜台上刚才从衣服上取下来的小小的白色价码牌,上面铅印着“17000”的黑色字样。

凌帆收起小姐递回来的发票和信用卡，一抬头就看到柜台右边的白色墙壁上挂着一件红色的晚礼服。

“小姐,这件拿给我看一下。”凌帆伸出手指指着那件衣服说。

当凌帆拎着两个 Dior 纸袋从自动玻璃门快步走出来的时候她的心跳得像是香港警匪片里身上被绑着定时炸弹的女主角。

凌帆钻进黑色轿车里,关上车门,她感觉自己脸上的皮肤已经要被烧穿了。

“麻烦你先送我回学校,我待会儿自己回公司。”

凌帆摔开寝室门的时候顾天香正在阳台上忘情地拉小提琴，那腔调就差学《Fidder on the roof》里的主唱那样爬屋顶上去了。

顾天香看到凌帆一进来就马上关上门，整个人都靠在门背后狂拍胸口。

“你干吗这么紧张,刚偷完东西回来啊?”顾天香停下来奇怪的盯着凌帆问。

“对,我刚去罗浮宫偷了《蒙娜丽莎》。”凌帆喘着气说。

顾天香用肢体语言鄙视了一下后又重新开始拉她刚才中断的曲子。

凌帆把两个Dior的纸袋丢在床上,终于长长地舒了口气,浑身像是虚脱般无力。

床上的一个纸袋里滑出小半边红色的裙摆来。

外面的天空暗得异样的快,云层流水般的浓密起来,很快就遮住了整片天空。

远处的高楼大厦茂盛得如同一片大森林,虽然她刚从那里回来,但却突然的发现原来那里离自己是多么的遥远和陌生。

看着站在浅浅的秋幕里拉小提琴的顾天香，凌帆第一次觉得原来她也可以是那么美丽的。

只是她这一刻永远都想不到,自己已经踏进了一个漆黑的深潭里,并且开始沦陷下去,直到这个世界终结或是她死亡。

林夜希走出咖啡厅的时候已经是傍晚了，外面的世界只能在暮色里模糊成一圈圈浅浅的淡灰色轮廓。

秋天的黄昏,马路上很安静,像是被浸泡进了悲伤的溶液里,没有一丁点声音。

不远处是一座教堂,高高的尖锥形屋顶上插着一个十字架,被远处地平线上投来的残余夕阳拉长，然后在前面的草地上打出深浅交错的光影。

林夜希看着那个背影走远，消失在一片灰蒙蒙的暮色里，嘴角泛起一丝无奈的苦笑，轻轻地摇摇头，像是在对自己小声地说对不起。

手机铃声突兀的从口袋里冒出来，打破宁静。

“嘿，帅哥。”

林夜希嘴角的肌肉扯了扯勉强笑了下打招呼：“嘿，美女。”

“让我猜猜你这样的语气的始作俑者吧，嗯……你刚才和她在一起吧。”

“呵呵，我一直都说你比她聪明多了，当然也可爱多了。”林夜希温暖笑着说，然后向有路灯亮起的路口走去。

“那当然咯。”电话里颜雨薰得意地笑道。

“今晚她说有个宴会，本来想叫我一起去，不过，我拒绝了。”

“我就知道你没兴趣。”

“那美女有没有兴趣出来陪帅哥看场电影呢?《画皮》或是《赤壁》。”林夜希站住脚，头顶上的路灯洒下细碎的光线。

“看你这么可怜的分上，本小姐就答应你吧。”

林夜希也调笑道：“哈哈，你能陪本大爷这个超人气偶像作家看电影可是你的三生荣幸。”

挂掉电话林夜希抬起头，才发现自己被昏黄色的夕阳覆盖着，浑身像是涂满了悲伤的色调。

头顶上压得很低很低的云像是船一样缓缓流动着，似乎空气都变成了悲伤的液体。

从和平影院买完票出来，刚走几步，脑海里就突然涌起一股巨大的错乱感。

眼前的一切,跳动的夜色,光线的碎片,巨大的楼盘,锐利的人流都在一瞬间错乱成无数只有黑白两色的小方块。

不知道从何处传来的汽笛声，像是一艘开往另一个世界的航班启航的召唤。

然后整个世界都在林夜希的意识里像多米诺骨牌一样连续不断地垮塌。

最终堆积成生命无法逾越的山脉……

"叶蓉你快点啊,楚晴让 Viken 来接我们了,车已经到楼下了。"穿着件叶蓉不知道该怎么称呼的服装的顾天香在客厅门口大叫道。

"你们先下去吧,我找不到另一只耳环了,找到我马上就来。"叶蓉在被摆得乱七八糟的首饰盒里翻着，如果是楚晴那她的每一件首饰肯定都会被挂上一个标着名字和品牌的小牌子然后整整齐齐像阅兵一样放在首饰盒里,这是种恐怖的时尚动物。

"那我们先下去了,你待会儿下来。"凌帆走到房间门口说。

叶蓉回头，看到凌帆身上那件漂亮的红色礼服惊讶地笑了起来。"凌帆,这件衣服太棒了。"

"不,应该说穿着这件衣服的我太棒了才对。"凌帆扭了扭腰得意地说,"我们可不会等你太久的,快点吧。"

五分钟后叶蓉从楼梯上跑了下来，而凌帆和顾天香早就占据了楚晴她爸那部凯迪拉克后面的两个位置，驾驶座上的 Viken 马上为她推开了前面副驾驶座的车门。

然后凯迪拉克就消失在了视野中。

消失在了方明泉的视野中。

无论是那些经典的迷城般的小说，或是那些粗制滥造的电视剧情节，其实他们都来源于我们精彩无比的生活。

不是说 arts are come from life 吗?

方明泉并没有看到提前上车的凌帆和顾天香，他所看到的只是穿着漂亮的晚礼服坐上一个男人开的凯迪拉克的叶蓉。而他就离开她们一百米的距离，穿着一套帅气的西装。

昨天晚上有人告诉他：我们都曾经错过，但我们还是有机会选择正确的未来。

看样子，这不是我的未来！方明泉叹了口气想，然后掏出手机打了个电话，只是电话一直都没人接，第三次的时候手机通了，然后他听到里面嘈杂的各种声音里有小薰的哭声。

“小薰你怎么了? 你在哪里啊? ”方明泉的心一下子紧张了起来，但是就在下一秒钟，他听到里面一个男人虚弱的声音说：“小薰你别哭，我没事的。”

身体里突然像是被插进了一个巨大的针筒，内里的一切都被瞬间吸食干净，取而代之的是填塞进心里面密密麻麻的痛楚和像海藻般伸展开来的黑色触手。

方明泉挂了手机，贴着背后的墙壁缓缓地坐下来，远处路灯里传来几星稀疏的光线，地上的尘埃静静地浮在半空中。

位于松江佘山国家级旅游公园里的上海紫园号称是中国最昂贵的住宅区，2002 年的时候创下了 1.3 亿元人民币这个中国别墅售价的最高纪录。

如果历史往前推个两百年，这里绝对就是上海的紫禁城。

在上海这座城市里那些真正登峰造极的人眼中，恒隆、陆家嘴、外滩或是新天地都不是上海的中心，只有紫园这个地方才是象征身份和地位的权威代表。

而现在叶蓉、凌帆还有顾天香正坐在凯迪拉克里面看着这座城市最高贵的地方,她们吃惊的下巴都掉在了地上。

“叶……蓉,你以前没来过这里吗?”凌帆咽了口口水问。

“我想从来没有。”叶蓉声音颤抖地回答。

“如果这里不是爱丽丝的仙境那么就一定是镜花缘了。”虽然电视里已经看到过了许多奢华的地方,但是如此真切看到却还是第一次,和电视里的一样,或者应该说比电视里看到的更奢华。围墙、喷泉、花园草坪、游泳池、烧烤平台、甚至是私人游艇码头,这里的每个角落里都缓慢的地无时无刻不在流淌着雍容华贵的味道。

而另一边在她们的目的地，楚晴正在一个篮球场那么大的卧室里穿上那件粉红色的 Vesarce 中式小礼服。

今晚,她希望是她们告别过去,重新开始快乐生活的时刻,曾经许许多多的错误或是伤怀,都会被他们亲手掩埋在过去的深坑里。

林天翔推开房门,“嘿,宝贝儿,今晚你真漂亮。”

“谢谢爸爸。”楚晴踮起脚尖在林天翔的脸上亲了口。

“恩,宾客们已经开始陆续来了。当然还有那些和你妈臭味相投的贵夫人们。”

楚晴笑起来,“我想妈妈可不会喜欢你这样的形容。”

林天翔也笑了起来,父女两一模一样的笑容。“不过事实就是这样,你妈想让你下去见见她的那些好朋友,因为……呵呵,她们几乎每个人都带了一个十分优秀的儿子过来。”林天翔摸摸鼻子,终于把老婆的精神传达完毕。

楚晴的脸马上拉了下来,"她不会是想给我相亲吧?"然后看着林天翔问,"爸,你怎么看? "

林天翔犹豫了一下,说:"你知道我很喜欢夏渔这孩子,还有,我希望你能和你喜欢的人做朋友,我想今晚你应该和她们在一起。"

"喔爸爸,理解万岁!"

"上次你说的对,为了现在的一切我失去了太多的东西,我不希望你和我一样活在你妈妈的计划之中。"林天翔微笑着看着长大了的女儿,头顶上柔和明亮的光线照出他脸上两侧淡青色的胡渣,异样的成熟而忧伤。"我们总应该去选择正确的未来,不是吗? "

楚晴一把抱住林天翔说:"Dad,I love you."

"I love you too."

楚晴松开手,抹了抹差点流出来的眼泪,"我应该去门口看看了,我想她们这时候应该到了。"

叶蓉她们从黑色的凯迪拉克里面走出来, 面前这座在夜空里灯火辉煌的建筑在她们眼里已经不能被称为别墅了。

王宫或是城堡,才是最贴切的称呼。

我们最骄傲迷人的小公主正向她们走来。

"楚晴,你从没告诉过我们你家这么……"叶蓉一时间找不对形容词来形容她的震惊。

"你想说的是恐怖吧?"楚晴笑道,然后转头看到了凌帆身上的红色礼服惊讶地叫道,"哦,Dior! 凌帆你哪儿弄到的? 好漂亮啊。"

凌帆得意地仰起头说:"这个世界上没有什么是能难倒那种集美貌与智慧于一身的女人的,而我凌帆恰恰就是这种女人。"

"你说的是雅典娜吧?"楚晴打趣地说,当她转头看顾天香的时候她惊恐地叫了起来，因为顾天香的打扮看起来像是要去参加化装舞会，如果再给她个橄榄枝做的圈她就能去舞台上演希腊神话里的修道士了。

楚晴用手摸着额头绝望地叫道："哦，天呐，顾天香我认识你算是我这辈子最失败的事了。"

接下来顾天香竟说了一句让她们大吃一惊的极具哲理性的话："既然你都已经这么失败了，就不会再在乎多一次失败吧。"但是在凌帆和叶蓉还没狂点头表示同意的时候顾天香又变回了以前那个顾天香，"我闻到食物的味道了。"

……

"这几位就是你的朋友吧？"林天翔端着一杯马蒂尼走过来。

"对，这是叶蓉，这是凌帆，这位是……顾天香，都是我最好的朋友。"

林天翔向她们点头道："你们好，我是楚晴的爸爸。"

"伯父您好。"叶蓉礼貌地回答。

"您就是楚晴的父亲啊？"凌帆马上走上去和林天翔握手，然后一脸敬慕地说，"楚晴可从来没和我们说过她父亲这么成熟帅气。"

林天翔笑了笑，"她也没和我提过她的朋友里有你这么漂亮的小姐。"

"伯父，我学的是金融管理，您知道吗在学校里您的事迹一直都被当作教材来被我们学习的，我一直很崇拜您。"

"是吗？那我真是不胜荣幸。"

凌帆得体的微笑着问："您能帮我去拿杯酒吗？我们可以边喝边聊，我有很多问题想向您请教。"

看着一起走掉的林天翔和凌帆，叶蓉刚刚装好的下巴又掉了下来，楚晴撑着腰无奈地说："真是头白眼狼。"

"楚晴，你爸爸不会被她给拐跑吧？"顾天香问。

"哈哈，怎么可能，想拐跑我爸，她还早了八百年呢。"

苏州河边的两湾城公寓，这里每平米的房价直接翻了七年前的九倍，这种飞跃式的涨价速度也只有在上海这座飞跃式发展的城市里才能诞生。而房价的飞速上涨在不断提升城市地位的同时也让房地产商享受着暴利的幸福快乐。

电梯停在十四楼，米心慧用电子钥匙打开厚厚的保险门，然后是房门。

她的手提包里装着的是下午刚从意大利 Robertoca Valli 公司拿下来的秋冬季少女系列服装设计方案的合同，这是她努力奋斗了好多年的回报与结果。

宽敞的客厅里拉着厚厚的窗帘，一米光线都透不进来。

她推开儿子的房门，看到夏渔穿着短裤汗衫裹着被子躺在床上，自己前天帮他特意挑选的 Armani 黑色紧身西装还丢在床沿上，地上乱得一天世界，PS3 开着，液晶屏上浓黑色的背景里一行血红的大字——GAME OVER!

米心慧走过去拍拍儿子叫道："小渔。"

夏渔迷迷糊糊地应了声，很艰难地睁开眼睛。

"今天不是楚晴家办 party 吗？你怎么还在这睡觉？"

"我难受。"夏渔含糊地说了一句，然后裹紧被子又闭上了眼睛。

"怎么了儿子？"米心慧伸手去摸夏渔的额头，滚烫。

米心慧慌了，"我现在马上去叫保安来背你下去，妈妈送你去医院。"

一直等到米心慧高跟鞋的声音离开房子夏渔才睁开眼睛，他从枕头下掏出手机来打了几行字："我照你说的方法做了，昨晚半夜在阳台上用凉水浇了几遍，今天果然发烧了。"打完后从通讯录里找出方明泉的号码发了过去。

但是过了好几分钟都没有送达报告回来，夏渔随手把手机往地上一丢，昏昏沉沉地又睡过去了。

医院的白色走廊里，来来往往的医生护士带着雪白的口罩，像是他们只拥有那双面对生死漠然的眼睛。还有那些穿着蓝白竖条纹衣服的病人，每一个都好像被身上的衣服监狱般的囚禁了起来，而真正囚禁他们的是生命的天平。

小薰把手机放进包里，然后转身走进医生办公室。她刚才打了十几通电话给方明泉，但一直是关机。

“徐医生，夜希他身体怎么样？到底是什么病？”颜雨薰焦急地问正在看 CT 片子的徐医生。

林夜希从椅子上站起来，走过去拉住颜雨薰的手说：“没事的，只是小事情，我身体很好的，不信你问医生。”然后回头看着徐医生。

“徐医生，真的是这样吗？他到底怎么了？为什么会突然昏倒？”

“我不是昏倒，只是摔倒了，然后又不小心撞到台阶上而已。”林夜希安慰她说。

徐医生放下手里的片子，抬起头看了看颜雨薰，又看了看林夜希，清了清嗓子说：“他身体没什么病，就是有点贫血，回去好好休息多吃点补血的东西就行了。”

“听到了吧，医生的话你总相信了吧？”林夜希摊摊手笑着问。

“真的？”颜雨薰还是忍不住问了句。

“当然是真的啦，从小到大你夜希哥什么时候骗过你？”

“你吓死我了！”小薰终于破涕为笑。

“那个，这件事你别告诉她啊。”林夜希低声说。

“为什么？”

“她这么忙，这种小事就别去烦她了。”小薰没看到的是，林夜希低头说话的时候眼睛里像是有海面上土人被风吹起的雾气。只是眼眶像是个完整的容器，找不到能够宣泄的缺口，于是所有的一切都随着眼泪一起重新回流到血管里，在心脏跳动的时候流淌着。

看着两个年轻人离开了很久之后，徐医生才站起来把几张脑部的CT片子挂在明晃晃的背光灯墙壁上，看着那一片片像是墨迹般无规则的黑色和白色。

徐医生重重地叹了口气自言自语道："哎，这么优秀的一个年轻人，怎么会得这样的病呢？"

窗外浓浓黑夜里的世界，像是最深的海底，不断翻涌着乳白色的气泡，然后连续而永恒地消失在头顶的天空里。

暗无天日的世界，谁都逃脱不了。

欧美电影里的镜头不是骗人的，在上海的上流社会宴会里，贴面礼和吻手礼和在上东区一样流行。

楚晴给叶蓉端来了一杯饮料，问："怎么样，还喜欢这里吗？其实这个宴会本来是我爸妈为了招待那些达官贵人而办的。"

叶蓉接过饮料说："说不喜欢是假的，没有人会拒绝这么豪华盛大的party，但是我总觉得似乎不太习惯和少了某些东西。"

"或许是少了某个人吧？"楚晴试探着说。

叶蓉笑了笑，喝了口饮料没回答，心里面却像是被浇上了一层凉凉的液体，如果继续寒冷下去，那么就会结成透明的冰柱，挂满整个心脏。

"放心吧，或许是堵车了，你等的人会来的。我昨天晚上打了个电话给他，告诉他我们都有机会选择自己正确的未来。"楚晴望着远方说。

"楚晴，你……"叶蓉一时间不知道该怎么说，是责怪还是感激，这两个词像是纠结缠绕在了一起，怎么分都分不开。

“别人不知道，但是我知道你心里是怎么想的。”楚晴拉着叶蓉的手说，“这么多年的感情，一定不是这么简单就能结束的。”

两个女生的眼圈迅速地红了起来。

“那夏渔呢？他也没来？”叶蓉忽然问。

“会来的，如果他还选择我，我相信一定会来的。”楚晴紧紧地握住叶蓉的手喃喃地说。

“噢，原来你在这儿啊！”楚晴这时候很不情愿听到楚湘怡的声音，但偏偏这时候楚湘怡就出现了。“我不是让你爸爸叫你下来了吗？你怎么在这儿？”

“抱歉，爸爸和我说完我一不小心就忘了。”楚晴有些冷淡地说。

楚湘怡看了看叶蓉问：“她就是你的朋友？”

楚晴玩弄着手里的高脚杯点点头，然后对叶蓉说：“这是我妈。”

“你妈？开玩笑吧？”叶蓉差点惊讶地大叫，不过还是忍住没叫出来，她无论如何都不敢把面前这位年轻的女人和自己那个一头过时卷发眼角鱼尾纹横生的老妈做比较。“阿……姨，您好。”叶蓉鞠了个躬，阿了半天才叫出阿姨这个称呼，要不是因为她是楚晴的妈妈，估计她当时就会脱口而出“姐姐你好了”。

楚湘怡上下打量了一下叶蓉然后对楚晴说：“好像你也有一件和这一模一样的 Kensie 吧？”

叶蓉刚想说出真实情况，楚晴马上用眼神制止她，然后对她妈很不屑地说：“是吗？我怎么不记得了？”

“走，我带你去见见李部长的儿子，她刚刚进入国家海洋开发局，你们年轻人应该能有很多共同语言。”楚湘怡挽住女儿的胳膊说。

“我不去。”楚晴冷漠地甩掉楚湘怡的手说。

“你知道我办这个宴会是为了谁啊？还不是为了你，可你现在却在这儿和你的朋友闲聊！”楚湘怡皱着眉用犀利的眼神逼视着楚晴。

“对，对不起，我想我正好要去下洗手间，楚晴你先陪你妈妈去吧，我待会儿有空了来找你。”叶蓉表情尴尬地说，她几乎是逃着离开她们的视线。

楚湘怡看着穿着 Kensie 礼服的叶蓉高傲地冷笑了一下。

叶蓉向大门口张望了一会儿，还是没能看到方明泉。

身后铺着长长白布的自助席边顾天香满意地挑选着那些精致的食物，一直到手里的盘子再也堆不下为止才开始向嘴巴供应，而就在昨天晚上她还抱着一只大布熊窝在沙发上看 TVB 的瘦身节目，额头上绑着一根白带子上面用红笔写着“为南川王子减肥”这样的字眼，当时凌帆马上把寝室里所有锋利的东西都藏了起来，说怕顾天香突然明白自己是不可能减肥成功而剖腹自杀。

身后两位穿着笔挺西装的男人一手插在裤袋里，一手优雅地举着杯威士忌谈笑风生地讲着关于商界经济命脉的话题。叶蓉觉得这对自己而言遥远得就像是爱因斯坦从坟墓里爬出来坐上飞机从美国过来向自己解释什么是相对论一样。

长方形游泳池里的水蓝得发亮，各种颜色的灯光斑斓地打进水里。门口两尊半裸的希腊石膏像举着没有琴弦的手风琴。

看着眼前的一切，叶蓉忽然觉得这个世界陌生得可怕，她情愿面前是那母亲讨厌了许多年的阴暗逼仄的弄堂。而不是看着这些穿着 Changel 和 Huge Boss 的人，因为他们和自己之间隔着恍如光年般遥远的距离。

凌帆穿着那身红色的晚礼服施施然地走过来，手里端着半杯琥珀色的饮料。

“和楚晴帅气成熟的爸爸谈得怎么样？”叶蓉打起精神来问。

凌帆修得十分精致的眉毛挑了挑，说：“相谈甚欢，他说很赏识我在金融管理学方面的才能，如果我愿意的话他可以给我个机会去他那边工作。”

“真的？那你就可以脱离TOP那个魔窟啦。”叶蓉替她高兴道。

不料凌帆摇摇头，说：“我婉言谢绝了，因为TOP那儿还有很多值得我学习的地方，尤其是我的老板。”

“又是那个茜茜公主?！”

“对了，方明泉还没来？”凌帆忽然问。

叶蓉摇头，然后又不知所措地点头，不知道该怎么回答。

“他们两个男的是怎么回事啊！”凌帆皱着眉头说。

“夏渔也还没来吗？”叶蓉吃惊地问。

“楚晴刚和我说她已经打了N个电话了，一直没人接。”

顾天香突然从背后冒了出来：“他们俩不会是私奔了吧？”

凌帆认真地想了想回答道：“有这个可能。”

叶蓉抬起头，高远处的黑色夜空里一架夜航的飞机闪着忽明忽暗的灯光飞过，像在一块巨大的黑色幕布上戳出几个洞来，叶蓉满脸忧容地说：“我觉得这里的一切都好陌生，这里不是我们的世界。”

凌帆的嘴角翘了翘，把高脚杯放到嘴唇边抿了一口说：“不，我就喜欢这样的世界。”

“凌帆？”一个叶蓉陌生的声音在凌帆背后叫道。

叶蓉发觉凌帆的表情瞬间变得很僵硬，像是背后忽然被人捅了一刀，全身的神经都绷直了。

凌帆转过身去，然后装出一副很吃惊的表情笑着和身后说话的人打招呼:“啊,这么巧啊,Sissi 姐。”

Sissi 穿着凌帆从恒隆广场的 Dior 旗舰店拿回来的黑色露背晚礼服，和平时总是穿着黑色套装坐在办公桌后面的黑皮转椅上一脸冷静地翻看着文件的女人不同,精致的五官化着得体的烟熏妆,身材和穿套装时候一样匀称玲珑，凌帆还发现礼服的 V 字型开口下露出来的背脊光滑嫩白,完全不像是一个三十岁的女人。

叶蓉向 Sisi 看去，成熟女人的眉宇间那种冷漠的傲气让人很不舒服,感觉到和楚晴的母亲很相似的气息。

“没想到你也能来参加这种上流社会的宴会。”Sissi 说话的时候望着凌帆,长长的睫毛里满是浓密的高傲。

叶蓉发现凌帆的脸色马上变了，她知道她们四个中凌帆就是那个最要强的人,在乎的事什么都要争第一,恨不得能把人压垮在自己的尊严下。这样的话无疑是最赤裸的嘲笑和讽刺,不过也像是一剑刺中了心脏般，因为这座城市的每个角落里其实都无不明确地折射着人的贵贱之分，细碎得像是饼干碎沫的生活如同方程式里的数据般小心地一步步拆解着未知数,最后一起佐证着社会的残酷。

假如某天麦当劳的纸杯里装满了法国香槟，这并不预示着美好的社会主义来了,只不过是这个世界疯了罢了。

“我只是运气比较好而已,哪像 Sissi 姐您这么厉害啊。”凌帆表情僵硬地笑了笑。

看着对方笑容里难以严饰的惊慌 Sissi 得意地笑了笑,叶蓉看到她笑的时候嘴角边有两个深深的酒窝，让这个外表成熟的女人忽然多了一种甜味,却不是那种女生的甜美,倒像是纪实频道里曾经讲过的一种花朵,巨大艳丽的花盘,绚烂的色彩,还有花瓣上流淌着的透明的透出甜腻气息的黏液,吞噬掉振翅飞过的小虫。

“凌帆,”Sissi 看了看四周说,“我应该给你个忠告。”

“什么?”凌帆一口喝干了杯子里的饮料,叶蓉知道她在掩饰自己的紧张。

“如果你想要进入这个圈子,你一定会付出很多重要的东西,最终,你必须明白这值不值得。”Sissi 的表情淡了下来,凌帆第一次在这个像女杀手一样的女人眼里看到了诚恳的眼神。

假如时光在记忆里对准了焦距,那么这样的一幕画面会在几年之后重新被雕刻上凌帆的心头,因为那个时候她才终于明白 Sissi 这个忠告的含义了。只不过过往的岁月再也不能被篡改了,那些失去的东西在期望着美好未来而度过的过去时光里,才被定义成永恒的存在。

Sissi 跑过来扫了她们的兴,确切地说是扫了凌帆和叶蓉的兴,顾天香在被食物包围的时候是完全免疫的,谁都伤不了她。

临离开的时候 Sissi 瞄了一眼凌帆身上的红色晚礼服长裙说:“这是 Dior 去年冬天上市的款式,现在应该已经打折贱卖了。”这句轻描淡写的话彻底破坏了凌帆所有的心情,既然 Sissi 一眼就能看穿,那么这里也有人会看出来,在这种最时尚顶尖的贵族圈子里与潮流节拍落伍是最大的讽刺和失败。

从上海最豪华的地方扩散出去的光圈,像流言般把夜晚提升到了最精彩的时刻,从美国 CCTV 的新闻里播放出来的上海剪影永远像是被通了电的灯泡,光芒四射。

我们每个渺小的生灵都在光影下苟延残喘地等待着未来。

因为当现在不在时,我们能做的就只有期待未来。

The Seventh >>>

当现在不在，我们将期待怎样的未来？

对于那场 party,最难忘的人应该是顾天香和凌帆。

贝鲁嘉鱼子酱、蒂凡尼的新月面包、松露油烤芝士,还有一大堆叶蓉叫不上来的美食都会是今后顾天香美梦里的常客。不过幸好楚晴家财力雄厚,不然叶蓉真怕顾天香会把她家吃破产。

然后第二天早晨顾天香就像还魂一样大清早起来在客厅里面绕着沙发练长跑,说要把昨天吃进去的脂肪全部消耗掉。凌帆抬头看了看清晨升起的黄灿灿的太阳说:"你别大白天做梦了,快点回去睡觉吧。"于是顾天香马上找到了睡觉的借口并在五秒钟之内爬上了床，当凌帆打着哈欠从洗手间出来的时候客厅里已经能听到顾天香嘹亮的呼噜声了,像是打鸣的公鸡。

而凌帆以她那张徐若瑄的脸和林志玲的身材，完全征服了在场所有男人的视线,邀请她跳舞的男人络绎不绝,叶蓉形容那个时候的凌帆"就好像是妓院里的头牌姑娘"，这个形容同样因为来自于那些被她带着骄傲的微笑拒绝的男士。当天晚上回来之后,凌帆打开她的手袋,然后翻过来，于是全部都是印着董事长或总经理头衔的名片像下雪般纷纷落下来。

这一次现实教会了她另一个道理,女人的美貌就是让男人趋之若鹜的财富。那个时候起,也注定了她不会再被那些单纯幼稚的帅哥所吸引了。

我们的人生观和价值观就在不知不觉间被潜移默化着，直到一个全新的人生观和价值观破茧而出。

于是我们就变得不像我们了,面目全非的人,到底是谁?

不过至少现在,我们都还坐在纯真岁月的尾巴上,慢慢地被地面向前拖动着。

方明泉和夏渔真的像是私奔了一样，直到最后都没来，完全不知道方明泉和叶蓉还有夏渔和楚晴这四个人之间曾经发生过什么的凌帆大骂两个男人没良心。一向冷静的凌帆会表现得如此激动，倒让叶蓉小小地感激了一把，也松了一口气，因为至少这个女人还懂得帮死党生气，说明她还没有变成那个茜茜公主。

不过宴会结束后的第二天早上睡在紫园别墅二楼那间超大卧室里的楚晴就接到了一个电话，号码是夏渔的，而打来电话的人是米心慧。米心慧在电话里告诉她，夏渔本来是准备要去参加 party 的，他连礼物都买好了，不过他突然发起了高烧住进了医院。

至于方明泉，反正叶蓉手机坏了。不过晚上 Viken 送她们回来之后叶蓉在女生寝室楼下的墙边捡到了一件满是灰尘的男式西装，当她看到衣角两边的 M 和 R 两个字母时胸口像是忽然被红红的烙铁烧穿了，手里紧紧地抓着那件西装然后把脸深深地埋进去，在黑暗的墙边耸动着双肩小声地哭泣着。因为那件西装是她陪方明泉去买的，而且她还偷偷用和西装同样颜色的线在两边的衣角下绣了两个字母，M“明”R“蓉”。

有时候其实我们选择了正确的未来，但这并不表示我们就能够得到那个正确的未来。

医院的病房门口，楚晴看到了米心慧，事实上米心慧一直等在门口。

“阿姨，小渔他现在怎么样了？”楚晴一把抓住米心慧的手焦急地问。

“没事了，没事了。”米心慧和蔼地笑着说，如果这时候里面的夏渔看到一定会扯下一张纸写上“虚伪”两个字然后贴在他老妈头上。

“怎么会突然发高烧的？”

“我也不知道呀，我昨天刚从意大利飞回来，一回家就看到躺在床上烧得迷迷糊糊的小渔，然后就马上送他来医院了。”米心慧绘声绘色地讲着，就好像她昨天刚从侵华日军的大营里把被折磨得奄奄一息的夏渔救出来。

“难怪我打了好几个电话都没人接。”楚晴忽然有些欣慰地说。

米心慧一听马上就说：“他本来是要去你家的，你看他连礼物都准备好了。”米心慧从包里拿出一个精美的小盒子塞在楚晴手里说，“我昨晚送他来医院的时候这孩子竟然叫我别管他，一定要把礼物先送给你。”

“谢谢阿姨，那我进去看看小渔。”楚晴笑了笑打断米心慧这个苦情的故事。

“好好好，我正好回公司一躺，你帮我好好照顾他。”米心慧一听正是求之不得，马上就识相地给他们创造机会。

楚晴推开门走进去，白色病床上的夏渔正愣愣地看过来，眼睛在白色的氛围和窗外照进来的明亮阳光里闪闪发亮，也不知道是光线的缘故还是眼睛里涌起的潮气。

“嘿。”楚晴走到床边低头说。

夏渔咧开嘴笑笑，露出好看洁白的牙齿，“嘿。”然而一下子眼睛里的明亮就更浓了。

“现在感觉怎么样？”楚晴问。

“很痛。”夏渔坐起来说。

“刚才你妈说你没事了啊，怎么？烧还没退？”楚晴说着伸手放在夏渔的额头上，“没有啊，很好嘛。”

夏渔抓起她的手，然后拉到胸口，放在心脏上，说：“是这里痛。”

手上忽然传来夏渔胸膛里沉重而缓慢的心跳感觉。

一下一下，像是从天空之城落下来的云团。

楚晴丢掉手里的包包，然后一下子跳上病床，坐在夏渔的对面做出要放龟派气功的姿势说："哈，那就让我这位人见人爱花见花开的晴天小仙子来把你心里的伤痛全部治好吧。"

夏渔翻了翻白眼装出一脸绝望的样子说："哦，天呐，你不知道你现在的神态有多么像饿疯了的顾天香啊！"

"你去死吧，拿我和她比！"楚晴一拳头就打在夏渔的胸口。

夏渔马上倒在床上哇哇大叫着喊痛，表情逼真得让楚晴真的以为把他打伤了。

"小渔你没事吧，我不是故意的，你别吓我哦。"楚晴吓得大叫起来。

夏渔忽然一伸手，把楚晴紧紧地抱住，然后在她耳边轻声地说："对不起。"

世界一下子安静了下来，楚晴把脸贴在夏渔的胸口，隔着干净的衣服感受着他年轻肌肤上传来的温热。

"对不起。"楚晴闭上眼睛小声说。

"夏渔，你死了没？我们来看你啦。"忽然就听到顾天香那熟悉的声音从走廊里传来。

然后五秒钟之后，这个声音就变成了非常欠扁的声音，"啊，你们在床上干吗呢？"之所以欠扁的理由是因为这句话的分贝直接超过了前面的那句，连走廊最里面那间病房里的断了腿的病人都因此跑了出来。

"我想我们来的不是时候，不过……"凌帆推上门晃了晃手指说，"你们也太大胆了点吧。"

楚晴连忙从夏渔的身上爬下来，然后整理自己的仪容，整理完之后她指着对面三个人咬牙切齿地说："你们谁要是敢出去乱传，我发誓一定把你们家的祖坟给刨了。"

“我们家好像历来是天葬的吧。”凌帆想了想说。

“我们只是小别胜新婚,你们别这么惊讶。”夏渔笑眯眯地说,他的笑容真的是件对女人非常有杀伤力的武器。当天晚上心情大好的夏渔对帮她打点滴的小护士笑了笑，结果这个小护士魂不守舍地弄错了药水,幸好只是普通的营养液,不然夏渔就要含笑而终了……

“你们也太饥渴了。”叶蓉捡起楚晴刚才丢在地上的包,拍掉上面的灰尘。

“夏渔,你是因为生病才没来,那方明泉呢?以前天天跟幽灵似的出现在叶蓉身边,最近怎么一天都没见过他。”凌帆问。

“他昨晚没去吗?”夏渔问。

“没啊,我以为你知道呢。他是不是有新女朋友了?”

叶蓉拉了拉凌帆的衣服说:“算了,我们别说这个了。”

“叶蓉。”夏渔开口叫道。

“怎么啦?”叶蓉回头问。

“喝醉酒那天他哭了。”

“他哭得很厉害。”

“他说他离不开你。”

叶蓉站在亮起红灯的十字路口,回忆着刚才夏渔转述的话。每一句话,都像是要把周围的温度和空气都抽干了,没有任何介质存在的空间里灵魂像是要漂浮出身体般难受。

北极的夏季,永远都不会有花朵盛开。

过去的每一句话,也都会撩拨出将来无数细小的刺痛感。

路口的交通灯变绿了,人潮又重新开始流动,只是叶蓉却迟迟没有挪动脚步,视界里只是混乱游移着强烈的光斑。

方明泉闭着眼睛躺在床上,厚厚的窗帘只隙开了一条缝,光线就从这条缝隙里拥挤着漫进来。耳朵里塞在耳塞,胸口上放着一个 iPod Nano,身边摊开着一本 Roland Barthes 的《恋人絮语》。

丢在窗台上的手机震动起来,低沉的嗡嗡声在空气中打着颤撞到皮肤上。

方明泉把身体挪过去,抓起手机看了看,犹豫了一会儿还是拉掉了耳塞。

“喂。”方明泉虚弱地说,身体里的力气像是怎么都汇聚不到一起去一样。

“那个,昨天晚上让你担心了,其实是我一个朋友身体不好,我送他去医院。”小薰的声音总是和她的笑容一样甜美。

“没关系,我没事,只是担心你。”

“真的没事吗?”小薰似乎知道方明泉在想什么一样。

“真的没事,不骗你的。”方明泉笑笑回答。刚说完客厅里面就传来妈妈的声音,“小泉,电话,是个女孩子哦,是不是你昨天晚上约会去的那个啊?”

手机那边忽然没了声音,过了几秒钟电话里就只剩下嘟嘟嘟的忙音了,方明泉再打过去,已经关机。

“妈你搞什么啊?干吗叫这么响!”方明泉黑着脸走出来接过电话抱怨到。

“明泉,是我。”电话里传来一个熟悉的声音,就好像指针再次走过十二点,巨大的幸福和痛苦一起源源不断地错乱开来。

“蓉蓉。”方明泉叫出这个名字,眼睛里迅速堆积满了悲伤的光晕。

叶蓉去餐厅上班，顾天香去超市买过冬的食物(楚晴建议她直接带着被褥在超市安营扎寨)，凌帆回寝室，楚晴继续陪着“饥渴”的夏渔待在医院里，然后晚上回家去应付她那个可怕的老妈。

大家都走了之后楚晴在洗手间里发现了凌帆的手机，显然她刚才不小心忘记拿了，于是她告诉夏渔乖乖得等她回来，然后带他越狱一起去外面吃饭。

夏渔拿起一本《LIFE》笑着说我等你回来。

显然我们这位被沉浸在巨大幸福中的王子和公主都不会想到等待着他们的会是什么?

是继续被动地等待未来?还是被现实用鞭子抽着赶往那个次世代?

Choose what?

凌帆还没走到寝室楼下的时候就看到站在树荫下的谢恩崎了。

只是几天不见，头发又长了不少，软软地贴在脸上，被风吹起的时候发丝间的眼神就显得格外的迷离。穿着一件蓝色的风衣，脖子上围着条黑白相间的围巾，能看出来一个中学生向大学生蜕变的影子。

他站在那儿，就像是一幅巨大的平面海报，向她远远望来。

“凌学姐。”谢恩崎看到凌帆还是那幅小孩的腔调，一路小跑着走了过来。

“你怎么在这儿?”凌帆刷了很浓密的睫毛，还化了墨色的眼影，背着光看过来像是给眼睛盖上了一团厚厚的帷幕。

“我等你啊。”谢恩崎露出笑容说。

“等我干吗?你应该回去好好哄哄你那个娇蛮的小女朋友，别在姐姐这儿浪费时间。”凌帆笑着说，但那是她从 TOP 里面学到的那种带着冷漠和距离的职业性微笑。

“学姐，我想你可能误会了。”谢恩崎一脸委屈地说，他毕竟还只是个十九岁的大孩子。

凌帆低头想了想然后说：“那我就给你个机会解释吧。”

于是谢恩崎就开始讲述了关于他们家庭里的事情，而整件事情几乎像是台湾某部八点档言情剧的肥皂剧情，如果有哪个编剧愿意把它写出来，那或许又会是一部爱情偶像剧。

那个娇蛮的女生叫谢盈盈，是谢恩崎的堂妹。她的父母亲在她十一岁的时候就出车祸去世了，于是她就搬到了谢恩崎家，由她的伯父伯母也就是谢恩崎的爸爸妈妈抚养。由于父母去世的打击致使她不愿意与人接触，久而久之就变得十分娇蛮孤僻，再加上逐渐长大的少女开始满脑子粉红色的梦想，所以渐渐地就对谢恩崎这个哥哥越来越依赖也越来越亲近，碰巧谢恩崎这家伙在男人里面又长得沉鱼落雁羞花闭月，这样子优秀的男生走到哪里都能引起一帮子小女生的尖叫，所以谢盈盈对只要出现在谢恩崎身边的女人就都充满着敌意。

“真不知道上帝是看了哪个作家的小说后安排出这样的人生剧情的，真他妈的混蛋。”凌帆听完后心里想，但是表面上装出一脸无所谓地说：“OK，你现在讲完了，我现在也听完了，好了吗？”

“凌学姐。”谢恩崎叫住转身想走的凌帆。“我就那么让你讨厌吗？为什么你总是对我冷冰冰的！”

凌帆回过头来，脸上挂满了虚伪而美好的微笑，就像是在脸上涂满了甜甜的蜂蜜。“我说过的，你不用在我这儿浪费时间，我是不可能会喜欢你这样幼稚的小男生的，除了有一张好看的脸蛋外你还能有什么？”

“我很优秀的！”谢恩崎不服气地辩解道。

凌帆冷冷地说：“小朋友，你就是被那些蠢女人给宠坏的，她们看到你这张脸于是就给了你很多很多美好的感觉，而你自己就在这样虚无的感觉里慢慢地膨胀，然后成为一个空心的气球，你以为你很帅气，全世界的女人都会围着你转。"凌帆伸手拍拍谢恩崎的脸，那张脸上的皮肤好得不像话，"其实你什么都不是，随便拿根针对你一刺，你就"砰"的一声炸得粉碎了。"

凌帆说完，像是做了一件自己极其不愿意的事情，她抬起头朝天空望去，高远冷厉的天空里只有几片寂寞的云一动不动地停在那儿，像是死掉了一般。

"我知道了。"过了许久才听到谢恩崎异样落寞的声音，凌帆低头看过去，谢恩崎正慢慢转身离开，天空里投下来的阳光把他的背影几乎吞噬干净，逆光里发亮的轮廓，闪现出悲伤的剪影来。

"何必这么残忍呢！"背后一个声音传来，或者说像是一把匕首捅了过来，然后在淌着血的伤口上来回转动着。"还是说何必这么仁慈呢?是不是不想看到这孩子和你年轻的时候一样贱啊？"

凌帆转过身去，冷冷地看着背后的人说："你来干吗！"

"来看看我老婆啊，怎么，不可以吗？"对面嬉皮笑脸的男人留着一头长发像女人一样披在肩上，但是棱角分明的脸上有着一圈青色的胡须，肩上背着把吉他，衣服随意地敞开着。如果夏渔是《指环王》里背着弓箭的秀美精灵王子，那方明泉就很可能会是那个骑着飞龙包裹在厚厚铁甲中没有面目的戒灵，而眼前这个粗犷野性的男人就是手持长剑冲锋陷阵的阿拉贡。

"黎正我警告你，你最好在我的朋友出现之前马上给我滚，有多远滚多远！"凌帆指着黎正怒火冲天地喊道。

"这么生气干吗啊，你把钱拿出来我自然会走的，就你这副烂货的样子我早就看腻了。"那个叫黎正的男人一脸无赖地说。

“我没钱,我的钱全部还给我那个死鬼老妈了。”

“你不是去上班了吗?我听说那家公司给的工资很高啊。”黎正恶心地笑着说。

凌帆一听冲上去就是一脚,但黎正往旁边一闪就躲了开来。“你跟踪我? ”凌帆尖叫道。

“没有,我只是关心一下我老婆,要是有机会的话……去你公司和你的老板好好聊一聊。”黎正瞪着凌帆说,说到最后他一字一顿地讲着,而凌帆的气焰竟瞬间低落了下来。

“我身边真的没钱,等我发了工资我就给你好吗? ”凌帆抬起头望着黎正,眼泪马上就掉了下来,一下子就把花了一上午精心化好的妆给弄花了。

黎正歪着头想了会儿,说:“我给你两天的时间,两天后我来拿钱。”

“两天你叫我怎么来得及啊。”凌帆哭着说。

黎正哼了一声,“怎么来不及,你可以像以前一样去酒吧陪酒呀,要是你愿意卖那就更快了。”

凌帆抱着肩膀蹲了下来,张开嘴想大声地哭,但风马上从嘴巴里灌进去,痛得她什么声音都发不出来。

头顶上那片浓郁的树荫里,一根横叉开的枝桠光秃秃的在秋风里悲伤地摇摇晃晃。

过早盛开的花朵,连凋谢都来得那么快。

“黎正?你个畜生,你来干什么?”楚晴大叫着跑到凌帆身边,如果说这辈子她最不想看到的人是三个的话,那么这个黎正就一定是其中之一。

而凌帆人生中关于黎正的每一个部分都像是一只烂透了以后掉在泥地里的柿子,糜烂在她的生命里,爬满了密密麻麻的小虫子和恶心的腐虫。

黎正和凌帆认识是在初二的时候，两个在同一所学校的人在别人的眼中却有着截然不同的人生，凌帆是全科优秀的优等生，而黎正是经常逃课考试总不及格的问题学生。他们根本就不是什么永远不会相交的平行线，他们压根就不是在同一个平面上的直线。

从小学习优秀又相貌出众的凌帆，在初中的时候就开始变成了无数男生追捧的梦中情人，每天都会有人送来玫瑰和礼物，情书多得烧都烧不完，甚至还有男生为了争着送她回家而大打出手，差点闹出人命。(叶蓉听到凌帆说的时候刚塞进嘴里的薯片就掉了下来，她说完全无法理解初一初二的小朋友竟能做出这么疯狂的事情。然后楚晴拍拍她的头说：要么那时候你还戴着副四百度的眼镜留这个蘑菇头，要么你那时候压根还没发育，连卫生巾是用来干什么的都不知道。于是凌帆就附合道：现在的小孩多疯狂，你给他架飞机他就敢把金茂大厦给撞了。末了还补充一句，哪像我们那时候这么纯洁。顿时包括顾天香在内的六只眼睛一起回头盯着她大声说：是我们，不是你！)

而黎正那时候就开始疯狂的迷恋起摇滚和重金属音乐，然后把自己打扮的像朋克一样每天背着把破吉他在学校里晃悠，很不幸的是那个时候《我为歌狂》正像发了疯一样的大红大紫，所以每次背着吉他留着头长发活脱脱像是个叶锋的黎正从教室门前走过去就都会引起里面一帮女生的欢呼，最后的后果就是他把两个女生的肚子给搞大了，接着就被学校开除。

那个时候凌帆还不认识黎正，当被开除的黎正每天在学校外面无所事事的晃悠时她正坐在教室里一边做着函数题目一边吃着男生送的德芙巧克力。如果接下来的事情不发生的话那么他们就会像是两条线段一样在各自不同的平面上向前延伸着自己的人生，凌帆会顺利的考进市重点高中，然后读全国一流的名牌大学，然后找到一个英俊潇洒的成功男士结婚，然后幸福的在家做着氧气面膜看楼下高档小区里漂亮的碰水池。而黎正会每天无所事事的和一群人渣混在一起，打架、喝酒直到最后被人砍死或是饿死在某条不知名的臭水沟里，然后成为新一期《东方 110》里被关注的话题。

但这一切都只是如果，要是如果有用的话，我们干嘛还要向上帝祈祷？

某天傍晚放学，凌帆被一群染着像大便一样黄头发的小流氓给截住了，而这个时候那些平时对她殷勤备至的男生纷纷连看都不敢看一眼的从她身边跑过去。就在凌帆快要哭的时候黎正站了出来，然后事情的发展就像是韩剧里绝对会出现的镜头，黎正一个人打对方七个。不过上帝可不会卖编剧的面子，所以黎正很快就被对方打趴下，直到打得黎正浑身是血学校里的警卫才跑出来把几个小流氓赶跑。（凌帆说那个时候她趴在黎正身上哭了，而且是她第一次哭的这么厉害。叶蓉羡慕地说好浪漫啊，我也想…楚晴马上白了她一眼打断说：你做梦去吧，要是你遇到这种情况方明泉会马上拉着你逃跑，笨蛋才会留下来和人家打架呢，而且还是一对七。然后我估计方明泉会利用他所有的手段搞得他们内部火拼，或者干脆直接想办法让他们自杀。叶蓉：……没这么夸张吧？）

接下来凌帆在医院里陪了黎正一个月，当黎正出院之后两个人就开始手牵手逛街了。

两个月后凌帆怀孕，然后做了第一次人流。

四个月后凌帆从黎正的摩托车后座上掉下来，那时候黎正正把那辆幸福 502 飙到 110 码，万幸是凌帆摔下来的时候撞到了农民伯伯精心准备的稻草堆上，只是手骨骨折。

七个月后凌帆考上区重点高中，黎正开始在那种地下乐队里混。

十三个月后凌帆提出分手，黎正在她们学校校门口甩了她一个耳光就走了。

十五个月后凌帆再次怀孕，于是第二次做了人流，而始作俑者的黎正竟还带了个女人一起来医院看她，给了她五百块一句话都没说就搂着那个女人走掉了，那个时候凌帆躺在病床上奄奄一息直到后来没钱付账被医院赶出去都没有一个人来看她。

之后学校给了她一个留校察看的处分，然后凌帆就几乎一年三百六十五天呆在学校里不出门，承受着身边的人封给她的“贱货”称号。

在认识黎正的第四十三个月后凌帆拿到录取通知书，她认为新的生活终于来临了，她像逃亡一样的离开过去生活的那个圈子和过去那些人的视野。

就在她享受着新生活开始的时候，黎正这个阴魂不散的男人有一天再次出现在了她的面前。

接下来让楚晴叶蓉和顾天香完全不能理解的是黎正经常会来找凌帆要钱，而每次凌帆就都会红着眼睛把她身上的钱给他，然后接下来的一整天都会一句话不说地坐在沙发上发呆。

楚晴一直知道凌帆去做家教赚钱，而赚来的绝大部分钱都是被黎正拿去的，只是她万万没有想到凌帆竟然会去酒吧陪酒！如果这句话不是从黎正嘴巴里听到，而是凌帆自己说的话那她一定会毫不相信的对她说：“你开国际玩笑吧？”

但是楚晴，你绝对不会知道接下来等待着你或是说你们的会是什么的。

“哟嗬，楚大小姐。”黎正嬉皮笑脸地说。

“趁我发火之前你赶快给我滚！”楚晴一脸恶毒地说，如果这时候国家主席宣布杀人不犯法，那楚晴一定会冲上去把面前这个家伙给杀掉一千遍，黎正那张狂野的脸像是恶魔一样。

“别这么生气嘛，从纽约回来后也没怎么改掉这副臭脾气嘛？”

“我什么脾气关你屁事。”楚晴骂道，但是忽然像是从之前的话里面听出了什么，她转身蹲下来扶起凌帆，在让凌帆抽泣耸动的双肩稍微平缓一些后她小声地问：“你和那混蛋提过我去纽约？”

凌帆捂住嘴哭得说不出话来，只是拼命地摇头。

楚晴像是忽然预感到了一些什么，心像是落日般一下子就沉进了漆黑无边的海洋里。她转过身走到黎正面前，死死地盯着黎正的脸压抑着激动缓慢而低声地问：“你怎么知道我去了纽约？”

黎正邪气地笑了笑，然后弯腰俯下身来在楚晴耳边说：“我不仅知道你去了哪里，我还知道你半年前为什么突然离开，或许你男朋友和你好朋友叶蓉也会对此感兴趣的。”

这句锋利的话缓慢地沿着血脉流动的方向刺破了楚晴的心脏，从左心房刺入，从右心房刺出。

回忆的坟墓里挖掘出来的利刃，贯穿心脏。

楚晴掏出身上所有的钱全部向黎正砸过去，大叫着：“你不就是要钱吗？我给你钱，你赶快给我滚。”

黎正冷眼看着激动得近乎疯癫的楚晴和她身后抽泣的凌帆，然后一张一张的捡起地上的钱放进牛仔裤口袋里，冷笑了一下转身离开。

楚晴红着眼睛走到凌帆面前，凌帆哽咽地问：“他刚才和你说什么？”

楚晴摇摇头,然后又说:"他说我不给钱的话他就会让你受苦。"

凌帆刚止住的眼泪又流了下来,沿着之前的泪痕。

萧瑟的秋风里有几片枯黄了的落叶飘了下来，过早地绽放就是急剧凋谢的前奏。

楚晴和凌帆紧紧地拥抱在一起，她们都前所未有地感觉到人生巨大的断裂,那个巨大的断面像是地震里裂开的地壳,一层一层无比空旷的断带如潮水般过早地淹没了她们那还未绽放的生命。

楚晴忽然想起和顾天香第一次去碧海金沙玩的时候，她失望地说上海的海没有生命,死气沉沉得像是坟墓。

有时候感觉就像人生一样,不过是一片死寂荒凉的沙滩。

许多悲伤都被掩埋在最深处,静静躺着的全部看似黑暗。

黎正坐在学校的碰水池边,脚边放着那把电吉他,几个打扮精致的上海女生走过来的时候纷纷向他看过来,黎正抬头看了她们一眼,然后甩了甩自己的长发,于是那几个女生就嬉笑着走远了。

如此年轻而美好的人生,一定会有光明的未来在等着她们。

曾几何时,自己也曾期待过这样的人生。

黎正从口袋里掏出手机，然后打了一条短信:"我已经照你说的做了。"

过了几分钟有一条短信回复过来:"表现很好，钱已经打到你账户里了。"

背后的喷水池忽然间喷出几束明亮的水柱来，然后在阳光里慢慢地洒落着眼泪般的水珠。

世界末日就要来了,who is the one?

The Eighth >>>

当 现 在 不 在 ， 我 们 将 期 待 怎 样 的 未 来 ？

十一假期马上就要来了，据说往年的十一黄金周是刺激消费的大好时节，而在今年年初的时候国务院通过了假期修改法案。于是五一黄金周就顺利地消失不见了，就好像一个家庭里面本来有一对双胞胎，然后有一天父母一下子对其中一个说你不是我孩子，于是就只剩下了一个。也因此所有的商家都把“黄金商潮”放在了仅剩下的十一黄金周，就好像注定了今年人民币满天飞的季节就在此时。

本该是暴风雨中最巅峰的一个巨浪，倾天般的泄满全城。

不过九月底的时候从美国华尔街爆发出了金融危机，然后像受月球引力影响的海洋般忽然向全世界一起涌去，于是在本应该美元纷飞的时节，美国人的眼泪代替了青绿色的美元。金融时报，BBC，时代杂志都纷纷宣称这次是人类有史以来最庞大的金融危机，更有夸张的甚至说得像是冰河世纪又来了。

楚晴是当然不相信这种说法的，在她眼里这次金融危机就好像顾天香一直会提起的减肥，完全就是美国政府学顾天香一样在娱乐大众。因为她眼里所看到的上海依旧是壶繁华得像是煮沸的开水一样随时会把世界经济翻滚出来的城市，凌帆依旧上她那个忙得不可开交的班，叶蓉依旧在餐厅和医院之间转悠，然后把一份份简历丢在垃圾桶里，最后顾天香还是每天吃饱喝足后做出一大堆让人想揍她的事情。而她自己，在看到金融危机来了这则报道的时候刚新买了一条 LV 的小丝巾。

上海的每个地方，不论是外滩或是隔江对岸的陆家嘴，繁华的景象总像洪流般汹涌。

金融危机，开玩笑的吧？

顾天香听到叶蓉这么说的时候就是这么大叫着回答的。

隔了几分钟她突然问道:“什么是金融危机啊?”

叶蓉看着顾天香那张天真无邪的脸忍了半分钟，最后实在忍无可忍摔门进了房间。

凌帆正像是踩了风火轮一样踢开客厅的门冲了进来。

顾天香忙问:“凌帆,什么是金融危机啊?”

凌帆头都没回地直接又踢开门进了房间,丢下一句:“别问我,老娘忙着呢。”

两分钟后,凌帆拿着一叠文稿从房间里冲出来,然后下楼,出校门,直接坐上一辆出租车对司机说:“TOP 文化公司。”

当汽车发动之后她才突然回想起顾天香问她的话，她自问一句:“金融危机?怎么从来没听说过?”

忙碌的生活让她不仅忽视了金融危机的到来，也忽视了别的某些事情。

寝室房间的衣橱里，那件 Dior Homme 红色礼服安静地挂在那儿，像是一个潜伏在黑暗里的炸弹,随时随地都会爆炸,然后用爆炸的碎片把人生割断成无数细小而伤痛的粉末。

“十一怎么过?”夏渔问坐在自己对面的方明泉。

“不知道,反正你现在幸福了,和楚晴如胶似漆的。”方明泉把眼睛眯成了一条狭长的线段,黑黑的异样好看。

夏渔哈哈大笑,说:“这叫不经历风雨怎么能见彩虹!我打算这个十一和楚晴一起去普罗旺斯度假,反正是我妈出钱的。”

“靠,真是腐败,你不知道现在金融危机吗?”方明泉鄙夷地说。

夏渔抬起头，一脸迷惑地问:“金融危机?真的假的，什么时候的事？”

“你就跟我装吧，懒得理你。”方明泉站起来说，然后看到玻璃窗外像是泄洪般逝过的车流，一起开往即将来到的冬季。

夏渔举起双手说：“我发誓，我真的不知道，骗你你是小狗。”

方明泉冲他伸了伸拳头说：“你才是小狗呢，算了，不和你胡扯了，我真的有事要走了。”

“是去见叶蓉还是上次那女孩儿啊？”夏渔似笑非笑地抬头看着方明泉说。

“关你屁事儿，管好你那千金大小姐就 OK 了。”

“其实那女孩儿比叶蓉漂亮，而且人又好，你就赶快选一个吧，别弄得跟演《画皮》一样。”

方明泉的脸色暗淡了下来，两只深黑色的眼睛像是天空里被风吹长了的乌云，“你没看出来吗？这女孩儿和楚晴一样。”

“和楚晴一样？什么意思？”夏渔换了个坐姿有些惊讶地问。

方明泉扭过头看着窗外，从外面涌进来咖啡店的光线照耀着一脸迷乱的男生的脸，还有定格起红色沙发里的另一个少年，如一张展示生活的立体广告。

“人是分三六九等的，而我们本身就不属于同一片蓝天下。”方明泉低低地说，然后满世界安静得唯有一片余音，载着悲伤轻舞飞扬。

和两个男生在散漫的上午泡在上岛咖啡里喝咖啡不一样，楚家的早茶绝对是全家围坐在欧式长餐桌上上演的一出大戏，因为楚湘怡在家。

“小晴，这个假期我带你去马尔代夫过，我待会儿就让 Viken 去定机票，学校那边我已经打过电话给你们校长了，想来就来想走就走。”楚湘怡翘着小指优雅的拿起她那只 Hermes 茶杯喝着里面全球限量的哥伦比亚咖啡。

楚晴一听顿时心都揪起来了:“妈,我不想去马尔代夫。”

“那你想去哪儿? 巴厘岛还是夏威夷? 只要你喜欢。”楚湘怡抬头看了一眼女儿就继续低头翻杂志，这个女人身上的时尚和流行细胞比年轻她二十岁的女儿还强。

“我今年只是想待在上海哪儿也不去,和我那些朋友在一起我觉得很好很快乐。”

而楚湘怡的反应则完全在楚晴的意料之内，鄙夷的表情像是剧本里应该上场了的丑角,“别老和那些下等人在一块儿，别忘记自己是什么身份。你看你那朋友,穿着套过季的 Dior 还那么喜欢出风头,真是妖孽倾城啊。”说到最后楚湘怡用颇有深意的眼光看着对面切牛排的林天翔,他是被楚湘怡硬是从公司里给叫回来的,说这是每周一楚家历来的传统。

林天翔放下手里银色的刀叉说:“你别老是这套那套，人家英国王子都娶个平民当老婆，你当年不也是嫁给我这个没什么背景的小年轻了吗?”

楚晴忍不住哈哈笑起来，她知道她这个老妈完美的一生里唯一的弱点就是嫁给了她老爸这个平民。

“懒得跟你说。”楚湘怡白了对方一眼。

白色瓷碟边上的手机响起来，楚晴拿起来看到屏幕上闪烁的那个号码像是忽然被人捆绑住了手脚然后丢进漆黑无比的深渊大海里。

“怎么了?”林天翔问。

楚晴抬起头笑了笑,用力地说:“没什么,一点小事情。”

窗外金色的光线,像是尸骸般散碎了一地。

半年前的时候方明泉在天涯网上发表了一篇中篇小说，结果竟意外地引起了强烈的轰动，某天下午的时候方明泉突然收到一条短信，那个人说说很喜欢看他的小说，希望能见到他。

于是第二天的傍晚，在徐家汇的天桥上方明泉就看到小薰背着手在看落日，那时的景象就像是潮水般的向他蔓延而来，像是和心跳频率相同的电波直接传进了心脏的内部。

那时方明泉走过去，浅浅地笑着柔声叫道："小薰。"

小薰回眸，看到是方明泉，然后也甜甜地笑了起来。

"等很久了吧？"方明泉伸出手，像从前一样自然地把小薰肩上的背包拿过来，然后搭在自己肩上。

"不累。"小薰笑着摇摇头，阳光在明亮的发丝间来回游移着。然后抬起手看了看说，"已经中午了，我们去吃饭吧，我饿了。"

"听你的。"方明泉一手握住肩上背包的带子，另一只手拉起小薰的手。

过去方明泉没察觉，现在他知道自己肩上小薰的那个包是 GUU-GI 的。

树叶在秋天里渐渐干枯，天空里洒下来的光线被无数的昏黄空间分割成细碎的小块，像雨点般全都洒在方明泉和小薰的肩上。

夏渔窝在上岛咖啡厅的沙发里，看着天空里时时刻刻都在变幻着的光线、被风吹起的流云。

他忽然觉得这座城市如此的精致而易破碎，流光四射的庞大水晶宫，把我们命运的脉络紧紧缠绕成密不可分的羁绊。假如有一天这座水晶宫殿轰然坍塌，那我们都将如同碎瓦般被掩埋进深深的黑暗里。

那个时候我们微茫得什么都不是。

突然他看到斜对面的远处有个人的背影很像是楚晴，低着头匆匆向前走，长长的黑色头发柔柔地披在肩上，散发着浓郁的秋天味道。

然后又看到不远处一个高大的男生走过来，站在女生的面前似乎笑着在说什么，女生伸出手，结果被男生紧紧地抓住了手腕。

再过了会儿，女生从包里拿出了什么东西递给对面的男生，然后男生迅速地离开了。

夏渔忽然心血来潮地想到个电话给楚晴告诉她看到了一个背影很像她的人，但是接下来的下一秒透明的水晶墙上龟裂开了一圈细小的裂纹，像是我们的人生在这个庞大时代里最真实的缩影。

夏渔拿着手机，然后看到远处那个女生也从包里掏出手机，然后电话就通了。

“你在哪儿呢？”夏渔压抑着心里狂奔的愤怒，他希望自己所看到的都只是镜花水月，随时都会破碎成一滩流沙，没有锋芒就不会割伤自己。

“哦，那个我在家呢，有没有想我啊？”楚晴在电话那头说。

“是吗？那我刚才怎么好像在路上看到你了。”夏渔瞪大着眼睛望着远处那个打电话的女生说。

突然那个女生回过头来四下张望了几下，然后又重新转过身去。

紧接着电话里传来楚晴有些紧张的声音：“呵，是吗？你大概看错了吧。”

刚刚修复起的水晶宫殿，轰然坍塌，我们紧紧缠绕在一起的命运终于迷失在这个浮华闪耀的时代里。

楚晴发现电话突然断了，拿着手机犹豫再三但始终没有勇气再打过去，就像是一个犯了错的小孩子永远不敢正视家长的眼睛。

刚才她把一笔钱给了黎正那个混蛋,但她知道这还只是个开始,自己现在就像是一脚踩进了一个沼泽，越是用力挣扎就越会陷得更深更快,直到被泥泞吞噬掉。

楚晴忽然绝望得想大哭一场,但是谁都不会是那个温暖的怀抱。

会被眼泪沾湿的只是过去回忆中的胸膛，因为是自己亲手走进了那个自己挖下的深坑泥潭里。

每个人都有一些秘密,这些秘密是不能说的,他们会各自用记忆的堡垒去保护隐藏那些秘密，让这些秘密都在心里的某个角落积存起感情里不断抖落的尘埃。

这是人们心中最柔软的地方,它们就像是一个开关,即便只是一点小小的触碰都会瞬间引起滔天骇浪。所以人们都会不惜一切地保护起那个秘密,即使在心的堡垒上架起炮火,即使用荆棘来淹没,都是值得的。

只是现在,不禁有人触碰了那个秘密,简直就像是在心脏那尚未蜕疤的伤口重重地插上了一柄淬满绿色毒液的匕首。

一旦拔出来,将会喷洒出浓稠的黑色腐液,玷污满自己的整个人生。

“去吃什么？”小薰抬头问方明泉。

“随便吧,听你的。”方明泉笑了笑,一路走过来两个人几乎都没说什么话,似乎都不知道从哪儿说起。

人生凌乱得像是一团毛线,谁都找不到那个线头在哪。

“那就这家吧,我走累了。”小薰停下脚步指着路边一家门面精致的餐厅说。

“好啊,你说了算嘛。”方明泉抬头看了看,远处的东方明珠和刚建成不久的国际金融中心在明亮的阳光下淌满了金黄色的浆流，和电视上看到的萧条冷清的华尔街有着天壤之别，好像有着什么系统直接屏蔽掉了所有关于金融危机的一切。

如果生命是一个硬盘，那么它的主人肯定会无数次地格式化。

在格式掉病毒的同时，也把曾经刻骨铭心的文件夹一起格式掉。

但生命不是一个硬盘，也无法被我们格式化。

所以我们生命里的痛苦和快乐，光明和黑暗统统都是我们无法选择的。

无奈的我们只能去承受，承受已知的过去，承受未知的未来。

“欢迎光临……”门口的礼仪小姐马上拉开透明的玻璃门说，声音甜美得像是上海小弄堂里经常有得卖的糯米糕。

我们放肆地挥霍着自己的青春，在这个庞大而残酷的年代里。

叶蓉穿着餐厅的服务生衣服站在那儿，对面的方明泉拉着旁边小薰的手，肩上挂着一个女式的背包。

看到叶蓉，原本浅浅刺在方明泉背上的光线终于猛然贯穿了他的身体，浓烈的不安从伤口乍泄而出。

某个初秋的午后，巨大玻璃门里的餐厅门口，定格起了三个人的身影，阳光扫描下的影子衍生出的味道，像是某种深刻的痛。

他们在近在咫尺的地方用遥远的目光相互对视。

“嗨，这么巧啊。”叶蓉惨淡地微笑了一下说，这个笑像是耗尽了身体里所有的力量和感情。

“是啊，没想到你会在这儿上班。”方明泉落寞地说，只是因为背着光，那圈被打出来的模糊而绒线的轮廓覆盖住了原本的表情。但从叶蓉这个角度看下去，和记忆里一样的悲伤而温柔。

小薰惊讶地问:“啊，你们认识吗？”

方明泉低低地说:“嗯，我们以前……是高中同学。”

“是嘛，这可真是太巧了。”然后又问叶蓉，“要不要大家一起吃个饭，你们应该有好久没见过了吧。”

叶蓉望着方明泉，深呼吸了一口气笑着说:“不了，我在工作呢，不过我们倒确实是很久很久都没见过了。”

“那我们下次有机会联系。”方明泉适时地说，他感觉他和叶蓉正在拿着刀往各自的心上深深浅浅的刺着，像是想把过去曾经一起的伤痛记忆都释放出来。

“我饿了，我们快点点东西吃吧。”小薰把脸贴在方明泉肩上撒娇地说。那样美好的笑容，像是河流般淹没了来不及逃跑的自己。

叶蓉迈开脚步，带着他们往空的座位上走去。她回头对方明泉说:“你女朋友好漂亮。”

小薰马上偷偷地凑上来一脸顽皮地说:“其实他老不承认我是他女朋友，嘴都亲过了还死赖皮。”

叶蓉的心一颤，曾经美好的希望都被化为腐水。

我们几乎都忘记了我们生活的这座刀锋森林里希望是怎样凋谢殆尽的。

凌帆柔了柔酸痛的手臂，喝了口咖啡，然后继续用她纤细修长的手指不停地击打着键盘。

里面的Sissi面容冰冷地在打电话，似乎是一件很重大的case，她旁边的施华洛世奇水晶杯里五分钟前倒进去的咖啡不见了。

凌帆忽然觉得自己离“80后”这个词汇是无比的遥远，就好像隔着一整片大洋对望，只能依稀还残存着某些映像。

流失在繁荣时代里的纯真岁月，冰冷的金属未来。

一个男人推门进来，然后直接往里面走。凌帆站起来迅速拦住对方，这速度和架势绝对不亚于黄继光堵枪眼。因为她知道任何一个人要进去见 Sissi 都必须先让助理通过电话报告，如果突然有人敲她门，那作为助理的她们就一定会被 Sissi 用眼神枪决的。

“先生请问你要干吗？”凌帆一脸警惕地说，因为面前这个穿着 LV 外套头发凌乱得像是被顾天香强暴过一样的人她从来没见过。但头发下那张脸却帅气得令人窒息，除了夏渔，这是第二个超级大帅哥。

“小助理，新来的吧？”LV 帅哥笑着问。

“你怎么知道？”

“如果我没记错的话，你应该是小依第三十三个助理了吧。”帅哥的一句话让凌帆顿时翻起了白眼，第“三十三”个助理？那前面三十个助理的尸体哪儿去了？

但是接着凌帆马上闷了一下，她有一种自己的智商坐着游乐场里的海盗船直接跌到和顾天香一样低的谷底的感觉，“小依“是谁？

“呀，是林先生啊。”《LIFE》的 Alten 走进来看到男人马上小声地低呼了一下，然后急忙跑过来说：“对不起，对不起。林先生你别介意，凌帆是新来的，她不懂事。”

那个男人冲凌帆得意地笑了笑然后直接推开门了 Sissi 办公室的门。

“他谁啊，怎么这么拽？”凌帆看到那个男人走进去后正在看文件的 Sissi 竟然站了起来给他倒水，接着更不可思议的是那个男人一屁股就坐在 Sissi 那张传说是比尔·盖茨以前办公坐的椅子上，然后还把两只脚翘在了桌上。

天那，母猪上树了，鸵鸟会飞了，世界末日了。

“你连他都不知道呀，他叫林夜希，笔名夜夕。是我们公司最有名的作家，我们公司图书部一年销量的百分之六十都是靠他的，要是没有他TOP哪能在出版界有这么高的地位。他出道到现在的每本书的销量都超过了五十万册，这次十一上市的新书据说首印就是一百万册。”

“那他不是超级有钱吗？”

“对啊，据说他的资产已经超过一个亿了，估计这么下去他很有可能会超过写卫斯理的那个倪匡成为最赚钱的作家了。”

“又帅、又有钱、又有名，他怎么就没点报应呢，上帝这老家伙真是不公平。”凌帆愤然说，因为她竟看到里面的林夜希拿起了办公桌旁柜子上的一瓶水，这瓶水她上次 party 的时候在楚晴家的藏酒室里也见过一瓶，是依云 2008 全球限量的云海瓶，据说拍卖价高达三万人民币一瓶。

然后凌帆就眼睁睁地看着林夜希拧开瓶子然后咕嘟咕嘟地喝了下去。

凌帆咬牙切齿地期望上帝快点把这瓶水全部变成硫酸，把这个上帝发高烧时创造出来的超优等品烧个外嫩内焦。

接下来的时间里叶蓉不知道自己是怎么度过的，浑浑噩噩得像是被丢进了一罐粘稠的糖浆里，连呼吸都覆盖上了一层淡淡的隔膜，压抑在全身的表面之下。

方明泉坐在那儿低着头一直没说话，只是那个叫小薰的女孩子不停地点着东西，每点一样还都会问方明泉喜不喜欢吃。那种微妙的笑容，像是在连接着对方的一种介质。那种曾经也一直牢牢捆绑着你我的介质，全都翻涌成白色的雾气。

叶蓉把菜端过去的时候方明泉不在，手机还在桌上，应该是去厕所了。

“你就是叶蓉吧？”小薰等到叶蓉把菜放下才笑着问道，“明泉手机里的蓉蓉也是你，对吗？”

叶蓉愣住了，她想不到方明泉会什么都告诉这个女孩儿，是不是他们之间曾经的一切回忆都要和第三个人一起分享呢。

我们的年华不是蛋糕，我们无法微笑着把自己逝去在爱情里的年华切出一块然后送给人家品尝。

叶蓉忽然觉得一种难以名状的委屈涌上来，像是潜伏在血管里的潜水艇在等待了许久之后终于看到了那个破败的出口。她的眼圈迅速地变红，一种温热的液体刺激着薄薄的视网膜。

方明泉从厕所走回来，看到站在旁边的叶蓉。低着头，长长的头发挡住了她白皙的侧脸，幸好没有风吹过来，否则那种让人心碎欲裂的爱怜会让他奋不顾身的像以前那样抱住她的。

“怎么了？”方明泉犹豫着不知该怎么措辞，似乎这样尴尬的情景里什么样的语言都是不对的。

小薰甜甜地笑着说：“没什么啦，你高中同学告诉我她叫叶蓉。”

方明泉惊讶地抬起头，心里像是一面沸腾翻涌的巨湖，瞬间散化开丝丝灼热的白气来，最终消失在冰冷的空气中。

被蒸发掉的那些，都曾是我们记忆最深处的东西。

只是方明泉和叶蓉都不知道，就在叶蓉上菜之前方明泉刚离开座位去厕所，他放在桌上的手机就响了。

小薰也已经习惯方明泉会把手机丢桌上了，而且她也不止一次地帮方明泉接过电话，其中也包括他那个可爱老妈的电话。

小薰接起电话刚“喂”了一句，就听里面一个女人的声音问道：“叶蓉，是你和方明泉在一起吗？"问完这句对方就突然挂断了电话。

小薰看到来电显示的名字是楚晴。

“你那个新来的小助理挺好玩的。”林夜希翘着脚对 Sissi 说，那瓶三万块钱的依云已经被他喝掉一半了，如果把这半瓶水换成食物应该够顾天香激动一整年的。

“怎么，看人家漂亮就喜欢上了？”Sissi 双手环抱着瘦削的肩膀说。

林夜希咧咧嘴说：“我是那样的人吗？再说现在这社会美女多得跟细菌一样，你去上海的大马路上转一圈，随便就能拉回十个八个像她这种姿色的。”

“废话别多，你今天突然跑过来什么事？”Sissi 问。

林夜希眯起眼睛看着 Sissi 那张冰冷而精致的脸庞说：“《迷黎》的宣传做完之后我就不写了。”

“为什么？”Sissi 大声问道。因为她知道没有林夜希是不行的，业内的人们都知道当年 Sissi 接任 TOP 总经理的时候 TOP 只有两个杂志部，图书部是 Sissi 上任后一手策划创建的，而那个时候 TOP 就推出了超人气偶像作家夜夕，于是就直接奠定了 TOP 的地位。如果没有林夜希，那就不会有 TOP 的未来。“是不是哪家给你更多的钱，你告诉我，我可以在对方的基础上多加百分之三十的酬劳。”

林夜希站起来，把那瓶昂贵的天价水重重地放在桌上，然后一言不发地向门口走去。走到门口之后林夜希停下脚步回头说：“颜雨依，我们认识也快二十年了吧？你知道我这么努力从来都不是为了什么钱，请不要在糟蹋我的爱情之后又来毁灭我的人格。”

Sissi 抬头看着林夜希，发现他的眼睛像是一片蓄满了月光的湖泊。

林夜希揉了揉眼泪，用口型说了一句话，然后拉开门走了出去。

Sissi 转过身去，双手掩面，手心里沾上的液体像是瞬间就渗透进了皮肤里。

林夜希用口型说的那句话是——我爱你。

三分钟后，Sissi 擦掉眼泪，重新化妆，然后拿起文件继续工作，依旧是那副冰冷而精致的面孔。

疯狂旋转的物质世界，颠倒轮回的五彩时代。

等价交换的原则，这是一个冰川世纪般寒冷的人间时代。

林夜希走到凌帆面前，掏出一张票子放在她桌上，说："这是十一新书签售会的一张特别门票，送给你了。"

凌帆还没明白过来，就看到林夜希从门口走了出去，那孤单的身影格外的脆弱。

无论怎样坚固的堡垒，都会瞬间地坍塌。

我们的青春如此，我们的希望也是如此。

残垣断壁里的我们，无奈而安静地等待着下一轮的次世代。

我们的生活里，无数个阴错阳差的剪影汇聚成了一条河流横亘在心脏的左右心房间，所有记忆里的绝望和悲伤，都被河床底下细细的沉沙给埋葬起来，永远都不会在阳光下暴露。

除非等到某一天，这条死寂的河流停止流淌，渐渐干涸掉，被蒸发光的液体再也掩饰不住之时，那些巨大的绝望和悲伤才会重新裸露出来，只是那个时候都已变成了化石。

不会再绝望，不会再悲伤。

只是根深蒂固地沉在河床里，等待着下一轮大河的流过。

The Threenth >>>

当现在不在，我们将期待怎样的未来？

顾天香推开门，顿时一些尘埃慢镜头一样的从地面上浮动起来，漂浮在明亮的束形光线里。

久保南川靠在椅背上，祥和地闭着眼睛，俊朗的脸部线条被投过来的光线浮起一层薄薄的衣膜。

黑色的钢琴盖上放着一部白色的手机，里面飘渺地传来音乐的声音，是莫扎特的双钢琴奏鸣曲。

"这样温暖明媚的环境烘托里，多想跟着舞蹈一起翩翩起舞啊。"顾天香心想，但是看着巨大镜子里笨重的自己，幻想就像是被撕成粉末的纸片，满满地铺在脚边。

像一场献给青春的葬礼。

"喜欢的话就跳舞吧。"闭着眼睛的南川忽然说。

顾天香顿时给吓了一跳，脸憋得通红，她突然觉得自己这时候不争气得像是那些一见帅哥就脸红心跳上吊自杀的俗女一样。

南川站起来，抖落身上的阳光，看着顾天香说："如果喜欢这样的感觉，那么就去追寻吧。选择的权力不是生活给你的，而是一直就握在你手里。"

被南川坚定的目光笼罩着，顾天香所有的紧张都平缓了下来，又变回了那面漂浮着粉嫩花朵的液体镜子，折射着所有的光辉。

当所有人都在黑暗里潜行的时候，某个明亮的下午，钢琴房里的顾天香翩翩起舞。

她像是飞翔在天空里的白色羽毛，沿着光束的指引，直到轻轻落在春暖花开的彼岸。

在顾天香的生命里，这是最快乐最难忘的回忆。

超越整个时代的回忆，与未来梦想对接的回忆。

夜晚七点是上海交通爆炸的时间。

坐地铁一号线的人这个时候在徐家汇站或是人民广场站是没可能挤上车的，即便你能把自己压扁成一条带鱼，但你马上就会发现车厢里早就像海鲜批发部的冰柜了。尤其是还在夏天的时候，即便开足了冷气还是依旧闷热得每个人都像是小笼包。

上海的公交车就更不用说了，司机总是尽职地把每一位在站点等候的乘客装进车里，只要你坐过上海的公交车那么就一定能听到司机用上海话大声地叫着“往里挤，你们用力点往里挤呀”之类的话。就好像上来的不是人，而是一沓沓会行走的人民币，然后司机就载着满满一车的人民币开往幸福快乐的家园。

但是就在车流慢慢爬进上海迷宫般的道路时，这个城市的火焰才刚刚开始沸腾。

星巴克里的客流量会增加两倍，金钱豹的门口能排出长队，上海歌城的大厅里坐满了等候包厢的人，就连美罗城底楼的 KFC 都座无虚席。

南京路上拥挤的人潮像是随时都要把佐丹奴和美特斯邦威的专卖店给挤爆掉；外滩繁星般绚烂五彩的灯光能让人错误地以为这里是维多利亚港；而通体放光的金茂大厦如同随时都能嵌合进人的视界一样。

如果这是场游戏的话，那么白天不过就是开始前的一段 CG，而夜晚才是真正的游戏时间，刀光剑影间血肉纷飞的华丽战场。

叶蓉做完所有工作换好衣服的时候外面已经是华灯初上了。

随着秋意的浓郁，夜晚来得更早了，夕阳飞快地消失在天空里，在路灯还来不及照亮整条街的时候，那是最黑暗的瞬间。

叶蓉推开餐厅的门，顿时被冷风吹得一哆嗦，不由得勒紧领口裹住了身上的衣服。

刚走出去没几步，一个人就站在了她面前。“是你，你是那个……”叶蓉惊讶地说。

带着一条围巾的小薰点点头露出那甜甜的微笑说：“我等你很久了，终于等到你下班了。”

“你等我？你等我干吗？”叶蓉忽然有些害怕地问。

“外面太冷了，我们找个地方坐坐好吗？”小薰跺了跺脚说。

叶蓉这才发觉自己的脚已经冻麻了。

叶蓉跟着小薰走了五分钟，然后来到了一家高级餐厅门口，小薰拉门走了进去，叶蓉也跟进去。关上门，顿时所有的寒意都被隔绝在了门外。

小薰点了两杯最贵的咖啡，叶蓉发现这样价格的咖啡只有楚晴才会点。

有钱人奉行的理念就是——不点最好，只点最贵！

“我知道明泉爱的人是你。”小薰喝了口咖啡说。

“不是的，他不是也很喜欢你吗？我看得出来。”叶蓉连忙说，她都不知道自己为什么会那么说，如果这时候凌帆在她身边的话一定会教她“毫不客气的和人争夺你想要的东西。”

但每个人都有每个人自己的面孔和心脏，他们无法改变已经注定好的一切。

我们每个人都在自己的人生中铸就着各自不同的人生观世界观和价值观。

“不是的，爱和喜欢不一样的。”小薰扭头看着窗外的夜幕说，“他可能会觉得和我在一起很开心，但这并不是爱情的全部，爱情有痛苦、有酸涩、有悲伤、有失落、有激情，这样的爱情才是我们人生里完整的一个部分。叶蓉，你爱他吗？”

小薰的问题像是一面巨大的放大镜，这么多年来第一次照射到了她的内心,心里的每一寸地方都像是被放大了一千万倍,连再细小的尘埃都清晰地投下巨大的影子,只为了寻找答案。

小薰看叶蓉悲伤的表情却一直没有回答，小薰忽然拉住叶蓉的手说:“叶蓉姐姐,我求求你了,就给我们一点时间好吗? ”

叶蓉抬起头,问:“为什么? ”

小薰哀怨地说:“我会告诉你原因的，但是请你答应我在我和明泉在一起的日子里你不要出现了好吗? ”

小薰重重地说:“我真的爱他。”

然后叶蓉和小薰一起望着对方发红的眼眶，像是两个站在奔流大河两岸的人相互绝望地对视着。

死寂狂奔的河流,溅起多少快乐与失落。

“叶蓉宝贝,快出来恭迎大驾,看看姐姐给你带什么回来啦。”凌帆的声音在千里之外就传进了客厅,当然是隔着厚厚的门板。

打开门,凌帆却发现了一幅奇异的景象。叶蓉、楚晴、顾天香三个人都坐在沙发上抱着一个坐垫,叶蓉和顾天香在发呆,只是唯一的不同就是叶蓉发呆时眼神涣散而顾天香却满眼放绿光。楚晴则竟然看起了她最鄙夷的偶像剧。

“世界末日啦? 怎么都这副德行? ”凌帆把包往沙发上一丢,甩掉脚上的高跟鞋说，高跟鞋这东西真的是让女人又爱又恨。然后往沙发上坐,推了推顾天香庞大的身躯说:“顾天香,把你屁股般别的地方去。”

哪料到顾天香竟满脸红晕一副羞涩得跟初夜一样的表情，然后扭着身体发春般的发出了“不要嘛”这样的声音。

凌帆清晰地听到自己血管爆裂的声音，然后皮肤表层里冒出了一朵朵细小的蘑菇云。

她站起来向叶蓉那走去,然后还问楚晴:“你们今天怎么回事儿?”

楚晴死命地盯着电视机闪烁不定的屏幕说:“不知道，我回来她们俩就这样了。”

“叶蓉,我跟你说个好消息,你一定会高兴到发狂的。”凌帆做在叶蓉身边说。

“啊?哦!”叶蓉抬起黯淡无光的眼睛回答,那样子就好像是世界伟人弥留之际。

“我今天见到你最喜欢的偶像夜夕了。”凌帆激动地说,其实这里面一半的激动是装的,为了让叶蓉开心。

“哦,是吗?”叶蓉行尸走肉般的站起来说,“我睡觉去了。”

凌帆一下子跳起来拉住叶蓉说:“你不要不信啊，我给你看一样东西。”然后从口袋里掏出下午林夜希送她的那张票在叶蓉面前晃悠着说,“你看,他还送了我一张十一新书签售会的特别门票呢。”

叶蓉无神的眼珠跟着票子晃了晃，然后一伸手一把就抓住了票子然后晃晃悠悠地往里走。

“喂,还我票子!”凌帆大叫,但回答她的是门撞在门框上的那一声“砰”。

第二天早上,凌帆是被叶蓉尖叫着从床上拽起来的。“凌帆,你快看啊,我早上醒来发觉床上突然多了张夜夕新书《迷黎》签售会的001号门票哎。”然后幸福地把那张票紧紧的贴在胸口,像是要用块牌子裱起来。

“这是昨天你从我那儿抢去的。”凌帆打着哈欠说。

“有吗?我怎么不记得?不可能的,我这么温柔善良怎么可能从你这个女魔头那里抢东西啊?”叶蓉严肃地说,说得就好像真的一样。

“懒得跟你说。”凌帆抓起床头的闹钟看了看,差点没哭出来,“蓉姐姐,凌晨五点二十分,求求你放小妹一条生路吧,再让我睡会儿。”

“我才懒得理你。”叶蓉从凌帆床上跳下来，然后一跳一跳地捧着那张票出去了。

早上七点，Sissi 敲了敲房门。穿着睡衣的颜雨薰拉开门睡眼迷蒙地看了一眼门口穿着精致考究的 Sissi 问：“姐，一大早的什么事啊？”

Sissi 看着颜雨薰问：“小薰，你知不知道你夜希哥遇到什么事了吗？”

“夜希哥？他怎么了？”小薰被 Sissi 的一句话顿时激醒了一半的睡意。

“他昨天跑到我办公室来跟我说他以后不会再写了。”Sissi 皱着眉说。

“啊。”小薰一听忍不住惊叫了一声，“怎么会这样呢？”

Sissi 盯着小薰的眼睛问：“小薰，你是不是知道些什么没告诉我？”

“前两天夜希哥在外面晕倒过，后来我陪他去医院医生说是贫血。”

“你怎么不告诉我？”Sissi 激动地叫道。

“是夜希哥不让我告诉你的。”小薰委屈地说道。

Sissi 吸了口气说我知道了，刚转身走几步她又突然回头说：“我知道你最近在上海这边和一个男生走得很近，我提醒你你得注意点分寸。别忘记自己的身份，爸妈同意你来上海是因为陪我，而不是让你谈恋爱的。”

“你凭什么教训别人啊，这么多年来夜希哥对你的深情厚爱你全都把他利用成你事业的武器，你知不知道你有多冷血啊！”小薰忍不住脱口说到。

像把天空里的乌云全部搅拌成了一团漩涡，黑压压的世界里任何光线都照不穿。

颜雨依露出悲伤的表情走过来，揽住妹妹柔弱的肩膀说：“对不起，可是出生在我们这样的家庭里能够选择自己的未来吗？”

颜雨依放开手，然后又回复到了那个面容冰冷的 Sissi。

在我们胸膛里跳动的，并不是一颗石头。如论怎样坚硬的盔甲或伪装下，依旧是我们那脆弱的灵魂，一碰就碎。

楚晴发了条短信给夏渔："我好想你，待会儿你能来吗？"

大约过了十几分钟夏渔才回过来一条短信："今天学校有事，不能来。"

楚晴放下手机，呆呆地躺在床上看着雪白的天花板，像是能用视线穿透过去一直望到上面的白色天堂。

刚捡回来的幸福又丢了。

夏渔把手机放在咖啡杯旁边，然后抬头对自己对面的方明泉说："女人都他妈的很贱的，你越是对她好她就越是不在乎你，当你把所有的感情都付出去的时候你就会发觉其实在别人那里你最珍贵的东西不过就是一堆垃圾，真的，女人就是这么贱的。"

方明泉愣住了，就好像曾经从不重复毫无规则的圆周率忽然又重头倒流了。

这真的是一个复杂难寻变幻莫测的恐怖世界。

"其实人都一样，男人也是这样的贱，人家不要你还要硬塞给人家，恨不得把自己掏空都无所谓。"方明泉笑着说，但是在看不到的心脏上却涂满了落日的悲伤。

"我们怎么就像是生活在一个流沙般的黑色漩涡里呢？看着我们的爱情，我们的幸福，我们的未来一点一点地都被吸纳进这个漩涡里，我们无法逃离，也没有办法逃离。直到一切都变成一片卷动着流沙的无情荒原。"夏渔也一起笑着说，但是表情难看得就像是在哭。

凌帆看到 Sissi 走进来，站起来想告诉她昨天下午林夜希给了她一张特别票的事情。

Sissi 看到凌帆站起来,还没等对方说话她就雷厉风行地说:“你马上去上海书城跑一趟,把这次签售会的平面布置图和账单明细全部给我拿回来,然后罗列出一个到会媒体的具体名单给我,这次签售会必须要举办得最完美,每个细节都不能出一点差错。有任何我不满意的地方我就拿你和你们整个图书部是问。”

“砰”的一声门关上,像是死刑时最后的绝令。

Sissi 靠在门背后喃喃自语说:“因为这是最后的一次演出了啊。”

凌帆在门口愣了半分钟,她完全无法把这个人和颜雨依这样诗意的名字联系在一起。

Alten 跑过来拍拍凌帆肩膀说:“还不快去? 要是 Sissi 姐发火就完蛋了。”

凌帆“哦”一声马上冲到自己办公桌前拎起包准备出去,Alten 走过来悄悄地说:“凌帆,有个忠告给你,小心 Minnie 这个人。”

“啊,为什么? 她人不是挺好的吗? ”凌帆掩着嘴吃惊地说。

“这是表面现象,你不知道她是 Sissi 姐的第一个助手吧? 其实 Sissi 姐人是很不错的,就是做事太认真绝对公事公办。但 Minnie 这个人就不一样了,她是个小人。”

“到底怎么回事啊? ”凌帆不敢相信地问。

“Sissi 姐过去的三十个助理全部都是被她想办法搞掉的,她这个人心胸很狭隘,尤其看不得比她漂亮的女人。”Alten 压低着声音说,然后又说,“你快去忙你的吧。”

凌帆抱着包忐忑不安地走出去,连 Minnie 从她身边擦肩而过都没注意到。

“她怎么回事儿,失魂落魄的? ”Minnie 问 Alten。

Alten 冷笑了一下说:“谁知道啊,像她这种刚从学校毕业出来的就算再优秀也做不好事情。”

星罗棋布的世界像一面巨大的格子棋盘，我们都是一颗颗被摆放在黑白格子上的棋子,命运的链条把我们全部连接在一起。

有一天,我们中的一颗棋子倒了,于是整个世界就会被重新定义。

我们各自把手放在世界遥远的两端,看着那个陌生而崭新的世界,不知道里面会有怎样的危机。

时间就这么慢慢地沦陷、坍塌、整个世界露出一块又一块深黑色的斑驳裂洞,布满地面。

我们彷徨、恐惧,在夹缝中寻找着生存的地方,然后低头看着脚下渐渐崩溃的世界。

谁来和我们一起幻想未来,在这个世界毁灭之前。

我们还能不能等到那个次世代呢?

时间慢慢的向前滑行,碾过地面的时候托起长长的印痕,里面嵌满了我们的悲伤和希望。

“顾天香,十一回家吗?”凌帆问正趴在床上吃薯片的顾天香,因为后天就是十月一号了。

“哦,这么快啊,我不想回家了,每次过节回家都像受罪一样。飞机场上人多得像是蚂蚁,怎么中国现在有这么多人啊?”顾天香嚼着薯片说。

“凌帆,这是你的吗?”叶蓉推开门走进来说。

凌帆接过叶蓉递过来的一张卡片读到:“贝美斯瘦身中心 VIP 会员卡?不是啊,我这么好的身材怎么会用得着这种东西啊?”

“那是谁的?我是在客厅沙发上捡到的,难不成是楚晴掉的?我待会儿发个短信问问她。"叶蓉伸手接过来说。

顾天香从床上突然跳起来指着叶蓉手里的那张卡说:"啊，原来在这儿啊？害得我差点去挂失呢。"

"这是你的？"叶蓉和凌帆一起惊叫着问。

"对啊,花了我好多钱呢。"顾天香一把从叶蓉手里把卡夺过来心疼地说。

"天那,顾天香,你终于开窍了啊？"凌帆跳起来搂住顾天香激动地说,"你知不知道我每次和你一起出去感觉就像是带着一只小香猪。"

"凌帆！"顾天香大叫道,"你这话也太伤人了。"

叶蓉附和道:"就是,你怎么能说人家顾天香是只小香猪呢。"

"就是。"顾天香高兴的附和。

"怎么说人家也是只大香猪吧？"叶蓉笑着说。

"你们两个欺负我！"顾天香叫道,然后一屁股坐在床上,凌帆估计楼下的天花板上正噗噗的往下掉灰尘。顾天香拿起一罐薯片,一边吃一边说:"这次我一定要减肥,一定要变成一个大美女,然后一定要把南川王子抢过来变成我男朋友。"

顾天香满怀信心地说完，却看到凌帆和叶蓉正在激动地讨论着后天上海书城举行的夜夕新书签售会。

这个时候被打击的不止她一个人。楚晴坐在家里的长餐桌上,楚湘怡坐在对面,一直给她撑腰的林天翔不在,大概还在公司忙,因为据说金融危机已经开始对公司正常的现金流产生了影响。

今天下午她本来想去寝室,但是临出门的时候被楚湘怡给叫住了,"晚上有客人要来吃饭,你在家陪我。"

"我对你的客人没兴趣,要我留下来干吗啊？"楚晴不耐烦地说,楚湘怡就喜欢让她和她那个圈子里的人接触，可是楚晴似乎遗传了林天翔的血统，就是不喜欢那种光芒四射的华丽圈子。

“不是我的客人，是你的客人。”楚湘怡用不容置疑的口气说，同时把楚晴的 GUCCI 钱包从她的皮包里拿了出来。

楚晴没想到晚上所谓的客人就是上次 party 时见到的那个李部长的孙子，那个在国家海洋开发局工作的人。

“小李啊，你现在的工作环境怎么样？我听你妈说很有前途啊！”楚湘怡笑眯眯地问坐在楚晴右边的那个戴着圆形眼镜长得像个放大版哈利波特的人。

“我们那儿其实也是很一般的，上个星期国家主席来我们那指示过工作，说这是国家很重视的一个部门。”哈利波特谦卑地笑着说。

“啊，你太谦虚了，听说进去不到半年就升正处级了？”楚晴冷艳看着楚湘怡虚伪的笑容，她吃饭前发过条短信给林天翔，结果从她爸那儿得知李家好像是当年李鸿章的后裔，而她妈就是看上了李家的一块传世宝玉。

“她不会是想拿我当工具吧？”楚晴这么回过去，但是半天都没回复。

手里面的手机突然响了，是短信。楚晴看到上面的发件人是夏渔就完全不管自己对面能用眼神把她杀死的楚湘怡了。“你不是说有很重要的事情要说吗？要我等到什么时候？”

楚晴马上回过去：“再等等，我现在被我妈缠住了，马上就来。”

过了几秒钟夏渔回过来：“再等你半个小时，不来我就走了。”

“刚转的。”旁边那个哈利波特好像很不好意思地回答，但是这时候楚晴急得恨不得掐死他。“对了阿姨，来的时候我带了一瓶 84 年的红酒，我去车上拿一下。”哈利波特站起来说。

等到哈利波特跑出去后楚晴问对面的楚湘怡：“妈，你是不是要把我嫁出去啊？”

“干吗这么问？”楚湘怡动作优雅地切着牛排用化妆精致的眼睛看着楚晴。

“妈，你说你就算要找也帮我找个好的呀，这么难看的你要我命啊。”楚晴叫道。

楚湘怡不满地说：“声音轻点，别叫人家听到了。”

五分钟后楚湘怡喝掉第一杯红酒的时候楚晴说：“妈，你让我们自己谈谈好吗？你在这儿我们多不好意思呀。”满脸羞涩的表情在明亮温暖的烛光里格外动人，其实只有楚晴自己知道这个时候自己的内心是多么的恶毒，像是从地心深处喷洒出灼热的炎流。

楚湘怡抹抹嘴站了起来，然后和蔼可亲地对哈利波特说：“小李，那你们俩就好好聊聊，我这女儿又乖又可爱。”

看着楚湘怡出去，然后关上那扇雕刻满了紫藤花纹的磨砂玻璃门，楚晴马上问哈利波特：“你不介意我离开一下吧？”

“不介意。”哈利波特马上说，“不过……”

楚晴站起来然后拎起那又长又厚的宫廷礼服的裙子说：“对不起，不过我现在赶着和我男朋友上床呢！”

然后楚晴清楚地听到哈利波特把嘴边的玻璃杯给咬掉了一块的声音。

楚晴从出租车上下来直奔约好夏渔的那个商场门口，虽然已经过了半个小时了，但是她还是相信夏渔会等她的。

果然远远地就看到夏渔修长消瘦的身影站在商场的大门口，楚晴笑了。

“小渔。”楚晴挥着手像夏渔跑过去。

还没跑几步一个人就拦住了她：“哈喽，楚大小姐！”

满世界漆黑的夜幕，夜幕里是黎正的脸，和鬼魅枯白的笑。

“你怎么在这儿？我不是给过你钱了吗？你还想怎么样？”楚晴的脑子里像是有一颗原子弹被引爆了，她几乎哭着说。

“只是想找你叙叙旧而已。”黎正无赖地笑着。

“我求求你快点走好吗？你要多少钱我都给你。”楚晴的眼睛像是被寒风吹透了般，几滴眼泪沿着脸庞滑落。

她以为这会是生命里最绝望的时刻，其实这还不过是个小小的开始，真正的绝望与痛苦，像是庞大的暴风雨般还在酝酿着。

楚晴走到夏渔的面前，刚把眼泪抹掉，新的眼泪又流了下来。

夏渔看着她一步步地接近自己，从另一个离开的男人身边走过来靠近自己。

夏渔转身就走，楚晴追上来从后面抱住他哭着说：“我不去马尔代夫了，我也不去普罗旺斯了，我哪儿都不去了。”

夏渔用力地一点一点地掰开楚晴的手指说：“放开我，我要回家。”

楚晴拼命地摇着头说：“我求求你不要走，我把什么都告诉你，我把一切都告诉你好吗？”

夏渔缓慢地、沉重地、像是承载着全世界分量地摇摇头，说：“我什么都不想听，我再也不想和你见面了，我们都爱得太累了。”

楚晴跌坐在地上，灰尘沾满了她昂贵的宫廷礼服。

她就这么看着曾经深爱的夏渔远离自己，远离自己的世界，远离自己黑暗漩涡般的世界。

林夜希关掉笔记本的屏幕，房间里顿时一片漆黑。

他往窗外看出去，空气里剧烈旋转的澎湃物欲，被光芒吞噬的浓浓悲伤，一整个残酷的世界。

The Tenth >>>

当现在不在，我们将期待怎样的未来？

两天后的早晨，十一黄金周正式来临，但是当天半夜，上海突然下起磅礴大雨。

无数坚硬的雨滴从扶摇直上数亿米的天空里落下来，打在摩天大楼的玻璃外墙上，整个上海像是被大雨包围起来的古代遗址，灰蒙蒙的一大片。

早上凌帆出门的时候雨已经停了，但是昨晚留下来的雨水在脚边蜿蜒成一道道阡陌交错的流水，慢慢地滚过她的脚边，在接触到她高跟鞋的时候轻轻地翻个身，继续流去。

直到消失在她的视线里。

像人生那么漫长的距离里，一直都不曾停息过。

就像是这样，终有一天会汇聚成一条奔流的大河，横亘在她们每个人的面前。

网格般交错的无数河流间，我们深深地感受着末日般绝望的气息。

凌帆踩过每一条细小的河流，坐上了开往上海书城的公车。

就算今天就是世界末日，Sissi 也要求每一个人在末日到来的前一秒才完美的死去。

林夜希从徐医生的办公室走出来，把一份病理报告放进包里。

走出了十几米，林夜希忽然转身回头狂奔，在早晨安静而清冷的医院走廊里响起仓促的脚步，把宁静像玻璃一样打碎掉。

林夜希用力地推开门，气喘吁吁地站在徐医生的办公桌前问：“徐医生，我还有救吗？”

徐医生缓慢地抬起头，然后轻轻地闭上眼睛摇了摇头，“这个病到目前为止全世界还没有康复过的病例。”

林夜希的眼圈一点一点地变红，喉咙里含混地发出声音：“那我还能活多久？”

徐医生叹了口气，“修养好的话半年吧。”

“谢谢。”林夜希拎着包慢吞吞地走了出去，摇摇晃晃的像是喝醉了酒。阳光在他身后一厘米一厘米地向前爬着，像是永远都照不到未来了。

林夜希走出去，靠着医院白色的墙壁整个人慢慢地往下滑，然后坐在冰冷的地上呜呜地哭起来。

哭了一会儿空气里手机铃声一根根地刺出来，林夜希从包里翻出手机，上面的来电人写着“小依”，还有一张 Sissi 曾经年轻时撅着嘴的可爱照片。

“你在哪儿？”颜雨依冰冷的声音说。

林夜希脸上挂着眼泪说：“咖啡厅，喝早茶。”

“我告诉你别迟到了啊。”

“小依—”林夜希叫道。

“有什么事过了今天再说。”颜雨依挂断电话。这一刻林夜希终于明白，颜雨依早就死了，死在了青春的坟墓里，和他的爱情躺在一块儿。

这个世界上再没有什么颜雨依和林夜希，只有 Sissi 和夜夕。

林夜希用力地扶着墙站起来，然后抹掉眼泪，拍掉身上的灰尘，“至少得把最后的一场戏演完啊。”

他这么想着。

米心慧怒气冲冲地踢开门吼道：“你怎么回事？干吗把机票给退了？”

夏渔裹着深白色的被子一动不动地躺在床上，用背脊对着米心慧。

米心慧走过来一把就把被子扯在了地上，骂道："你聋啦，我问你话呢！"

夏渔爬起来，从地上扯过被子，一言不发地盖着被子继续睡。

"你听见没有，我问你话呢。"米心慧吼叫着用力去拉被子，但是另一头被夏渔牢牢的抓住了。

米心慧在房间里发了一通火，然后看着像死了一样的儿子无奈地出去了。

夏渔用力地把被子拉过头顶，憋了很久的眼泪终于挤破了眼眶，汹涌地往外流。

床头柜上的手机忽然响了。

在上海硕果仅存难得看到的老房子那破旧的屋檐上，一排长长的黑影拖拽着光线响亮的飞起，在空中划开一道深深的口子，那些飞远了的乌鸦和之前的那只一样，像是一条拉链上的搭扣，哗啦啦地把天空又拉开了。

明暗不齐的光线薄薄地打下来，隔着厚厚的天空让我们都找寻不到它们来源的尽头。

这多么像一个悲伤的隐喻。

楚晴不在，叶蓉就开了闹钟，然后今天早上早早地起床。

梳妆打扮之后走到阳台上深呼吸了几下，心情顿时变得像是胸中开花一样美好。

凌帆大清早就出门去上海书城了，顾天香则还在呼呼大睡，不是因为懒，只是因为她昨天在瘦身中心练了一下午累的。

把自己打扮得漂亮精致的叶蓉对着镜子照了照，然后满意地露出微笑。

从方明泉第一次拿夜夕的书给她看的时候她就喜欢上了那样的文字，有一种被融化的感觉。

而今天，她第一次要见到那个曾经在书里告诉她什么是爱情的人了。

窗外照进来的阳光像是一条无声奔流的大河，淹没过叶蓉的头顶。

叶蓉把那张票子塞进口袋，然后拉开门走了出去。

如果上帝能够让她知道接下来她将要面对的一切爱与恨的话，我想她一定会选择把那张票拿出来，然后慢慢地撕扯成最细小的碎沫，丢进水池里，用水流把全部的一切都冲走。

小薰把衣橱里所有的名牌衣服都拿出来，然后堆到床上，一件一件地试着。

最后她选出了一套自己认为最完美的衣服，然后坐在巨大的镜子前开始精心地化妆。

她知道自己很美，方明泉会喜欢，林夜希也一定会喜欢的。

“谁说不能为自己活着？今晚我就要为自己活着！”她坚定地下了决心，然后嘴角不禁泛起了一丝甜蜜的笑容。

“我知道女生喜欢化妆和打扮的，慢慢来。我会一直等着你的，在你能看到我的地方。”方明泉发过来一条短信。

小薰看着看着就忍不住又甜蜜地笑起来，心脏像是被某些东西捣碎成了一块块巨大的冰糖，然后又粘满了甜腻的蜂蜜，像是心湖中央新造起的爱的雕像。

“知道啦，不会让你等很久的，让你站累了我也心疼啊。”小薰笑着回了条短信说。

突然楼下传来开门的声音,接着脚步声从楼梯上传来。

小薰用眼线笔小心的画着眼线,然后提高声音问:"姐,你怎么又回来啦?忘东西了吗?"

有人推开门,一个熟悉的声音在她背后响起。

"你该跟我回家了,小薰。"

楚晴打了好几个电话都没人接,她失望地把手机往床上一丢。过了一会儿她越想越生气,就拿起手机打了一行字:"你怎么不去死啦?"

然后从通讯录里找出黎正的名字,发了过去。

过了几分钟,黎正的短信进来:"该死的人应该是你吧?"

一种无端的恐慌,像是山雨欲来前的死寂般让人心悸。楚晴关掉手机穿着拖鞋就往楼下跑,她知道这个时候楚湘怡肯定在楼下的餐厅里喝早茶。

她忽然觉得有什么东西要来了,如果不逃避,那自己的人生就会被碾得粉身碎骨。

"妈,我想去马尔代夫玩,我们什么时候能出发。"楚晴一边下楼一边问,把楼板踩得砰砰作响。

楚湘怡的声音从楼下传上来:"你先看看谁来啦?"

楚晴跨下最后一级楼梯,然后看到一个女生和楚湘怡站在一起。

那个女生冲楚晴笑笑,然后走过来抱住楚晴友好地说:"Hello,Jenny,surprise?"

满世界的原子弹,在这一瞬间被轰然引爆,现在才是世界毁灭圆舞曲的开始。

"Yes,I am so surprise。"

顾天香还继续趴在床上呼呼大睡，完全不知道整套房子里就只剩下自己和空气了。

放在枕头底下的手机忽然狂响起来，天空都被吓得抖落了一大堆云彩，因为顾天香用的铃声是贝多芬的《命运》，而且还是最高潮的部分。

顾天香原本浑浑噩噩的睡眠细胞在看到手机屏幕上“南川王子”四个字的时候瞬间被她全部秒杀。她激动地接通电话，用软绵绵的声音说：“南川王子，你找我呀？”

“你起床了没？”久保南川在地电话里问。

“起了起了起了，我在练琴呢。”顾天香脱口而出，说完了后才产生了点小小的负罪感。

电话里，久保南川说：“那你现在就来一次孟老师的办公室，我在那里等你。”

顾天香挂了电话，从床上狠命地跳起来，谁叫她刚才说自己正在练琴而南川对她说“现在就来”。

就在顾天香浑身酸痛地想把自己塞进一件看起来比较瘦一点的衣服里时，手机又响了。

这次天空习惯了这个铃声，顾天香反而被吓了一跳，一下子连着衣服倒在床上。

她用嘴巴摁下了通话键，然后不小心打开了扬声器。

里面传来一个中年男人的哭声：“女儿，爸爸不行了。”

小的时候，我们都会有着五彩缤纷而丰富的梦想。

看到路上大大的汽车，就说以后要当司机。

看到语文书上的文章，就说要和里面的人一样长大了当科学家。

还有更多的孩子会说出更加美好而天真的梦想。

再长大些，等上了初中，于是开始学会幻想未来。

幻想着自己怎样被包围在聚光灯的视线里，幻想着怎样指手画脚地指使别人，幻想着如何挥霍永远不会用完的财富。

于是未来就变成了浸泡在希望里的种子，总有一天会学着魔豆长出巨树冲上天堂。

等到上了高中，曾经天真幼稚的幻想和梦想都像是溺水淹死的生物，一起随着时间的洪流被冲走。

我们开始懂得幻想里的一亿元永远都不如现实里的一块钱来得实际，小说里的美女还不如身边的丑女来得有趣。

我们原本美好而纯真的外衣被一点点地剥掉，直到我们赤裸裸地看着所有掩盖不住的罪恶和丑陋。

然后我们进入大学，进入人生里最后的一个乌托邦世界。

于是我们就和所有的现实都只隔着一层透明的玻璃，遥遥相望，看着那一边的一出出丑剧，像在看无声的哑剧。

偶尔的时候谈到梦想，就会有人大声喊道："别跟我谈梦想，早戒了。"

我们就像是一群没有未来的生物，渺茫地存在于这个世界的角落，连灰尘都比我们飞得更高。

从小幻想的次世代，越来越接近，也越来越遥远了。

上海书城的门口竖起了两块巨大的广告牌，左边是新书《迷黎》的宣传画，右边是夜夕苍白冰冷的容貌。

方明泉看了看手机，抬起头的时候发现巨大的人流开始向自己涌来，新书签售会马上就要开始了。

而小薰的电话却一直没人接。

方明泉抬头向远处望去，滚滚的人流里他看到了一张熟悉的脸。

叶蓉也看到逆流站在远处的方明泉了。

“这么巧，你也来看夜夕的新书签售会？”方明泉走过来站在叶蓉的面前问，他发现她化了很精致的妆，穿着最漂亮的衣服，像是把记忆里自己深爱的那个叶蓉给升华到了顶点。

“是啊，你……在等人吗？”叶蓉笑着说，但或许心里早就知道那会是个什么样的答案。

方明泉看了看手机，然后抬头说：“没有，我一个人。”

“是吗？”叶蓉有些惊讶地说。

“一起进去吧，就快要开始了。”方明泉说着很自然地想去接过叶蓉肩上的包，像是以前那样。

叶蓉犹豫了一下，还是把包递了过去。

然后他们随着人流一起涌进门口，涌进那个幻想盛开的源头。

书城的后台，Sissi 正在拿着电话指示工作，在凌帆的眼里她就是自己的偶像，像个超人般万能。

从主持人的台词细节到镁光灯的照射角度，她都要一遍一遍地核对。

凌帆踩着五厘米的高跟鞋急匆匆地跑进来，手里拎着两个巨大的袋子，里面是她刚从公司人事部那边拿过来的两套衣服，一套是 Sissi 的，另一套是夜夕的。

“夜夕人呢？怎么还没到吗？”Sissi 扭头问凌帆，凌帆一脸茫然地说：“不知道呀，我刚从公司赶过来。”

这个时候 Minnie 跑了进来大声叫着说：“来了来了，夜夕来了。”

然后只看到林夜希慢吞吞地从后门的入口走过来，在头顶照下的白色光线里他的脸色显得尤为苍白。

“凌帆，把衣服给夜夕，然后准备开始。”Sissi 机器人一样的做着指挥，“夜夕你快点把衣服换好，灯光注意调整光线，他出场的时候要有好莱坞明星的感觉，然后其他人做好新书的运送准备，签售时必须保证万无一失。

凌帆把外包装打开，里面是一套黑色的金丝边礼服，她递给林夜希。

林夜希看了看一旁正在指手画脚的 Sissi，接过礼服，然后把包往旁边的椅子上一丢，面无表情地拿着衣服进了更衣室。

Minnie 小声地对凌帆说：“你怎么搞的，Sissi 姐最讨厌别人说不知道了，以后注意点。”

凌帆点点头，但心却“砰砰砰”直跳。

不一会儿精美得像是漫画里的男生一样的林夜希走了出来，在黑色衣服的衬托下他的脸色更加的苍白冰冷了。

“无论有什么事我们等今天结束后再说，可以吗？”Sissi 走到林夜希面前说，林夜希用狭长的眼睛看了看 Sissi 然后缓缓地点点头。

“把我的衣服给我。”Sissi 对凌帆说，凌帆马上把手里的另一套衣服递了过去。

Sissi 打开外包装，赫然看到那套白色的 Prada 套裙上面一滩醒目的黑色墨迹。

“这是怎么回事？”Sissi 举着那套衣服转过头用冰冷的眼神看着凌帆，凌帆的余光里旁边的 Minnie 的脸色瞬间变得苍白。

像是科幻电影《后天》里的冰冻，忽然间就铺天盖地地蔓延开，刹那间冰封了一切。

“我不知道呀。”凌帆几乎哭着说，她真的不知道，从公司里拿着衣服出来后她就直接打车来了上海书城，中间再也没有谁接触过衣服。

突然，她想起 Alten 说过的话，她僵硬地转头去看着 Minnie，对方一脸惊讶的表情。

被冰封的一切,刹那间又被汹涌的波涛吞没了。

当主持人念到“下面有请我们最爱的著名超人气偶像作家夜夕上场”,台底下的人海里瞬间爆发出了震耳欲聋的欢呼声,这声音像是凝成了一颗导弹,直接冲上最蓝色的天霄。

然后从后台走上来的夜夕像是一个完美偶像,那冰冷苍白的精致面容上挂着迷人的微笑。

方明泉感觉那个人像是个漩涡的中心点,急剧加速的漩涡,努力地吞噬掉周遭所有的一切。

四周的人重复地欢呼着夜夕的名字,像是要把所有人的耳膜都捣碎成一片。

方明泉感觉这就像是一场盛世葬礼,埋葬掉所有的梦想和希望。

“哎呀。”叶蓉轻叫了一声,被旁边的人挤了一下就没站稳。方明泉马上伸手拦住了叶蓉的肩,叶蓉整个人都靠在了方明泉身上。

“谢谢。”叶蓉轻轻地推开方明泉说。

方明泉笑了笑,忽然余光里瞥到远处的大门口像是有一个人的身影。

“小薰!”一个闪电般的名字从方明泉脑子里插进去。

小薰捂着嘴快步走出上海书城的大厅,逃离开闷热的空气,外面的世界清冷得格外透彻。

想起刚才看到的一幕,眼泪也忍不住地逼涌出来,风吹涨了眼眶,尖锐而用力地痛着。

“小薰!”方明泉叫着跑出来,一直跑到她面前,气喘吁吁地站住脚步。

“不要走。”方明泉扶着墙，用力地捂住胸口说道。

小薰刚想说话，却看到他的肩上还挂着一只女式的包包。眼泪又挡不住地开始流。

“我说不要走，求求你。”方明泉伸手紧紧拉住小薰的手说。

“明泉，我们是不会有结果的。”小薰一手被方明泉拉着，一手抹着眼泪说。

然后她看到远处匆匆赶过来的叶蓉，她穿得和自己一样精致而好看，而刚刚自己还看到方明泉伸手揽着她的肩让她整个人都靠在身上。

甜蜜得像是要在眼睛里扎出血来的镜头。

叶蓉跑过来，站在方明泉的背后，看着方明泉的手紧紧地拉住小薰的手。

“你不要再这样摇摆不定了好吗?你到底是不是男人啊?”小薰忽然甩掉方明泉的手大声叫道，“我和叶蓉之间，你应该有你自己的选择，而不是永远徘徊在两个人之间。”

方明泉睁大着眼睛愣愣地看着自己面前的小薰，还有从小薰背后的玻璃墙面上反射出来的自己背后的叶蓉。

这样的视觉感像是一种层次分明的异度空间，她们三个人就生活在这种完全平行却永无交锋的空间里。强烈的视觉层次感像是把他的心给切成了一大块一大块的局部。

方明泉忽然蹲下去，蹲在地上抱着膝盖什么都不说了，他无法选择。

就像我们所有人一样，他无法在自己的左右心室间选择一个而抛起另一个。我们的贪心铸就了我们的痛苦，我们的痛苦又滋养着我们的贪心。

如此的循环往复，我们的生命里就长满了青苔般无法抹去的污垢。

小薰蹲下来，抱着方明泉，在他耳边说："你没有在我所看的见的地方等我是对的，因为我们本来就是没有未来的一对。"

然后她站起来，越过方明泉走到叶蓉的面前，苦笑了一下说："我真的很失望，你没有遵守答应我的诺言。"

叶蓉苦笑着摇摇头说："没办法，我们都是被生活玩弄着的人。"

"忘了告诉你，其实那次的电话是我接到的。"小薰说。

叶蓉点点头，"我知道，自从那天在餐厅看到你我就知道是你了。"

"但那时候明泉不在我身边，那天晚上他喝醉了，我送他回的家。后来我才发现他的手机忘我那儿了。"

叶蓉沉默不语，只听到小薰说："那天晚上他喝醉的时候，我扶着他，然后一遍又一遍地听着他不停地叫你的名字。"

小薰说完，又走回方明泉的身边，低头说："谁叫我们都生在这样一个自己无法掌握命运的时代呢。"

小薰满脸平静地一路向前走，一直走到看不见方明泉和叶蓉的地方。

她拿出手机拨了个号码，不一会儿电话通了："妈，我现在就跟你回台湾。"

说完这一句小薰忽然就哭了，像是压抑了许久的大坝终于被巨大的水流给冲垮了。

颜雨薰张开嘴，用力地仰起头望着天空，滚烫的眼泪就这么无声地流过太阳穴。

这样的一个秋日上午，阳光抹去了所有的记忆，唯独留下了穿着粉红色裙子的女孩儿的眼泪。

我们逝去的爱情，谁都不会忘记。

叶蓉走过去，对方明泉说："她走了。"

方明泉抬起头望着空荡荡的大门口，叶蓉看到他没有哭，但是眼圈红得很厉害。

“起来吧。”叶蓉伸出手来对方明泉说。

方明泉用红通通的眼睛回头看着叶蓉，终于伸手拉住了叶蓉的手踉跄地站了起来，“你答应过小薰什么？”方明泉问。

“我曾经答应过她只要她在你身边我就再也不会去找你。”叶蓉侧过脸去说，方明泉看到她的眼睛里泛着晶莹的光泽。

那些巨大的黑色浪涛铺天盖地而来，连那些存在海底深处的悲伤和绝望的暗流都一起被卷了起来。

是谁在空远死寂的海原里丢下了一颗原子弹，在天海之间升起一朵黑色的蘑菇云。

“你怎么那么傻呢?为什么你总是不能做出最正确的选择呢?”方明泉说。

“你知道小薰是谁吗？”叶蓉问，“她爸爸是台湾最大的进出口集团的总裁，她和楚晴一样都是家财万贯的千金大小姐啊。”

“那她给你钱收买你了?还是她找人威胁你了?”方明泉说出这句话的时候自己都惊讶得快要窒息，什么时候开始他变得这么让人恶心了。

叶蓉同样惊讶地张大着嘴巴，过了很久才问:“明泉，你什么时候变成这样了，你以前的温柔哪儿去了？”说着的时候眼泪忍不住地落了下来。

方明泉垂着头，沉闷地说了句“对不起”。

叶蓉抬手擦掉脸上的泪水，说:“十三岁的那年小薰的父母给她定了一个婚约，对方是新加坡一个富商的儿子，和小薰一样的年纪。因为生意上的战略关系，所以她就变成了她父母的牺牲品。本来她来上海是来姐姐家小住的，谁知道遇到了你。她说她忽然好想为自己而活着，但是再过半年她就要去新加坡和别人结婚了，和一个不喜欢的人结婚了。

她求我给她半年的时间，让她和你在一起快乐幸福度过这半年。她说和你在一起是她这么多年来最快乐的时光。”

叶蓉说完，大厅里面忽然传出悲怆的音乐声，把我们的难过和悲伤，全都搅拌成液体，直到满满地溢出来流淌满整个世界。

而外面那座透明的水晶宫殿，把我们的痛苦和无奈渲染放大成无限倍，一直到能够支撑起天空和大地。

方明泉闭上眼睛，让一直堆积在眼睛里的泪水掉落了下来。平静了几秒钟方明泉说道："我们进去吧，不要错过了。"

走了两步方明泉忽然停下来看着叶蓉说："我现在只剩下你了，别离开我好吗？"

小薰站在十字路口一直望着来路，始终都没能看到方明泉的身影。

这一刹那，巨大的悲鸣声终于升华到了极点，弥漫在整个辽阔的天地间。

凌帆坐在后台，外面的舞台上是一片乱闪的灯光，林夜希却一直是那张冷漠苍白的脸，只是多了一些职业性的表情。

凌帆紧紧地抓住裙角，另一边的Sissi双手环抱地在听Minnie说着什么，然后不时地会投过目光来看一下她。

于是她的心抓得更紧了，她不在乎是不是会失去这份工作，她在乎的是自己把事情搞砸了被人看不起被人嘲笑，而且这还是在被别人陷害的时候。

Sissi平时的表情一直就像一个高傲的坐在高耸的天空王座里的女王，用眼角俯视的余光看着她和其他的人，就连Minnie也是一副居高临下的姿态。自己凭什么要在她们之下呢？不甘心就是不甘心！

过了一会儿 Minnie 和 Sissi 说完话然后往这边走过来，凌帆连忙站了起来。

“我和 Sissi 姐说了,这不是你的错。”Minnie 走到凌帆面前说。

凌帆眼睛里含着一丝恨说:“我知道,我没有碰过那套衣服。”

“你的意思是说我做的咯？”Minnie 眯着眼睛说。

凌帆毕竟还是太嫩了,Minnie 这么一句话顿时让凌帆什么话都说不出来了。

“是 Alten 这么跟你说的吧？”Minnie 忽然问。

凌帆惊讶地问:“你怎么知道的？”

Minnie 深深地吸了口气说:“我知道了,是 Alten 做的。”

“为什么？这不可能吧？”凌帆不敢相信的叫道。

Minnie 摇摇头说:“为什么不可能?你当社会是疗养院啊?这里是最最残酷的人间地狱,你懂吗？”

凌帆刚听 Minnie 说完就突然听到 Sissi 的声音,“这是怎么回事儿？你们谁能给我解释一下？”

一个剧务马上跑过来说:“对不起 Sissi 姐,这个忘了跟您说了。这个环节是导演的意思,我们给来到现场的所有女读者发了一张票,到时候拿到 001 号票的女士就能上来和我们的夜夕先生做最近距离的亲密接触。”

001？不就是林夜希给自己然后自己又给叶蓉的那张吗？凌帆吃惊地想。

林夜希站在舞台上,看着台下的人海像疯了一样地喊着“夜夕,夜夕”,感觉不像是在叫自己,完全陌生得如同站在光流汹涌的银河里。

这种活动其实枯燥得要死,所有的一切,包括每一句话都是导演事先安排好的。

如果把一个现象放大，那就能看出在江流交错间如棋子般被随意摆弄的我们了。

“下面是我们一个特殊环节，在签售夜夕的新书《迷黎》前我们要抽出一位幸运的读者上台来和我们的夜夕进行亲密接触。”漂亮的女主持人说，于是台下爆发出一片欢呼声。

夜夕笑得很性感，但那只是一片薄薄的面具，底下是一张漠然冰冷的表情。我们就是依靠这张面具，在这座光芒四射的水晶宫里悄然游走着。

“那下面就有请我们手持 001 号编码票子的幸运读者上台！”主持人高声宣布。

刚走回来的叶蓉听到这句话下意识地把手从方明泉的手掌里抽了出来。

Sissi 走到一张椅子面前，上面放着刚刚林夜希摆在那儿的 Bally 手提包。

Sissi 犹豫了一下，还是拉开了包的拉链，然后看到一个黄色的文件袋突兀在里面。

Sissi 拿出文件袋，从里面抽出了几张纸。

看着看着，Sissi 忽然用手掩在脸上，然后感觉到有温热的液体从指缝间流出来。

她把手放下来，修长白皙的手指上沾满了泪水，Sissi 扭头去看正在台上微笑的林夜希，眼泪就再一次模糊了视线。好像有一把锋利的刀片迅速地在心脏表面极浅的地方划了一下，然后过了好久之后才会有淡淡的红色液体慢吞吞地透出来。

如果时间像是车轮般可以重新倒过来旋转，那么她一定不会让它再碾压过同样的岁月，因为等到站在了路的尽头她才发现，原来这是条如此残忍而坎坷的道路。我们在前行的时候亲手把我们的爱情洒进了泥土里，却看不到从土壤里发芽的那一天。

Sissi 把文件袋重新放回了那只 Bally 包里，她想："随便怎么说至少要把这最后一场戏给完美谢幕啊！"

于是她擦掉眼泪，重新变回了 Sissi，而林夜希是永远都不会知道刚才那个时候颜雨依回来了。

那份被放回去的文件袋里装着早上林夜希从医院里拿回来的病历。

上面写着：脊髓小脑变性症。

方明泉看着叶蓉拿着那张标着 001 号的票子走上去，镁光灯把两束巨大的光柱投到了她身上。

她的背影在光线里如此的唯美而忧伤，就仿佛又看到了许多年前的那个傍晚披着黄昏婚纱的女生。

只是唯一的不同就是现在的她变得越来越遥远，直到超脱出自己的视线之外。

方明泉忽然觉得这个世界的一切都和自己无关了，他就像是一粒浮起的微笑尘埃。背后在欢呼，在沸腾，但他却像是把所有一切传递声音的介质都排除在外，即使背后会突然砸下一颗巨大的陨石，地表上扬起高高的灰尘，却传不到他耳朵里一丝声音。

失去了连接声音的介质，你的声音就传不到我身体里了。

我会安静地对自己说再见。

林夜希微笑着看着那个漂亮的女生站在镁光灯巨大的光圈里，他知道这个女生一定是凌帆的朋友，因为他把那张票给了凌帆。

四周一片黑暗，像是广漠荒寂的宇宙，除了那个光圈般的出口，所有的一切都深邃得像是有着吐纳不尽的黑暗。

上来的这个女生和其他人不一样，林夜希发现她的目光一直望着刚才走上来的方向。

那种眺望的目光，包含着期望与爱意，像是从许多许多年前的记忆里浮现出来的目光一样。

“小姐你好，请问你叫什么名字？”主持人问叶蓉。

叶蓉却完全置之不理，主持人又问了一遍，台下的读者都已经变得鸦雀无声了，谁都不知道那个女生是怎么回事。

叶蓉看着方明泉的背影慢慢地消失在视线的镜头，像是融化在了空气里。

她终于下了决心，她回头突然对林夜希说：“对不起，我一直都很喜欢你，但是对我而言你只是一个幻想，只是一个遥不可及的神话。我现在要去追寻属于我自己的幸福了，曾经遗失过，但并不代表我们就永远失去了。”

叶蓉说着转身就往台下走。

林夜希看着叶蓉的背影忽然像是想起了什么，他站起来，然后追过去。

像是重新又接上了断裂了许多年的人生。

Sissi在后台看着这一幕，看着叶蓉说完话就突然跑掉，然后又看着林夜希莫名其妙地追了出去。

人海里像是突然丢进了一颗原子弹，所有人都发出惊讶地叫声，整个现场乱成了一团。

Sissi绝望地闭上眼睛，“完了，最后的演出失败了。”她绝望地想。

突然，一旁的凌帆看到林夜希追着的那个背影，然后大惊失色地叫道:“这不是叶蓉吗?”

Sissi听到后猛地睁开眼睛,看着凌帆,像是要把她吞噬进自己的愤怒里面去。

叶蓉跑出去的时候已经看不到方明泉的人影了,天空里像是倾倒进了一大瓶浓墨,瞬间游离着晕染开一大片,遮住了人们的视线。

“等等。”背后一个声音喊道,叶蓉回头,看到向自己奔过来的人是林夜希。

“是你?”叶蓉惊讶地看着林夜希那张苍白精美的脸。

“我想问你,你叫什么名字?”林夜希喘着气说,突然脑海里又是一阵晕眩,天崩地裂飞沙走石一样的错乱感强大地涌来,林夜希一头栽倒在旁边的草地上。

叶蓉惊恐地跪在他旁边不停地摇着他问:“你怎么啦?”

林夜希睁开眼睛,有气无力地说:“没什么,只是跑得腿有点软了,摔倒而已。”然后林夜希笑了笑问,“你叫什么?”

“我叫叶蓉。”叶蓉看到林夜希不起来就索性坐在了他旁边。

“我叫林夜希。”林夜希伸出手来说。

“咦,你不是叫夜夕吗?”叶蓉惊讶地说。

“笨蛋,有人姓夜的吗?夜夕是笔名。”林夜希笑着说,那笑容是他今天露出的第一个微笑,把面具抹去之后的笑。

“你好,很高兴能够认识你,林夜希。”叶蓉伸出手和夜夕握了握说。

林夜希费力地爬起来看着叶蓉说:“这里待会儿他们会发现的,我们找个别的地方吧。”

叶蓉看了看他,然后点点头,这时候林夜希伸一只手来,干净而白皙的手。

叶蓉笑了笑然后拉住那只手站了起来。

林夜希说的别的地方并不是叶蓉原本想象中的咖啡馆或者是高级餐厅,而是某幢摩天大楼楼顶的一片人工草坪。

林夜希坐下来,然后躺在青绿色的草地上睁大着眼睛仰望天空。过了一会儿他发现叶蓉站在那儿,就拍了拍身边的柔软的草地说:"坐啊,站着多累啊。"

叶蓉坐了下来,对旁边的林夜希说:"为什么你和书上看到的不一样呢?报纸上电视上的你看起来总是那么冰冷有型的样子。"

林夜希眯着眼睛,看着天上墨团般的浮云说:"因为我不喜欢那样的生活啊。我讨厌在闪光灯底下微笑,讨厌自己被登在报纸上变成一张死气沉沉的图片。"

"那你为什么还要做夜夕呢?"

林夜希扭过头,微笑着看着叶蓉说:"你试试躺下来,躺下来看天空会天空就会变得辽阔多了。我心情不好的时候一直会来这里看一天,有时候一看就是一下午,直到昏黄的暮光潮水般的滚过天空。"

叶蓉把肩上的包放下,然后试着躺了下来。背脊贴着柔软的草地,鼻子里闻到一股清新的青草味,像是纯真年华里的琉璃岁月。

林夜希把头靠近叶蓉,让叶蓉的头靠在自己肩上。顿时叶蓉就闻到了一股好闻的香气,混合着青草的清新一起传来,有一股让人怦然心动的感觉。

"从来没人陪我一起躺在这里过,你是第一个。"林夜希的声音忽然变小了,"大概也是最后一个了吧。"

"你说什么?"叶蓉望着蔚蓝色的天空,这时候才发现没有了纵横交错的天线的干扰,没有了高楼大厦的旁支,天空是如此的辽阔和接近,仿佛一伸手就能握紧天空一样。

“没什么，你刚才问我为什么要做夜夕吧？”

“嗯。”叶蓉点点头。

“因为有人希望我做夜夕，所以我就当了啊。”

“那个人是谁啊？”

“一个我喜欢了十年的女人，就是因为她想让我成为夜夕这个角色，所以我才一直尽力扮演这个角色。”林夜希有些伤感地说。多么漫长的十年啊，还是他生命里最后的十年。“我和小依认识了近二十年，在我们刚上小学的时候就认识了，因为我们两家人家是世交，所以关系特别好。然后我们就一起长大，一起成为青梅竹马的那种关系。后来我们家因为生意经营不善而家道中落，于是两家之间的往来就少了。但是我和小依却一直没有断过联系，直到有一天她突然跟我说她要去内地发展，她爸爸在内地买下了一个文化公司，于是我也跟着她来到了内地。但是我什么都不会，她就说让我做一个作家，于是我就有了夜夕这个角色，而我的爱情也在我成为夜夕那天起就注定了已死的命运。”

叶蓉听到林夜希伤感的声音，对他说：“其实我从六年前就有一个很爱我的男人了，评心而论他真的对我很好很爱我，但是我们两人的家庭差得太远了，我一直觉得我们不相配，待在一起会不幸福的，于是我一直不承认是他的女朋友，虽然心底里其实我是那么爱他。其实我最大的梦想很简单，有一天当我和他的人生都稳定了，然后就嫁给他，和他一起走完这段人生。”

“只是我们的人生什么时候才能稳定呢？只要你还活在这个世界上，每分每秒都是混乱不堪的。我们找不回上一秒的感觉，又不知道这一秒的意义，更看不见下一秒的未来。对于这个庞然的时代，我们是多么微茫的存在啊！”

天空里透明的光线缠绕着林夜希悲伤的声音。

这个时候,上海的每一个角落里都在忙碌地为生存而努力。

那些餐厅里络绎不绝的客人，在填饱肚子之后继续穿梭于这个城市的每一扇门里,继续着他们的生活。新天地的茶餐厅里,一个个肥头大耳的老外穿着唐装，半眯着眼睛打电话问:“Where is the top grade place in Shanghai? ”

写字楼的巨大玻璃后，像是一副假象一样的挤满了努力工作的人们。而过去两条街的商业区里所有的店家都在打出十一大促销的巨大广告横幅。

南京东路上的诺基亚旗舰店里摆上了许多最新出的手机，就在几百米之隔的人民广场地下商场里小门面的店铺里挤满了懂得节约的上海人在挑选各种连旗舰店都没上市的水货。

真维斯的专卖店门前挂出了全场一律七折的字样，于是平日里难得看到的宏大场面就在这里冉冉升起，于是两个人扯着最后一件特价商品互相较劲。而外滩那边一字排开的国际品牌专卖店里冷清得像是墓地,但里面的任何一件衣服都抵得上其他地方一整排衣架的衣服,店员冷若冰霜的脸清楚地告诉你,十月一号那是中国人的节日,路易·威登从来不承认。

被摩天大楼的镜子墙面反射到天空里的光线，飞速地演化成了一道道光流,漂浮在蓝天里。

每个人都在过着自己不一样的生活,那些痛苦,难过,失落,悲伤,即使被放在显微镜下残酷地放大所有生存的原因,他们依旧都存在着,镶嵌在我们生命里的每一刻。

直到有一天,这座锋利的城市会在我们面前倒塌,巨大的刀刃光怪陆离地组成一个全新的世界，我们从刀锋间仰望天空，那依旧是一片美好的蔚蓝色。

在这个时代终结的时候，我们将会迎来一个崭新的时代。

不过次世代的幻想，还会继续。

The Eleventh >>>

当现在不在，我们将期待怎样的未来？

半个月前，一场绯闻风暴席卷申城。

各大时尚娱乐媒体都纷纷报道了关于著名偶像作家夜夕在新书签售会上突然追随一神秘女子离开的事情，接着一个星期之后夜夕所属的上海 TOP 文化公司召开媒体见面会正式宣布夜夕退出文艺界，正式封笔。

这一连续性的举动立刻引起了轩然大波，媒体纷纷猜测这是书商的抄作，而夜夕的封山之作《迷黎》也在极短的时间内登上了各大销售榜的冠军位置，两周内销量突破四十万。

叶蓉辞掉了餐厅的工作，因为签售会那天现场有记者拍到了她的照片，并且在当天晚上的《娱乐前线》里首播了关于签售会时突然出现的混乱场面，其中就有那个“神秘女子”的照片。

由于辞掉了工作，她又不得不开始加入到失业大军里面去了，每天出门戴着副墨镜然后穿梭奔走于各个招聘会和医院之间。凌帆嘲笑说她还真把自己当明星了。

顾天香的生活模式似乎有了很大的改变，每次吃饭的时候她都吃得很少，问她则都说是没胃口。而这一切并不是要归功于那张瘦身中心的会员卡，而是她突然变少的生活费。

因为有楚晴这个巨大光环的照耀，所以谁都没有注意到其实顾天香也是个有钱人。她从来都不会谈钱的问题，因为她的钱都是用在买零食上面了，而不是像楚晴那样大把大把地捐献给名品专卖店。对顾天香而言一个 GUCCI 的钱包永远不会比一包薯条来得更有吸引力。

不过后来她们才知道顾天香生活费减少和没有食欲的原因是她爸

爸的公司在这次金融危机里受到了严重的影响，现金流周转不灵，很有可能公司会倒闭了。

这个时候人们才开始发现，金融危机这个词汇已经从遥远的大洋彼岸像是一朵庞大的乌云般漂浮到了我们的天空里。

而我们生存的这座飞速发展的城市依旧像是一个庞然巨大的水晶球，依靠着金融流体的巨大动力高速疯狂地旋转着。

绚丽的舞台里，上演着一幕幕惊心动魄的平淡生活。

叶蓉沿着那条两边种满了梧桐树的小路一直走到校门口，然后就看到穿着一件黑色外套靠在旁边的花坛栏杆上的方明泉。

方明泉看到她后赶忙跑了过来，然后站在叶蓉面前盯着她的墨镜看了几秒钟说："我怎么觉得我老婆现在是个大明星啊？"

"屁，谁是大明星啊！"叶蓉用包轻轻摔了一下方明泉的背说，"现在全上海的夜夕粉丝都把我当成是公敌，我要是被她们认出来那还不得被扒掉一层皮啊？"

方明泉笑道："谁叫你那时候把人家给拐跑的啊？"

"又不是我把他拐跑的，是他自己要追我的呀。"

"谁叫我老婆长得这么漂亮呢？"方明泉搂住她然后在她猝不及防的时候亲了她一下。

"讨厌！"叶蓉捏起拳头打了两下说。

"你那时候和他说了什么？引得他什么都不顾还跑出来追你。"方明泉抱着叶蓉问。

"不告诉你。"叶蓉笑着说，"谁叫你这么喜欢吃醋啊，你要是不走我能出去追你吗？结果现在闹出这么大一场误会。"

方明泉把脸贴在叶蓉柔顺的黑色长发上说:“我那时候心里乱得很,我看着你一步步远离我,感觉就好像你会永远离开我一样。”

叶蓉摘下墨镜,抬头看着方明泉,眼睛里终于倒映出了许多年来一直在身边的那张脸。

“真的,不骗你。”方明泉认真地说。

叶蓉微笑了一下说:“我知道是真的,所以我不是回来了吗?那个时候我在台上告诉夜夕,曾经失去过但并不代表永远就失去。”

“对了,小薰怎么样了?”叶蓉忽然问。

方明泉的神情一下子像涂满了落日的哀愁,摇摇头说:“手机停机了,我找不到她。或许……她走了吧。”

“其实她生活得真的很惨,被父母当成工具来使用,我真的无法想象她是怎么笑出那么甜美的笑容的。”叶蓉把脸轻轻地贴在方明泉的胸口,听着肌肤下面血液流动的声音,感受着那种温情脉脉的味道。

“哈,两个人升级得还真快啊,在校门口就当街搂搂抱抱了啊!”穿着标致的OL套装的凌帆走过来。

“说什么呢,我们都是老夫老妻了。”方明泉冲凌帆笑道。

凌帆做了个反胃的动作说:“恶心。”

“对了凌帆,这几天你有看到楚晴吗?”叶蓉问。

“没啊,她好几天没来了,不知道在搞什么。我还有事,先走了啊。”

方明泉看了看凌帆突然问:“今天又不上班你穿成这样干吗?”

“关你屁事儿,别烦姐姐我啊。”凌帆说着拎着一个大纸袋子匆匆拦下了一辆出租车。

“我感觉她怎么怪怪的。”方明泉对叶蓉说。

“算了,别管她了。对了,我下午要去一家医院面试,你要陪我去哦。"叶蓉摇着方明泉的手说。

"知道啦,老婆大人。"方明泉笑着说。

我们的生活,在每天黑夜之后迎来白昼,如此循环往复的如同车轮滚过,密密麻麻地积聚成漫长而遥远的生命之链。

上海紫园的高档别墅,院子里的小花园能够容纳一场 NBA 全明星的比赛。旁边的游泳池里的水蔚蓝得像是从阿尔卑斯山上刚取下来。

生活在这里的人们是一种站在山巅上微笑的族群,他们从来都不会关心今天猪肉多少钱一斤,中国移动有什么最新的优惠政策。他们只会去看今天的外汇比例是多少,上海哪块地方的房价又涨了多少百分点。

他们永远都是超脱了普通人的存在,站在刀尖上挥舞着光芒和财富的利刃,随时割尽所有的断流。

"Anne,你家族的企业现在怎么样?这次金融危机据说美国有很多龙头企业都倒弊了,是吗?"西装革履的林天翔坐在欧式长餐桌的尽头问,上午的时候餐桌上还点着那种高贵的白色蜡烛。

"你别动不动就是谈你的生意,人家 Anne 一个女孩子家家哪懂这么多啊,你应该问问人家有没有去看巴黎的时装周才对。"楚湘怡把一片涂着鱼子酱的面包切成一小块一小块儿,然后送到嘴里。

穿着一条 D & G 连身长裙的 Anne 有着一张精致好看的混血儿脸,他爸爸是纽约上东区的企业家,母亲是台湾著名影星,完全符合楚湘怡对于贵族的定义。而且她还是楚晴年幼时最好的朋友,那时候两个小女生会一起在台北过圣诞节,一起在伦敦看塔桥,一起受邀参加英国名流社会的派对。

当然这一切是在楚晴来上海读高中之前的事，不过半年前楚晴去纽约的时候在那里又遇到了Anne,只是曾经的小女孩儿已经变了,“上东区的小魔女”那是她回忆里最不愿提及的部分。

“没关系的,其实我也不是只知道名牌的人,我爸一直教育我女人的魅力在智慧和外表的完美结合。”Anne微笑着喝了口咖啡说。“现在美国确实受了金融危机重大的影响,华尔街已经萧条得不行了,好多人失业呢。不过前两天来中国之前我就听说美国政府好像要下拨一千亿来挽救被金融危机破坏的企业。我们家族的企业是有点受影响啦,不过影响也不是太大,我爸爸最近准备要裁员,因为金融危机据说还只是刚刚开始,只要能度过这个危险期那就没问题了。”

林天翔对楚晴说:“你看看人家Anne多懂事儿啊,你怎么就不学学人家呢。”

楚晴抬眼看了看对面的Anne,Anne正笑得如花似玉地看着她,她的心里不禁一冷。“我吃饱了,你们慢慢吃。”楚晴用餐巾擦了擦嘴站起来说。

刚站到一半,对面的Anne忽然说:“Where are you going,Jenny? ”

楚晴回头,看到Anne一脸笑容地问,如同一朵盛开的鲜艳花朵,楚晴真想把她践踏成尘土,让她灰飞湮灭。

“I want to W.C.,ok? ”楚晴愤怒地说。

“Sure,please.”Anne歪着头用软绵绵的目光别有深意地望着楚晴，楚晴感觉像是身边的空气里突然张开无数个黑暗的洞穴，从里面伸出带着鲜红尖刺的触手一点一点地向自己逼近。

她疯了一样的想要逃离这个可怕的世界。

凌帆手臂里挽着一个大大的袋子，里面是一件红色的Dior晚礼服，此时她就站在恒隆里面的 Dior Homme 专卖店门口。

里面那个清幽的世界，像是一个通完地狱的转角空间。

凌帆让自己的心平静了几秒钟，然后深吸了一口气迈开步子走了进去。

今天早上她打开衣橱的时候看到了那件红色的晚礼服安静地挂在衣架上，顿时她的脑子里像是爆炸开了一颗氢弹，前所未有的巨大恐慌感席卷而来。

比恐怖小说更恐怖的情节，来源于我们最平淡的生活。

凌帆来到柜台前用优雅得体的笑容把手里的袋子放在透明的玻璃柜台上，然后对穿着黑色修身小马甲的漂亮店员说："你好，我是来还衣服的。"

店员小姐微笑着从袋子里面拿出那件红色晚礼服，然后在电脑里噼里啪啦敲了一阵之后抬头对楚晴说："请问您是 Sissi 小姐吗？"

凌帆搓着裙角点点头。

店员小姐礼貌地笑着说："不好意思 Sissi 小姐，由于您租借的这件衣服超过了规定的期限，我们将会按照规定以每天原价的百分之三来扣除费用，您一共超期了十四天，所以我们会扣除您百分之四十二的费用，再加上百分之八的租借费，一共是百分之五十。"

店员小姐礼貌地微笑着说出的每一个字都像是给凌帆判下了死刑，她从来没有过如此巨大的恐慌感。她忽然就想起了 Sissi 曾经跟她说过的那句话：如果你想要进入这个圈子，你一定会付出很多重要的东西，最终，你必须明白这值不值得。

第一次战役她就大败，被虚荣心所俘虏。

"不过您不用现在就付现金，我们会扣除在您上次买另一件礼服时的信用卡上的。"店员小姐给了凌帆最后的一下致命打击，她不知道如果 Sissi 发现自己打着她的旗号去租借衣服会是一个怎样的后果，而她也不知道自己会为这份贪念付出怎样的代价。

凌帆一听下意识地大叫："不要打信用卡上。"

店员小姐眨着大大的眼睛说："那也可以啊，如果您现在就付账的话我们就不会扣去您信用卡上的钱了。"

凌帆马上从包里拿出钱包，但是发现自己身上所有的钱加起来只有一千二，和四千八这个数字差了整整四倍。"我明天过来付可以吗？我今天没带够钱。"凌帆几乎是哀求着说。

店员小姐也懵了，完全不知道这位在这儿有过多次良好购物记录的"Sissi 小姐"为什么会露出这样一副表情。"不好意思，由于您把衣服还回来就已经算是结账了，我们所有的账目都会在今天晚上的时候统一进行银行转账，所以如果您是想支付现金的话那就请您在我们今天下班之前付清。"

凌帆绝望地看着那件红色的晚礼服，自己就如同沉睡在那一团乱麻里的晚礼服。

楚晴接到凌帆电话的时候正在上厕所，接起来她就听到凌帆几乎是哭着的声音叫道："楚晴，你快来帮帮我。"

楚晴马上被吓了一跳，急忙问："你怎么了？出什么事了？"

电话那头的凌帆慌张得语无伦次地说："楚晴！你快点来恒隆，快点来恒隆找我啊，求求你了。"

"好我马上来，你不要乱跑啊。"楚晴挂上电话就从马桶上站起来。

拉开厕所门的时候一个影子把她给吓了一跳，抬头一看是 Anne。

"让开。"楚晴瞪着 Anne 说。

"要出去啊？"Anne 那张混血儿的脸上挂着诡异的笑容问。

“你到底想怎么样？秦瑶！”楚晴咬着牙说。

“Oh,you remember my Chinese name.”Anne假装出一幅惊讶的表情道。

楚湘怡正好从正对厕所的走廊那边走过去，看到站在厕所门口的Anne和楚晴就问:“你们两个站在厕所门口干吗啊？”

Anne马上变成了一脸美好的笑着说:“阿姨,Jenny说她痛经,今晚她哪儿也不能去了。”

“哦,那就在家好好呆着吧。”楚湘怡说完就走了。

“谁要你胡说八道。”楚晴狠狠地瞪了Anne一眼,然后挤出厕所门就走。

背后的Anne忽然冷冷地说,“你试试看走出这个家门会怎么样吧。”

楚晴迈出去的脚瞬间僵硬了,她扭头用余光看着Anne问:“你到底想怎么样,莫名其妙地从纽约跑到我家,然后还住在我家不走,我问你到底想要我怎么样？”

Anne靠门厕所门上悠闲地说:“很简单,跟我一起回纽约。”

“不可能,我再也不会回去的。”楚晴断然拒绝道。

“那你现在就可以试试看走出去会有什么后果,我想你上海这边的朋友和你父母一定很感兴趣你为什么半年前突然不辞而别地去了纽约,和你在纽约那丰富多彩的生活吧！”

楚晴转过身去,Anne脸上灿烂美好得像是迎着骄阳盛开的鲜花。

黑色的磅礴巨浪,刹那间将楚晴没顶而过。

秋日的风变得越来越凉爽,隐隐约约夹带着一丝丝细小的寒意,似乎预示着这个冬天上海会在空前的寒冷里度过。

自从和楚晴分了手，夏渔就越来越不喜欢出门了。米心慧最近被金融危机搞得焦头烂额，完全没空再去责备他把楚晴这朵大金花给弄丢了。方明泉在经过了六年如此漫长的爱情长跑后终于在一个黄昏的时刻成就了自己的爱情，于是生活和自己一样安逸得根本不用上班的方明泉就天天和叶蓉腻在一起，像两块粘住的牛皮糖。

人生总是有高低起伏的时刻，如果永远只是一条平缓得直线，那我们的生活就是一滩没有心脏跳动的死水。

夏渔趴在玻璃上看着窗外，讲台上一个老得快要坐着棺材才能进来的教授在讲课，如果一只蚂蚁呐喊一声大概出来的分贝也会比他高吧。

和别人有些不一样，夏渔学的是临床医学，七年。

不过其实也就是比别人多混几年，晚一点被社会摧残罢了。

外面的枝头上已经挂满了黄色的树叶，除了楚晴她们学校那条种满了梧桐树以外的路看起来都是一派悲伤而衰败的景象。

秋风扫过来，失去了水分的枯叶相互摩擦着发出干燥的声音，一层接一层地来回响动着。

一种悲伤的声音在头顶上缓缓地荡漾开。

台板里的手机响了，夏渔打开短信看到发件人是“楚晴”，他拿着手机犹豫了很久，最后还是没看就直接把短信删了，然后关机。

头顶上那种悲伤的声音又开始一圈一圈地慢慢荡漾开了。

楚晴坐在自己房间角落的那张大沙发里，几米外的榻榻米上 Anne 在那儿翻看着楚晴房间里那一大摞《LIFE》杂志。

“怎么，在给你那个很帅的男朋友发信息？”Anne 头都不抬地问。

“关你屁事。”楚晴没好气地说。她刚刚给夏渔发了条短信，要他赶快去恒隆找凌帆，也不知道她出了什么事。然后又发了条短信告诉凌帆自己不能来了,会让夏渔过来找她的,不用急。

“怎么不关我的事啊,你是我最好的朋友,我最好朋友的男朋友那自然就是我的朋友啦。”Anne 笑眯眯地抬起头说,但是这样的表情在楚晴眼里就像是一个满脸恶毒的巫婆。

她忽然后悔自己为什么接二连三地做了这么多错事,后悔得要命。但是后悔永远不会是人生的主旋律,甚至连配乐段里的一个小音符都不是。

我们在磅礴大雨里的希望之塔,摇摇欲坠。

但是不断往下跌落的到底是我们,还是天空?

Anne 站起来对楚晴说:“今晚你可别乱跑了,因为你今天痛经,所以只能待在家里。”

“I blessing you god damn it! ”楚晴愤怒地说。

Anne 走到楚晴面前从她手里抓过手机说:“Thank for your blessing,but you cannot use the mobilphone,it’s bad for your health.”

凌帆靠在恒隆光滑的墙壁上绝望地望着外面的天空,不知道什么时候外面的天空里留下了几道白色的烟雾,长长的像是白绫一样拖拉在天空里,那是飞机划过天空时留下来的痕迹。

她打开手机,看了看,没有短信和电话。过了一会儿她拨楚晴和夏渔的号码,全都关机了。

她感觉自己就像是站在一间没有门窗的空房间里,四面巨大的白色墙壁一起向自己逼近,就算是汹涌的空气都能把她压扁掉。前所未有的巨大孤独感铺天盖地地袭来,淹没掉了心里所有燃起的温暖。

凌帆回头看了看背后那一家家门面精致高雅的店铺,她觉得这些都离自己好遥远,像是从未如此的遥远过。就像是有人告诉她太阳在哪里，其实每天早上阳光都会奔跑数亿公里才会来到地球上一样遥远的概念和事实。

凌帆抹掉眼里泛起的蒙蒙迷雾，然后用手顺了顺头发往外走去。

她重新拿出了很久没用过的交通卡，因为已经很久没有坐地铁和公车了。

半个小时后凌帆从公交车上下来，但眼前看到的已经是一片废墟了。原本那些高低交错的天线全都不见了，伴随着一起消失的是那些高矮不一的破旧房屋和逼仄阴湿的狭窄弄堂。取而代之的是一大片一大片的砖瓦废墟和刚刚建起的油膜板围起的围墙，里面一些穿得脏兮兮的建筑工人正在紧张忙碌地清理废墟，推土机马达发出的巨大轰鸣声几乎把人的灵魂都震飞。

凌帆马上问对面那个小区的门卫："师傅，这里怎么回事儿啊？这里本来不是一片老房子吗？"

"半个月前就拆掉啦，听说这里要盖两撞大楼，老高老高的那种。"门卫指着那些工人说："看到了吗？那些人都已经开始干活了。"

"那以前住在这里的人呢？"凌帆焦急地问。

"这个就不知道了，好像是有什么公司给了这里的住户一笔钱然后就让他们搬走了。"

"那你知道他们都去哪儿了吗？"凌帆几乎要哭出来了，无论自己和陈家瑛的关系是怎样的坏，但她至少还是她在这个世界上唯一的亲人，这里也是她的家啊。但是现在什么都没了，家没了，妈妈也不要她了。

她一下子就成了全世界最可怜的人，而且还要面对着巨大的痛苦与恐慌。

此时的凌帆，像是被波涛吞噬了的残骸。

叶蓉和方明泉吃完午饭然后手拉手地一起坐上了公交车，然后公车开着开着方明泉就发现越来越往自己家的方向走了。

“你不会是想去我家上班吧？”方明泉看着窗外越来越熟悉的景致问。

“去你的，我才不去你家上班呢，干吗，给你们家当保姆啊！”

方明泉马上笑着说：“怎么能让你当保姆呢，给我当老婆还差不多呢。”

叶蓉马上抬脚去踩方明泉，但是方明泉很快就躲开了，“那为什么往我家走呢？这车就是去我家的。”

叶蓉吃惊地掩住嘴说：“不会吧，我真的不知道，我只是按照人家那边发给我的邮件的路线走的。”

“我知道了，你不会是去那家医院吧？”方明泉忽然大叫起来，车上一大群人都向他看过来，叶蓉马上用包挡住了自己的脸。

叶蓉小声地说：“你别吓我啊，弄得好像我要去什么鬼屋一样的。”

“不是，你要去的那家医院是一家私人贵族医院，就在我家小区的对面，走过去十分钟。”

“私人贵族医院？没开玩笑吧？还在你家对面？”叶蓉也不知道这应该叫做惊喜还是惊讶了。

我们存在的这个时代，汇聚成了一种巨大的缩影，那种缩影叫做生活，存在于我们每一个人的身边。

林夜希仰起头，透过透明的玻璃望向外面的天空，天空里浮动着粘稠而厚重的白色云层，像聚集满了生灵一样流动着。外面是广阔的人工草地，虽然已经是深秋时节却还依旧保持着旺盛的生命力。更远处是一片晃着明亮天蓝色的湖面，把天空里的流云倒映在镜子般的水里。两旁是漂亮而高大的树木，像是从地面上刺出来的木桩，让人怀疑很快这里就会凭空出现一片森林来。

庞大的寂静四处流淌着，只有走廊上会出现的一种轻轻脚步声来回缠绕着,气氛安详得像是墓地里的夜晚。

突然间有风吹动了远处的树叶，于是就能清晰地听到一种沙沙的回声,缓慢地传来。

像是天堂一样的一座医院,连接着天堂的大门。

“这里就是接下来我会死的地方吧？”林夜希低下头这么想。

叶蓉站在那像凯旋门一样巨大的白色大门前都不知道该怎么办了,从门口望进去完全看不出这是一家医院,也许上海最好的公园都没这里漂亮和别致。

方明泉告诉她这里是全上海最豪华最顶级的私人医院，他们一般只接待那种贵族般身份的病人,里面的消费水平可以称得上是在烧钱,看不见的白色离火其实每天都在熊熊燃烧着。一个普通白领一年赚的钱到这里大概过不了三个星期，而那些银行账户上存款里跟着 N 个零的有钱人们或许只是进来疗养或是进修。

“我在外面等你。”方明泉双手插在口袋里说。

叶蓉点点头，又听方明泉说:“要是面试成功的话你得答应跟我回家吃饭,好吗？”

叶蓉往里看了看这座像是皇宫般的医院，心里面已经觉得成功的几率渺茫得像是顾天香减肥成功一样,“好吧，那你赶紧回去让你妈多做点好吃的。”叶蓉笑着说,在方明泉的注视下走进了那扇大门。

叶蓉完全无法想象坐在自己对面,那个涂着唇膏,画着眼影身材高挑的年轻女子会是这个医院的护士长。漂亮的她看起来完全就像是一个平面模特或是电视剧里的主角。

那个护士长翻了翻她手里的简历抬头问："你叫叶蓉。"

"是的。"叶蓉马上拘谨地回答。

对方放下简历说："你知不知道我们这家医院和一般医院不一样？"

叶蓉马上点头说："我知道我知道，这里是全上海最有名的高级私人贵族医院。"

对方皱了皱眉说："我们这里的护士可都是研究生的学历，你本科生的话似乎太低了点。"

五分钟后叶蓉就被那位年轻漂亮的护士长送了出去。"这里不适合你这样的女孩子，真的。"护士长笑着对她说。

"谢谢。"叶蓉低声说。

"叶蓉，真的是你啊！"一个熟悉的声音从不远的走廊里传来。

叶蓉回头，看到的人是林夜希。"是你？你怎么在这儿？"叶蓉惊讶地问。

林夜希笑笑，像小孩子一样调皮地说："我生病了，所以来住院嘛。你怎么在这儿？"

"我来面试的。"

"那面试得怎么样？"林夜希忙问。

叶蓉摇摇头，露出一个无奈的表情。

林夜希忽然转头对那个护士长说："你现在就录用她，因为我现在指定她以后就是我的专职护士，专门护理我一个人。"

刚才那个对叶蓉神情冷傲的护士长一听林夜希的话马上露出微笑地点头说："是是是。"

林夜希满意地笑了笑，然后走过来在叶蓉耳边悄悄地笑着说："其实这里工资还是挺高的，而且也不累，你就当陪我一起休息好了。"

叶蓉感激地笑了笑，接着就看到一个穿着黑色 Prada 套装的女人向他们走过来。

“所有的手续我都给你办好了。”女人面无表情地对林夜希说。

林夜希笑着对女人挥了挥手说:“谢谢 Sissi 姐。”

“Sissi? 不就是凌帆的那个老板茜茜公主吗? ”叶蓉心里惊呼到,这生活怎么被上帝安排得如此璀璨呢?

Sissi 冷眼看了看叶蓉,她刚才就已经认出来这个女生就是那天签售会的时候在台上的女生了,但是她只是看了看什么都没说,因为说任何话现在都已经没有意义了,时光曾经轻柔地拍打过她的爱情,然而那些时光现在都已如潮水般褪去了。

“我陪你回家拿衣服去。”Sissi 对林夜希说。

“好啊。” 林夜希回答，然后转头对叶蓉说,“我等你来上班哦,拜拜。”

叶蓉响林夜希挥挥手:“拜拜。”但是她绝对想不到看起来如此开朗明媚的林夜希却已经被死神拥抱在了怀里。

“走吧,我带你去办手续。”那个年轻的护士长对叶蓉说。

“我们这里不是普通的医院,是上海最高档的私人贵族医院。来我们这边工作的话首先必须签订一份保密合同，因为我们这里的病人很多都是公众人物或者是各行业的重要人物，做为医院我们必须对他们的隐私做最完全的保护,绝对不允许向外界或不相关的人透露。”那个自我介绍叫 Uike 的年轻护士长对叶蓉说。

“任何吗? ”叶蓉问。

Uike 很坚定地对她点点头说:“任何，就比如说刚才你和那位先生的关系,包括我在内任何人都不可以过问,只要是关于到病人隐私的一切事情都是禁止交谈的。”

叶蓉不好意思地扭过脸去，因为 Uike 的话说得就好像她真的和林夜希有什么见不得人的关系。

只听 Uike 继续说：“其次是你做为护士必须满足你病人的任何要求。”

“任何要求？任何到什么程度？”叶蓉惊讶地问。

Uike 不容置疑地说：“任何程度！”

“不会……包括上床吧？”叶蓉吃惊地反问。

Uike 转过头来看着她，想了想说：“如果你自己也愿意的话，完全没问题！”

叶蓉的表情顿时像是吞了一大只北京烤鸭，然后她的脑子里冉冉升起一些“粉红色”的镜头来。

“你住哪儿？”Uike 突然问，“我们这里的每一个护士都要求必须在病人点到名的时候二十分钟内赶到医院，不论你是坐公车还是坐飞机，否则就可以直接坐上辞职号特快专递了。”

叶蓉一听下了一跳，吐口而出：“我就住在医院对面的小区里。”

“哦，那就没问题了，还有就是过来这里上班必须化妆，必须以最美好的外貌出现在病人面前，还有一些事情等你来上班后再告诉你吧。”

从 Uike 的办公室出来叶蓉不禁出了一生冷汗，仿佛像是自己有半只脚踏进了鬼门关一样。

方明泉在门口慢慢地踱着步子，然后第 N 次地往里面看，终于看到叶蓉从里面走出来。

方明泉连忙跑过去问：“怎么样？”

叶蓉撅着嘴巴摇摇头，眼睛里泛起一层湿润的色泽。方明泉心疼地抱住她安慰道:“没事的,没事的,就算你真的没有工作也无所谓,我养着你。”

“你怎么养我啊?你自己都没工作。”叶蓉委屈地窝在方明泉怀里说。

方明泉急道:“我有工作的,我爸给我安排好了,我只是现在懒得去先把名字挂在那儿再说。但是我明天马上就去上班,我保证。”

叶蓉忽然推开他笑道:“哈哈,骗你呢,我被录用了,过两天我就去上班了。”

“真的假的?”方明泉半信半疑地问。

“骗你干吗?”

“你刚才不就骗我了吗。”

“刚才是试一下你的反应,勉强算是合格了。”叶蓉笑着说,心里却是一丝丝的甜蜜,像是有一条条粘稠的蜂蜜丝缠绕在心脏上。

方明泉问:“那可以去我家吃饭了吗?

叶蓉咬着牙羞涩地点点头。

生命里所有的浪漫回忆都曾经如水般轻柔地拍打过我们的心岸。

凌帆呆呆地坐在路旁的台阶上,看着天空一点一点地暗下去,渺小的她什么都不知道,脑海里空白得像是被轰炸过的城市。

突然一辆闪着黑色光芒的高级轿车停在了她面前,深墨色的车窗被打开,里面一个声音吃惊地说:“咦,这不是凌帆吗?怎么在这儿啊?”

凌帆抬起头,看到黑色的凯迪拉克后座上是一张像极了楚晴的面孔。

The Twelveth >>>

当 现 在 不 在 ， 我 们 将 期 待 怎 样 的 未 来 ？

叶蓉跟着方明泉走进去，那是一幢酒店式的高级公寓。和家里的小房子完全不同，虽然不能和上海紫园相比，但至少还是充满了上海小资的奢华风味。

门口有保安开门，上下都是使用电梯，光洁的大理石地面可以清晰地反射出自己的容貌，最让叶蓉吃惊的是走廊拐角处还摆放着几张沙发。

方明泉掏出钥匙打开厚重的大门，喊道："妈，我回来啦。"

"小泉回来啦，正好我在弄晚饭呢，过来一起帮忙。"妈妈的声音在厨房里传过来。

叶蓉换上方明泉递给自己的柔软拖鞋，然后踩在打着蜡的光滑木地板上。

宽大的三室两厅，一两百个平方的面积，每个地方都装修得十分到位和精致，是那种普通上海人一辈子都会梦想的房子。

和自己家那种阴湿逼仄的环境完全不一样，连卫生间都比自己家的厨房大，墙上挂着欧式的油画，大房间里还有一张放着古董的橱柜。

"你怎么不来帮忙呀，我一个人忙死啦。"妈妈的声音从厨房里传来，然后叶蓉就看到一个系着围裙的女人从厨房里拿着一把菜走了出来。

和自己母亲那种土气粗俗的感觉完全不同，基本没有什么皱纹的白皙脸蛋，穿着色彩得体的衣服，梳着一头带有古典气息的淑女髻。完全配的上贤良淑德这样的感觉，和自己粗俗臃肿的母亲还有楚晴那个妖娆年轻的母亲比起来，更像是一个贤妻良母。

"咦，这位是？"妈妈看了看叶蓉又转头看正在把叶蓉的高跟鞋放进鞋柜的方明泉。

方明泉抬起头说："妈，这是叶蓉，那个……我女朋友。"

然后又对叶蓉说："这是我妈，许雅心。"

"嘿，你这臭小子，怎么叫你妈全名呢？"许雅心对方明泉说。

方明泉摊摊手一脸无奈地说："我总要给人家介绍吧，我总不能告诉人家这是妈吧，再说你不是也有名字嘛。"

"懒得理你。"许雅心白了方明泉一眼，然后对叶蓉说，"叶蓉对吧？随便坐哦，就当在自己家。"

叶蓉忙脱下外套说，"阿姨，我帮您一起做晚饭吧。"

许雅心马上说："好啊，正好我一个人忙不过来呢。"

凌帆坐在凯迪拉克豪华的后座上，旁边是穿着西装革履的林天翔。

神情落魄的凌帆身上粘着灰尘，和旁边光鲜体面的林天翔成了一个鲜明的对比。

"你怎么一个人坐在那儿啊？出什么事了吗？"林天翔柔声问。

凌帆的表情木木的，老半天一句话都不说，过了很久才突然转头神情呆滞地看着林天翔问："伯父，您怎么在这儿？"

"哦，你刚才呆的那个地方是我们公司承包的一个项目，我们要在那里建两撞连体的商业大楼。"

凌帆一听马上紧紧地抓着林天翔的手问："真的吗？这个项目是你的？"

林天翔点点头，"怎么啦？你有什么问题吗？"

"伯父，那您知道这里拆迁的住户都去哪儿了吗？"凌帆忙问。

林天翔皱皱眉想了想说："这个就不太清楚了，因为我们建的是商业楼，所以就给了每个住户一笔钱让她们自己搬走了。"林天翔看着凌帆的表情问,“怎么啦? 你找人啊? ”

凌帆一听眼泪就再也止不住地下来了,“我家就住在这儿,我一个多月没回家突然就找不到家了。”

林天翔一看凌帆哭了起来就手忙脚乱地不知道该怎么办了,直到他安慰说保证让人帮她找到她妈妈凌帆才不哭。

“那你现在去哪儿? 我让 Viken 送你,反正你们也都认识了。”

凌帆看了看手表,这个时候 Dior 也应该差不多关门了。听天由命吧,她把眼睛一闭往车后背上一靠说:“麻烦您送我回学校吧。”

林天翔对 Viken 说:“送凌小姐回学校,然后去天华广告公司接我,我去谈个宣传企划。”然后就准备下车。

凌帆一听忙问:“您怎么下去了? ”

林天翔笑笑说:“让 Viken 送你吧,我看你心情不太好。我打车去,无所谓的,就当锻炼身体。”关车门之前林天翔还对凌帆说,“你和小晴是好朋友,以后要是有什么事找我就别客气。”

凌帆看着林天翔笑着向自己挥手告别,然后雍容华贵的凯迪拉克就开上了环城交错的上海高架,瞬间把世界立体得残酷而井然有序。

我们都在这个世界里随波逐流,渐渐地失去自我。

飞速旋转的上海,物欲横流的世界,消失在地平线的梦想。

我们都不会忘记曾经的伤痛,是因为要见证未来的灿烂。

下一个时代,谁会站在那里微笑?

衡山路上的一家餐厅里,顾天香呆呆地坐在沙发上。

过了一会儿餐厅门被打开时卷进来了一阵风,盘旋着贴着地面扫来,顾天香不由得把脚缩起来打了个冷战。

莫名其妙的寒冷,从身体里像是水中的气泡一样浮上来,然后在水面上停留一秒钟，最后噗的一声破裂。

“冷？”坐在对面的久保南川依旧是一身黑色的毛衣，显得成熟而冷峻。

顾天香连忙摇摇头说：“还好，不冷。”

久保南川指着桌上满满的菜说：“怎么不吃？你减肥？不过不吃饱是没有力气减肥的。”

顾天香望着面前丰盛的饭菜摇摇头说：“不想吃，没胃口。”

南川一听眉毛瞬间皱起了一道道山峰，在俊朗英挺的脸上投下一道浅浅的黑影，“你这两个星期怎么回事？做什么事情都心不在焉的，虽然瘦了点不过可不一定是好事。”

“我真的没胃口。”如果凌帆她们在这里听到顾天香接二连三地对久保南川说出这么石破天惊的话来，估计任何一种自杀方式她们都不会放过尝试的。

南川放下手里的刀叉，“你现在不只是没胃口这么简单，刚才你拉的那段小提琴曲也完全不在状态。如果你不喜欢小提琴的话不如就早点放弃，免得把自己的青春和未来都搭进去。”

顾天香听完苦笑了一下说：“谁又能完全选择自己的人生和未来呢？我爸爸和妈妈年轻的时候都特别喜欢小提琴，他们通过小提琴认识，相爱，最后结婚。不过她们两个都没有小提琴的天赋，于是就把所有对小提琴的热爱和希望都寄托在我这个女儿身上。我七岁开始就学小提琴，到现在整整十五年，从来都没停止过。我就是她们对自己梦想的寄托和希望。但是他们只教我你要怎么做，你应该怎么做，而从来都没有问过我你要什么，你喜欢什么。”

“你喜欢钢琴，而不是小提琴。”南川忽然开口说。

顾天香惊讶地看着南川眨眨眼睛问：“你怎么知道？”

“直觉吧，你在音乐上是很有天赋，不过你的小提琴里听不出你的情感，反倒是上次你听出我钢琴曲里的细节倒让我觉得很惊讶。”

顾天香看着南川认真的表情然后脸上露出一丝浅笑，直到南川说完，顾天香才问：“那你呢？做为一个日本人为什么留在中国？你应该去维也纳，那里才是音乐最盛放的地方，在这里你永远都寻找不到应该属于你的梦想。”

南川笑着摇摇头说：“我不在乎，无论是爱情还是音乐，我根本都不在乎，我只是希望能够留在这里就可以了。”

“可是你的才华，完全能让你在世界音乐舞台上闪闪发光啊，你为什么不选择那样的未来呢？”顾天香急道。

南川凝视着顾天香的表情，过了好久才开口，“如果你真的想知道为什么的话，那就等到你能做我女朋友的时候吧。那个时候……”南川的声音停了下来，窗外一张报纸被风卷起来，然后滑过玻璃，一直向着远处高远的天空飘去，然后消失在短暂的视线里。

南川忽然想起了许多年前听到过的一句话：上海是个没有秋天的城市，夏天过后冬天就随风而来。

其实上海还是有秋天的啊。南川心里这么想。

而上天也仿佛知道他在这么想着，于是转眼间云层里就落下淅淅沥沥的小雨来，最缠绵温柔的雨丝是上海今年秋天的最后一场雨。

顾天香抬起头隔着看着天空，却像是有无止境的雨对着自己飘来。

落在心脏的某处，汇聚成一个漩涡。

把心脏里的点滴卷得一干二净。

“我想回家。”顾天香忽然转头对南川说。

南川愣了愣，然后露出笑容说：“不参加比赛了？”

顾天香同样露出笑容，然后用力地摇摇头，这个时候浓浓的暮色倾倒进了天空里，快速地扩散开。

四面游离的墨色线条，像是我们在立方世界里的人生轨迹。

凌帆坐在黑色的凯迪拉克里面，当在一个路口亮起红灯的时候，她摇下车窗。

于是隔着餐厅玻璃她看到顾天香坐在一个黑衣男人的身边，两个人一起微笑着弹奏餐厅正中央的那架白色钢琴。

悠扬舒缓的乐曲声从里面传来，凌帆忽然才发觉原来自己比顾天香还孤单可怜。

当我们在无端骄傲的时候，是从来不会想到我们的背后有着多么庞然巨大的孤单。

但当我们独自承受孤单无助的时候，我们的骄傲又躲在哪个角落里瑟瑟发抖呢?

“蓉蓉，过来吃饭啦。”方明泉在洗手间里就听到许雅心的声音。

方明泉冲了冲马桶从洗手间里走出来，说:“妈，你怎么不叫我吃饭呢？”

许雅心一脸鄙视地说:“你自己知道要吃饭了，我叫你干什么啊。”

正把最后一盘菜端上来的叶蓉附和道:“就是。”

“嘿，我怎么觉得现在你们两个是母女，我反倒成外人了啊。”方明泉无辜地说。

“对啊，我现在跟蓉蓉亲着呢，要不我认蓉蓉做女儿吧，我老想要一个女儿。”许雅心说着还很亲昵地搂了一下叶蓉。

方明泉赶紧说:“你想都别想啊，你认她做女儿了那你儿子怎么办呀。要不以后我们给你生个孙女吧。”

叶蓉夹起一块红烧鸭肉就塞进方明泉的嘴里说:“闭上你的臭嘴，

你这么没出息我还没说要嫁给你呢。”

“蓉蓉,你以前来过我们家吧?”许雅心问。

“没啊?我第一次来。”

许雅心笑着说:“你不老实,我上次还在小泉的房间里看到一个女士发卡呢,不是你的还是谁的啊?”

听到许雅心的话方明泉和叶蓉一时间都愣住了,两个人对望了一眼,他们都知道那个发卡不是叶蓉的而是小薰的。

短暂而细腻的安静之后,就听到了密集的雨滴打在玻璃上的声音。

“怎么突然下雨了啊,我衣服还没收呢。”许雅心站起来去阳台上收衣服。

方明泉看着叶蓉,一只手在桌子下面紧紧地握住了叶蓉的手,温暖而稳重的手。

“就是喝醉的那天,小薰送我回的家,大概……”方明泉看着叶蓉的眼睛说。

“不要解释的。”叶蓉笑着说,“我相信你。”

“外面一下子变得好冷啊,看来今年冬天要提早到来了。”许雅心走回来说。

“妈,我爸呢?怎么老不见他?”方明泉放开叶蓉的手问。

“去北京了,那边好像有个什么工程要他负责,据说要半年呢。”许雅心一边说一边给叶蓉夹菜,叶蓉笑着说谢谢阿姨。

叶蓉低头看着桌上的菜,丰盛得像是饭店里的酒席。光滑宽大的圆桌也和自己家那张布满油污的小方桌完全不同,从天花板的灯管里掉下来的白色光线像是会在桌面上弹跳起来一样。

听着外面细密的雨声,叶蓉的眼睛忽然有些酸涩。同样是在这座城市里,为什么自己从小就只能在阴湿逼仄的弄堂里长大,而别人就可以在向阳开阔的地方成长呢？这样的生存格局，让自己的自尊心日渐狭隘，每每看到那些光鲜亮丽的人时，尊严就像是被扎破了的皮球，瘫泄在一起露出生命被固定好的格局。

有时候叶蓉如此的憎恨自己生存的城市，阶级分明的尊卑观念，澎湃旋转的物欲主义。

我们明光的爱情和自尊，通通都被一次次耻辱地洗刷着。

“蓉蓉，你刚才说你被对面那家医院给录用了？”许雅心问。

叶蓉点点头，听许雅心又说：“我听说那边医院有个规定，就是说病人决定你的上班时间是吗？”

“嗯，她们告诉我必须要在病人点名后的二十分钟内赶到医院，否则就会被开除。”

正在啃一只鸡腿的方明泉叫道：“啊，怎么这样啊，这什么医院啊。”

“是这样的，这是他们的规定。”许雅心对方明泉说，“我们小区里也有几家人家的女儿在那里工作，确实有这个规定。”

“什么破规定啊，没人性。”方明泉叫道。

“也许是有点过分吧，不过那边的收入据说很高哦，要比一般医院高出一两倍呢。”许雅心说。

方明泉转头问叶蓉：“那你怎么办啊？学校离这这么远。”

叶蓉放下筷子，有点焦虑地说：“学校毕业了就不能住了，我最多在这附近借房子住吧。”

“这附近？”方明泉叫起来，“开玩笑，这里的房子都是三万多一个平方的，借房子不是贵死你啊。”

“那怎么办？好不容易找到一份好工作的。”叶蓉为难地说。

“妈。”方明泉扭头笑着喊道，“我们家房子不是挺大的嘛。”

许雅心用手指戳了下方明泉的太阳穴笑骂道：“就你小子用本事。”

然后对叶蓉说，“蓉蓉，要不住这儿吧？”

“啊。”叶蓉吃惊到，她吃惊的不是住方明泉家，而是开口的竟然是他老妈，“这个……不太好吧。”

“没关系的，你看我爸大半年的都不回家，我妈一个人多寂寞呀，你就当行行好陪陪她嘛。”方明泉赶忙推波助澜道。

“对啊，你看我们家这么大，而且本身就有一间客房，住在这儿没关系的。”许雅心指着方明泉说，“你要是不放心这小混蛋的话，可以和我住一起嘛。”

“喂，你儿子可是正人君子啊，别给我乱扣帽子。”

叶蓉犹豫了一下，不好意思地说：“那就麻烦阿姨了，要不我到时候给你房租吧。”

许雅心假装板起脸来说：“你说这话阿姨就不高兴了，我们又不缺钱用。再说说不定以后就是一家人了，还分什么你的我的呀。”许雅心露出微笑对叶蓉说，“我们家小泉是个很用心的人，他既然喜欢你那一定会从头到尾一心一意的，放心吧。”

方明泉一听叶蓉同意，在那边笑呵呵地把两只手顶在头上做出V字型。

许雅心转过来对方明泉说：“不过蓉蓉住这儿我可得给你约法三章啊！”

方明泉马上放下手一派正襟危坐的样子说：“哦！”

顾天香走到楼梯口的时候感觉胃里面一阵汹涌的翻滚，连忙快跑几步打开寝室的门冲进卫生间。

对着马桶一阵呕吐，一直到把刚刚吃下去的所有东西都吐出来为止。

顾天香用力按了一下，把刚才自己吐出来的东西全部冲进了下水道里。

她抬起头，镜子里的自己披头散发，像是个疯子。

卫生间的磨砂玻璃上，隐约可以看到一条条雨水的痕迹，歪歪扭扭地慢慢流淌着。

凌帆窝在床上，用被子蒙住自己的头，听着外面淅淅沥沥的雨声。

她听到顾天香开门的声音，呕吐的声音，然后走进来躺在床上的声音，最后是一种微弱到几乎无法察觉的哭泣的声音。

这个世界上所有的声音都能被怀疑成是一种错觉感。天空里不经意飞过去的影子，翅膀挥动时羽毛的声音。微小的尘埃相互撞击的声音，或是庞大的毁灭声。这许多的声音，都是一种无法被证实的存在吧！

记得初中的物理课上就学过，声音的传播是依靠介质才能进行的，只要是拥有形态的介质都会在每时每刻不断传递着那些悸动的音波。

但是黑暗的宇宙里，两个漂浮在虚空里的物体间却是不存在声音的，因为它们之间没有介质的存在，所以就根本无法感知到那些波动的频率擦过衣襟了。

我们感知到的声音，我们漂浮在一起的脉动，那都是因为我们能用心听到彼此心的声音。

我们的心，就是把声音传递给彼此的一种介质。

长长的欧式餐桌，在充足的光源里还点着白色的蜡烛。楚湘怡坐在尽头，楚晴和 Anne 面对面，满席的高档法国菜。

“爸怎么还不回来？”楚晴的盘子里是蜗牛，这种在普通人看来难以理解的菜是法国最著名的一种美食。

“不就是公司里那点事嘛，他拿他们当宝贝了。”楚湘怡无所谓地说。

“你别老看不起爸爸，他也是一步一步奋斗出来的。”楚晴对楚湘怡脸上的表情极其厌恶。

“阿姨，Jenny说她想回纽约去。”Anne开口说道。

楚湘怡一听马上放下手里的餐具说：“好啊，我也希望她能待在纽约，上海这里乱七八糟的。”

楚晴一听抬头盯着Anne妖艳的眼睛，空气里异常凝重的气氛，突然外面的花园里传来一阵细密的雨声，然后是玻璃被打到的声音。

最后越来越密集地演化成一连串声音。

楚晴把手里的不锈钢叉子用力地砸在桌上，然后愤然起身。“秦瑶，你不要太得寸进尺了！”

Anne脸上一脸惊慌和无辜地说：“哎呀，我怎么了嘛，不是刚才你和我说你想回去的吗？”

楚晴阴沉着脸对Anne说：“我明确地告诉你，我绝对不会再回纽约去的，你就死了这条心趁早给我滚回去吧。”

Anne忽然眼泪汪汪地说：“Why you are so rough now?”

“我妈做的菜不错吧！”方明泉走过来坐在客厅的沙发上问叶蓉。

叶蓉笑着点点头，“就是做得太多了，多浪费啊。”

“没事，你吃得习惯就可以了。”

“明泉。”叶蓉转头看着方明泉，方明泉发现她的眼睛里朦起了一层雾气，在灯光下闪闪发光。

“怎么啦，小傻瓜。”方明泉伸手揉了揉叶蓉的长发问。

“你知道我以前为什么从来都不承认喜欢你吗？”

方明泉温婉的笑了笑说:“你这么倔,我哪知道啊。”

叶蓉眼里的雾气更浓了,“我怕配不上你，我怕你身边的人会看不起我,我怕我们在一起会不幸福。”

方明泉一听,伸出双手用力地搂住叶蓉娇弱的身子,轻轻地说:“傻瓜,你就是太善良了。这个世界没有谁比谁更高贵,也没有谁比谁更低贱,只有谁比谁更重要。对我来说,你就是最重要的那个人。”

叶蓉在方明泉怀里哭着问:“我们以后会幸福吗?”

“会的,一定会的。”方明泉回答到。

我们以前哭过,不代表我们就在眼泪里长大。

我们以前通过,不代表我们就在痛苦里挣扎。

我们以前失去过,不代表我们就永远地握不到那份幸福。

因为我们要我们的幸福。

因为我们会有我们自己的未来。

The Thired >>>

当 现 在 不 在 ， 我 们 将 期 待 怎 样 的 未 来 ？

上海永远是部装满了齿轮不停转动的巨大机器。

虹桥机场的二期工程以完全超越浦东国际机场的规模迅速地构建起来。

外白渡桥的整体迁移工程也在不停地紧张进行着，政府似乎无比强烈的想要保护住这条唯一能够证明上海历史的最早桥梁，也许以后的历史教科书里它会被冠以连接上海过去和未来的桥梁之称。

跨越长江三角洲像条巨龙一样的长江大桥也即将开始通车，而从浦东到长兴岛的越江隧道也即将完工。跨江十公里,全桥长十六点五公里,双向六车道,最外面是两条轨道交通九号线预留车道。不久的将来人们就能轻而易举地跨越长江了。

时代在进步,上海在飞跃。

五分钟一班的公车络绎不绝地把人送到上海火车站，然后把密集的人流分散到全国每个角落。

浦东和虹桥两大机场，把全世界的人都卷进上海这个巨大的经济漩涡里。

极速下跌的股票指数和持续上涨的房价成为鲜明的反差比，买一套房子变成了所有打工族的梦想，而真正的有钱人此时却正大张旗鼓地搬出摩登时尚的豪华大楼,住进古色古香的石库门房子。

这是个光怪陆离的城市,水面里倒映出来的是这个时代的缩影。

这场连绵的细雨下了足足三天，把上海笼罩得如同魔幻电影里的废墟城市。

从二号线里下来的时候天空还飘着雾蒙蒙的细雨。

方明泉想从包里拿雨伞，叶蓉说:“算了吧，走几步就到公交车站了。”

刚说完,一辆满身污泥的大巴冒着黑黑的尾气从他们身边经过。

方明泉看了看那辆大巴在经过地面上凹凸不平的水坑时产生的那剧烈晃动,又低头看看自己脚上新买的那双 NIKE 白色运动鞋,皱了皱眉头,然后还没等叶蓉发现他就一扬手招了辆出租车。

“干吗打车啊,前面就是公交车站了啊。”叶蓉坐在出租车上抱怨道。

方明泉皱着眉说:“你看那公交车破的跟什么一样，我才不坐那种东西呢。”

“哈,你以为上海永远都是高楼大厦、楼宇庭院啊。看到了没,这叫自然。没见过吧？”

“切,这还叫自然呐,简直就是个破农村嘛。”方明泉看着窗外一片杂草横生的土地说，他真的没有想过原来在上海的版图里也有这样的地方,但看起来却完全不像 DISCOVERY 里的那种自然风光一样宜人,反而有一种积压着的陈旧感和破落感。

“那你给我下去。”叶蓉抬脚踹了方明泉一下道。

方明泉连连摆手说:“哦老婆我错了,对不起,对不起。”

在颠簸了好一阵子之后出租车才停了下来,方明泉下了车,放眼望去,是一片暗灰色的低矮房屋,像是一条半死不活的鲸鱼躺在那里。

正对着的是一条狭小的弄堂,方明泉在电视里面看到过,只是没有那种青砖红瓦的古韵，替代的是一片片长着绿毛的恶心青苔和一整条被雨浇淋得泥泞不堪的道路。

“蓉蓉,我新买的鞋。”方明泉边走边哭丧着脸喊道,因为他那双白色的运动鞋瞬间就变成了一双斑点鞋。

叶蓉冲方明泉抱歉地笑笑，方明泉就不再说什么了。

这种城乡结合部的老式住宅区像是一个破旧的迷宫，方明泉跟着叶蓉七拐八拐地转了老半天，把方明泉都给弄糊涂了。最后叶蓉停在一扇门前，然后找钥匙。

“哎，我以前也来给你拿过东西，怎么没发觉这里这么……”方明泉抬头，头顶上是一大片纵横交错的电线，把天空分割得支离破碎，然后狭小的头顶缝隙里横七竖八地挂满了各式各样的衣服，有些人家的木板门前还放着方明泉从来没见过的痰盂，如果告诉他这里有些人家还没有卫生间，那估计比告诉他火星人要侵略地球了还要让他不敢相信吧。

“你以前来每次都只是等在地铁站，怎么会看到这里啊，再说……”叶蓉停下翻包抬起头说，“我也不想让你看到我家这么破。”

方明泉柔声说：“其实没关系的，我不在乎你从小生长的环境是怎么样的，我只在乎在你眼里我是怎样的。”

“啊，找到了。”叶蓉高兴地从包里拿出一条钥匙，方明泉看看叶蓉手里的钥匙，发觉连钥匙都这么寒酸。

“妈，我回来啦。”叶蓉开门就喊道，方明泉跟着也一起走进去。

“你个死丫头你还知道回来啊！”从黑洞洞的屋子里传来一个尖利的叫骂声，接着方明泉看到一个烫着枯黄卷发的女人嗑着瓜子就从里面走出来。

叶蓉母亲刚想开骂，一看女儿旁边还站着一个英挺的男孩子，想要骂出去的话顿时咽了回去。

“这个是谁啊？”叶蓉母亲一边嗑着瓜子一边问，方明泉没敢皱眉，但是看到吐得满地都是的瓜子壳时心里一阵难受。

“这是我男朋友，方明泉。”

“阿姨好。”方明泉满脸堆笑地说，而对方竟绕着自己转了几圈，把自己当东西一样上下打量着。

叶蓉知道自己母亲肯定会露出这样的表情，她也懒得理她，直接进去收拾自己需要的东西去了。可怜方明泉一个人留在那里接受她妈的盘问。

“你是蓉蓉的男朋友？”叶母眯着眼睛问方明泉。

方明泉赶忙点头说是，然后把买的一点小礼物递给对方，叶母看了看就丢在了桌上，继续问：“那你是做什么工作的？”

“我还没毕业呢，不过我爸会帮我安排工作的。”

“你爸？那这么说你爸挺有本事的咯？”

方明泉赶紧装出谦虚的表情说：“哪里哪里，我爸他只是国企的一个小领导，认识的人多一点而已。”

“国企？”叶母一听方明泉说他爸是在国企里当领导的顿时满脸放光起来，声音激动了八层楼高，“国企好啊，国企工资很多的。那你家房子买了吧？”

“房子？我很小的时候就买了。”

“多大？”叶母哈哈笑着问。

“三室两厅，我听我妈说大概一百六七十个平方吧。”方明泉想了想回答道。

“哦哟，那好的呀。来来来小方快坐，快坐，阿姨给你切水果去。”当叶母听到了两个她最关心的事情后态度顿时来了个一千八百度的大转变，让方明泉有一种前后恍如隔世的感觉。

在里面整理东西的叶蓉听着外面的对话冷笑了一下，她就知道自己母亲会是这样的一个表现。

半个小时后叶蓉把自己需要的东西都整理好放进了一个包里，而外面叶母也已经差不多把方明泉的家底给问了个一清二楚，叶蓉从她脸上的表情就看得出她对方明泉，或者更具体点来说是她对方明泉家里的条件是相当满意。

“妈，我们走啦。”叶蓉拎着包走出来说，方明泉也赶忙站起来说，“那阿姨我们就先走了，蓉蓉明天就上班了。”

叶母脸上马上一副依依不舍的样子说：“哎呀，怎么这么快就走了，好不容易小方来一次，你们再坐会儿，阿姨去买点菜回来做饭给你们吃。”

“阿姨不用了，我们真的就走了，待会儿还有事呢。”方明泉连忙摆手说，叶蓉心里暗笑，因为她一看桌上那一大堆苹果皮就知道方明泉今天大概连晚饭都吃不下了。

“妈，你别忙这个了，我们真走了。”叶蓉皱着眉说。

“好好好，那蓉蓉你进来，妈和你说几句话。”说着便把叶蓉拉了进去。

叶母从抽屉里掏出两千块钱来塞在叶蓉的手里，叶蓉看着这钱心里面不禁一热，像是有一股温暖的暖流流淌过。但是接着就听叶母说：“这钱你拿着，跟人家小方出去有时候也给他买点东西，这叫投资，懂吗？花小成本收大效益，我看小方家条件很好，你可别错过了啊。”

叶蓉冷冷地把钱塞进口袋里说：“我知道了，那我走了。”

刚走出去关上门，头顶上就响起一阵巨大的轰鸣声，方明泉抬头，看到一片巨大的阴影掠过。

叶蓉也抬头说：“我从小就听飞机从头顶飞过的声音长大的。”

方明泉看到飞机掠过之后，感觉天空忽然变得开阔很多。

“走吧！”叶蓉叫道。

凌帆整整一天都心不在焉，关于上次究竟是 Alten 还是 Minnie 陷害她她已经不在乎了。

因为这两个人在Sissi面前就像是两只温柔的小猫，而后者才是那只会吃人的老虎。

她现在最关心的是那份每个月十九号都会寄过来的信用卡账单，那才是关系她生死存亡的重要因素。

下午五点，上班的人陆陆续续地开始离开，许多人互相说拜拜，然后背着包走出公司的大门。原本灯火通明的办公楼里像是熄灭的蜡烛，一点一点地暗下去，直到被窗外黑暗的空气给包裹起来。

然后安静得像是一片坟墓。

而我们每天都在把我们的青春、未来和理想都埋葬在这里，以换取工资卡上每个月打进来的那个数字。

凌帆回头看了看，里面的Sissi还在电脑面前处理着文件，似乎一点都没有要走的意思。

凌帆敲了敲门，然后在得到Sissi的允许后走了进去。凌帆走到Sissi的面前，把手里的一份文件放在桌上说："Sissi姐，你让我整理的文件已经整理好了，《迷黎》的销售状况一直在攀升，并且把夜夕过去的书都带动起来了。不过，我们公司其他作家的书都卖的不好，夜夕的风头过去后我怕很难会有好的销售高峰了。"

Sissi靠在老板椅上闭上眼睛揉了揉太阳穴说："我知道了，我会尽快找出一个能接夜夕班的作者的。"

"那Sissi姐我先走了。"凌帆说。

Sissi挥了挥手说："去吧，路上小心。"

凌帆惊讶地看了看Sissi，然后退了出去。

凌帆走出写字楼的时候，大街上已经亮起了路灯，只是行人却很少。偶尔有汽车飞快地驶过去，就会卷起一大片冷气擦过脸庞。

她回头望向了身后的大厦，唯独Sissi办公室的灯还孤寂地亮着，像是黑暗寂静的宇宙里，一颗遥远而孤单的星球在无边无际的黑暗里，独自轻轻地散发着微弱的光芒。

这和第一次凌帆见到的 Sissi 不同，抛开 Prada 套装和永远签不完的文件，第一次如此遥远地看着这个女人的孤单，远离了平日里呼风唤雨众星捧月的高傲王座，她只是一个安静而美丽的女人。

等到所有人都离开之后，Sissi 把咖啡倒进水池里，把所有的文件藏进柜子里，再把电话线拔掉，连同手机一起关掉。

然后她打开电脑的浏览器，在 Google 栏里输入“脊椎小脑变性症”，敲下回车。

她滚动鼠标，一点一点地往下看，直到看到最后，白荧荧的电脑屏幕光线把她眼里的所有眼泪都逼出来。

看到最后，Sissi 趴在桌上开始大声的哭起来。

这是一个孤寂的星球。

被悲伤和绝望包围的星球。

脊椎小脑变性症。

医学名称为脊椎小脑运动失调症(spinocerebellar ataxia,SCA)，患者的小脑、脑干和脊椎会产生退化性萎缩。

小脑萎缩症的典型症状是失去平衡感，身体缺乏协调能力，发病后渐渐的手脚不听使唤，不能走路，不能说话，不能写字，吞咽困难，有一天会昏睡而死。

这是属于退化性疾病，目前没有可以根治的药物，治疗重点在于复建治疗，使患者尽可能维持最高的生活自理能力。

凌帆开门走进客厅的时候听到房间里方明泉和叶蓉地说话声。

她走过去敲了敲门，开门的是方明泉，叶蓉正在叠衣服。

“Hello，刚下班啊。”方明泉打招呼道。

凌帆嗯了一声点点头，叶蓉回头问：“你最近怎么了，这么憔悴啊？”

“你这是干什么去？旅游吗？”凌帆指着床上一个装满衣服的包问叶蓉。

“不是，我明天上班。”叶蓉回答说。

“那你干吗收拾行李？”

“她住我家。”方明泉忽然说，“因为她上班的医院就在我家对面。”

凌帆笑了笑，说：“你们两够快的啊，那什么时候能生个孩子叫我干妈啊？”

“别胡说，还有他妈在家呢。”叶蓉说道。

“那祝你们幸福，我一直希望能看到你们两个走到最后，真的。”凌帆靠在门边说。

方明泉笑着说：“谢了，你也早点找个人嫁掉算了，我们的年华不会停留太久的。”

凌帆苦笑了一下，“这种事情，谈何容易啊。”

“叶蓉。”凌帆叫道，“那以后还会回来吗？”

叶蓉笑着说：“当然回来啊，这里永远是我们一起的世界，因为这里还有你们呐。”

客厅的门又被打开，顾天香从外面走了进来，凌帆回头一看，忽然有一种想哭的冲动，她瘦了。

她曾经千万次地梦想顾天香能快点减肥，快点变成至少是一个正常人，但她绝没有想到这一天来的时候自己会伤心难过，甚至会想哭。

顾天香真的瘦了，短短的大半个月就明显地瘦了好多，虽然和一般人相比还是胖的,但是她真的瘦了。只不过那是种憔悴的瘦,她的脸色有些苍白,她的眉宇之间没有神气。

那种什么减肥广告或是减肥书全他妈的是骗人的，真正能消得人憔悴的只有两种情况:伤身和伤心。

“怎么这么晚回来?”凌帆小声地问。

顾天香晃了晃手里的东西说:“去买火车票了。”还没等他们开口问,她就说,“我爸的公司破产了,我们家被抵押给银行了,现在是家里需要我的时候,我该回去了。”

叶蓉放下衣服从房间里走出来,她也看到消瘦了的顾天香,又听到这样的结果,鼻子一酸,差点掉眼泪。

“什么时候的票?”方明泉问。

“星期一的火车。”顾天香看着手里的票自嘲地说,“我现在坐不起飞机了。”

“那还回来吗?”叶蓉带着哭腔问。

顾天香一阵哽咽，她说不出话来，喉咙里像是有什么东西卡住一样,她只能重重地点着头。

“记得一定要回来啊,这里还有我们呢,我们会永远等着你的。”叶蓉说话的时候已经是泣不成声了。

顾天香一点哭一边用力地点着头，仿佛这是一种怎样沉痛的承诺一般。

凌帆走过去,叶蓉走过去,三个女生抱在一起,这是一段一起流泪的时光。

方明泉独自一人从女生寝室楼里走出来，多日的连绵阴雨终于停歇了,黑色的夜空里露出了新月和繁星。

温柔而伤感的夜空。

方明泉拿出手机，发了条短信：小薰，对不起。

屏幕上的光标移动到一个熟悉的号码上，确定了发送，但是隔了好久都没有信息送达报告传来。

方明泉用力地仰起头望着繁星灿烂的夜空，两行眼泪流淌过额角。

生活在多米诺之城里的我们，就像是夜空里的点点繁星。在黑暗无际的世界里微微地散发着我们自己的渺小光芒，给自己，也给别人看到。

这样微弱的星光，见证着我们在这个庞大时代里的微茫存在。

楚晴枕头边的手机震动起来，她拿起来一看，是叶蓉发来的一条短信："顾天香后天就要走了，我们今晚都留在寝室里哪也不去，你回来好吗？ 我希望我们四个能在一起。"

楚晴读完短信，眼泪就忍不住地涌出来。她跳下床换上高跟鞋就往外走。

刚走到门口门就自己开了，Anne 的脸出现在门口，"你要去哪里？ "Anne 一脸阴沉地问。

楚晴绝望地瘫坐在地上，一句话都不说。

四周一片漆黑， 只有墙上的荧光钟正在有节奏地转动着那根绿色的秒针，寂静的夜里她们能听到彼此的呼吸声。

沙发被挪开了，空出来的地上摊着一个大大的地铺。

叶蓉、凌帆还有顾天香把头靠在一起，十字形的睡姿却只有一个方向空着。

凌帆看到时钟的指针到了凌晨一点，她说道："我们睡吧，她不会来了。"

于是黑暗里是一阵难耐的死寂,然后不知道是谁,突然轻轻地啜泣起来,于是三个人又一起哭了起来。

她们也不知道为什么要哭,为什么要伤心。

为她们失去的美好青春,为她们即将分别的纯真友情,还是为他们扑朔迷离的未来人生?

早上的时候林夜希醒过来,发现有很明媚的阳光刺进来,他伸手挡住阳光,然后从指缝里看到一个人的身影。

她正在拉窗帘。

Sissi 换下了平日里穿的套装,换上了色彩鲜艳的上衣和长裙,把头发披在肩上,显得年轻了好多。

"我好像已经快有六年没有看到你这么穿衣服了,一下子仿佛又回到了年轻的时候。"林夜希躺在床上说。

"你现在也不老啊。"Sissi 回头强颜欢笑着说。

林夜希把头朝里扭,背着阳光小声地说:"人并不都是等到老了才会死的啊。"

Sissi 的心一沉,原本的笑容也消失在脸上。

"不过至少今天我还活着,你应该恭喜我。"林夜希有回头对 Sissi 笑着说。

于是这样的话就让 Sissi 的心更加沉重了,看到林夜希满脸无所谓的表情她就仿佛是掉进了一片荆棘丛里,随便怎么动,随便怎么不动都会被扎得体无完肤,痛苦不堪。

"你该起床洗脸刷牙去了,吃完早饭出去散步半个小时,然后看一些杂志或书。"Sissi 说。

林夜希叫道:"我是个病人哎,你怎么能叫我干这么多事。再说我现在不是你公司的员工了，不用听你的了吧。”

“你懂什么呀，你的病需要的不是药物治疗，是复建治疗，如果你自己不活动的话就会死得更快。”Sissi 叫道。

林夜希的面容沉寂了下来，他从床上坐起来，看着被阳光镶上一圈迷人金边的 Sissi。“你都查过啦？那你也应该什么都知道了，反正都是死，早晚的事情嘛。”

“我求你不要总是这么无所谓的样子好吗？我希望补偿你，希望能回报你过去对我的好和爱。”

林夜希摇摇头淡淡地说：“小依，过去的好和爱已经过去了，我们再也回不到从前了不是吗？你没有欠我什么，我这么多年所做的一切都是为了我自己的爱情，不是为你。”

Sissi 蹲在墙角掩着脸哭着叫道：“可我爱你啊。”

林夜希苦笑了一下说：“太晚啦，你我都知道我们并不能按照自己的意志来选择人生和爱情，你只是比我聪明，早点懂了这个道理而已。”

过了一会儿，空气里弥漫着眼泪和哭泣的味道。Sissi 站起来，从 LV 包里拿出一副巨大的黑色蛤蟆镜戴上，对林夜希说：“我该去公司了，我先走了。”

林夜希看着 Sissi 走出病房，然后抬手抹掉了一滴眼泪。

林夜希刷完牙从不亚于五星级宾馆的豪华卫生间出来，正好撞上急匆匆走进来的叶蓉。

“嘿小护士，第一天上班就迟到啊。”林夜希的嘴角还留着牙膏泡沫，顶着一头乱蓬蓬的头发。

“我睡过头了。”叶蓉整理着刚刚匆忙换上的护士服说。她早上醒来的时候发现已经是八点半了，而更糟糕的是她忽然想起今天是她第一天上班。

“走光了。”林夜希从她身边走过去，指着她的衣服说。

叶蓉低头一看，自己衣服的一粒纽扣开了，而这边医院规定的着装和一般医院不同，她们的护士服都是长款的修身服，而且还必须要配白色的丝袜，看起来倒更像是拍平面广告的模特。

叶蓉连忙转过身去把纽扣扣上。

一回头却发觉林夜希笑眯眯地站在他很近的地方，脸几乎要贴上自己的脸了，鼻子里闻到的是一股好闻的清香味，从林夜希的身上散发出来。

叶蓉胸口的心忽然剧烈地跳动起来，然后感觉自己的脸烫得像是烧起来一样，如果这时候把一壶水放在她脸上，五分钟之后他们就会听到水开的声音。

“你没化妆，被他们看到会杀了你的。”林夜希小声地在叶蓉耳边说。

叶蓉惊叫了一声，才想起这条规定，但是她所有的化妆品都已经在昨晚让方明泉先拿回家了。

林夜希把脸挪开，对满脸绯红、呼吸困难的叶蓉说："我柜子里有化妆品，你用吧。"

叶蓉长长地出了口气，也不知道是因为能够化妆了还是因为林夜希离她比较远了。她打开柜子，从里面拿出一大堆化妆品，她奇怪地回头问："你哪来这么多化妆品啊？"

“买的啊，我又不是女人又没人会送给我。”林夜希说话的时候正在房间另一边换衣服，叶蓉回头正好看到他赤裸着上身露出光滑的背脊和消瘦的肩膀。“以前经常要做宣传或是接受访问，所以出席这种场合就必须化妆了。”

“你别色迷迷的盯着我的身体啊。”林夜希忽然叫道。叶蓉马上把头转过去，嘴里叫道："谁要看你啦，臭美。"

林夜希换上了一身黑色的小西装,显得格外精美帅气。

“你生什么病了? ”叶蓉收拾着房间问。

林夜希甩甩手说:“没病啊,你看我像生病的人吗? ”

“……没病跑这地方来干吗,你钱多得用不完啊? ”叶蓉一脸仇富的表情瞪着林夜希，她真搞不懂这些有钱人为什么就愿意把大把大把的钱丢在这里。

林夜希走到巨大的落地玻璃窗前说:“我钱是多的用不完呀，这一辈子都用不掉了。”

叶蓉把被子叠好病床铺好,这是她在学校里的基本必修课。然后问林夜希:“那我每天上班要干吗啊? 你都没生病要我们这些白衣天使干吗? ”

“摆一天死? ”林夜希回头奇怪地问,“什么东西摆一天死啊? ”

叶蓉一听恨不得拿头撞墙，看来林夜希刚才根本就没在听自己讲话,也不知道他站在窗前愣愣地发什么呆。“我说我今天干吗? ”

“陪我去逛街! ”林夜希笑眯眯地说。

Sissi 以这样的穿着打扮出现在 TOP 的时候几乎所有人都惊讶地想要打开窗户跳出去,因为这么多年来从来没见过这样打扮的 Sissi。

一位前台接待甚至还问带着大墨镜的 Sissi“小姐请问您找谁? ”这样的话。

于是穿着婉约淑女装的 Sissi 就成了 08 年末整个 TOP 的最大话题,不论是男人还是女人,都在讨论着 Sissi 今天的装扮。

“Sissi 姐早。”凌帆看到 Sissi 走进来连忙站起来打招呼说。

Sissi 看了看墙上的电子挂历，对凌帆说:“今天已经二十一号了，为什么我的银行账单到现在都没有收到,你打个电话给银行问一下。”

凌帆听得心里一慌,但是嘴上还是连忙说:“我知道了。”

“还有，中午待会儿要出去一次，可能下午就不再回来了，你帮我把今天的所有安排都取消了。”

凌帆一边答应一边心里快速地转动着思维想如何才能渡过这次的难关。

楚晴用钥匙打开门，但是里面已经一个人都没有了。

客厅的地板上铺着四个榻榻米，除了属于她的那个位置上的被子是叠得好好的以外，其余三个位置上都是乱糟糟一团。

楚晴关上门，走过去摊开被子，然后躺下来裹紧被子。

最后她把脸深深地埋进柔软的被子里哭了起来。

夏渔站在公车站点上等车，忽然看到旁边有个女生一脸焦急地东张西望着。

那个女生回头看到了夏渔，夏渔赶忙把目光移开，一会儿那个女生就跑了过来。

“不好意思，同学。请问你知道这个地方在哪儿吗？”女生递过来一张纸问。

夏渔冲女生笑了笑拿过来看，发现上面写的地址是就在自己家附近的一家出入境办理机构。“这个我地方我知道。”

女生连忙哀求着问：“那麻烦你能带我去吗？我有很急的事情要办。”

夏渔看着女生脸上的表情犹豫了几秒钟，想到自己正好是回家就说：“那好吧，我带你去。”

“谢谢你，你真是太好了。”女生高兴地笑道。

此时正好公车到站了，夏渔和女生一起上了公车。

公车上，女生坐在夏渔的旁边，夏渔悄悄地打量了几眼女生问："你不是中国人吧？你看起来有点混血儿的气质。"

女生点点头说："嗯，我妈妈是中国人，我爸爸是美国人。我这次来中国钱包被偷了，我的证件和钱全都没有了。"女生伤心地说着，车窗外一起颠簸着的光线照出了女生眼里浸出的眼泪。

夏渔从口袋里拿出纸巾，抽了一张递给女生，"我叫夏渔，你呢？"

"我中文名叫秦瑶。"女生抬起头看着夏渔说，"今天真的谢谢你了。"

这个时候公车开上了高架，旁边遮天蔽日的摩天大楼投下巨大的阴影。

夏渔没发现秦瑶的一只手正悄悄地拿出手机打了一行字："我说过你会付出代价的。"

"你就是方明泉对吗？"坐在沙发里正望着窗外的方明泉忽然听到有人问，回头一看是一个打扮得淑女的女人正笑着看着他。

方明泉站起来问："就是你约我出来的吗？"

女人笑笑说："没错，是我约你出来的。自我介绍一下，我叫颜雨依，是小薰的姐姐。"

"小薰的……姐姐。"方明泉重复道，然后马上问，"小薰现在怎么样？她还好吗？"

颜雨依说："我们先坐下说好吗？"

方明泉点点头坐了下来。

"一杯蓝山。"颜雨依对侍者说，"小薰她回台湾了。"

"那她现在好吗？"方明泉急忙问道。

颜雨依做出一个无奈的动作说："也就这样咯，我们又无法选择自己的人生和未来。”

方明泉不说话了，他知道他们这些渺小的生灵都只是命运大河里的一片残叶，无法控制自己流动的方向，只能随波逐流，然后一天天地让绝望和悲伤壮大，直到他们小小的身体再也无法承载那份重量，最终沉没，被河床底下细细的沉沙给埋葬起来，永远都不会在阳光下暴露。

除非等到某一天，这条死寂的河流停止流淌，渐渐干涸掉，被蒸发光的液体再也掩饰不住之时，那些巨大的绝望和悲伤才会重新裸露出来，只是那个时候都已变成了化石。

不会再绝望，不会再悲伤。

只是根深蒂固地沉在河床里，等待着下一轮大河的流过。

“我知道你是小薰的男朋友，我昨晚在她的房间里看到了这个。”颜雨依从包里拿出一叠洁白的打印纸放在桌上。

方明泉看到打印纸的首页标题是——我们流浪的青春。

正是那时候自己在天涯上面发的那篇小说，也就是让他和小薰认识的桥梁。

他记得他在《我们流浪的青春》里写过这么一段话——

我们活在浩瀚无垠的世界里，头顶是漫天漂浮的星云光线，四周是布满空气的凡俗尘埃，而我们是比这些还要渺小微茫的存在。我们并不能知道自己的未来会是怎样的一种境况，对于未来我们只能像陷入黑暗一样的迷茫。我们的青春在这庞大恐怖的宇宙里四处流浪着，挥霍着我们的年华与梦想。也许有一天我们会被绝望拉进坟墓，会被痛苦抛进深渊，我们流浪的青春会被时光践踏得体无完肤。但我们依旧会幻想未来，期待未来。我们依旧在无边无际的绝望里漂浮着，怀抱着我们残存的青春和期望，属于我们的那个未来次世代，一定是我们的青春曾经流浪时到过的地方。那就是我们的最终幻想！

The Fourteenth >>>

当 现 在 不 在 ， 我 们 将 期 待 怎 样 的 未 来 ？

“我想请你做我们公司的作家。”颜雨依对方明泉说。

“作家？”方明泉反问道。

颜雨依点点头，拿出一张名片递给方明泉。方明泉接过来看到上面是一个叫“Sissi”的英文名，下面写着“上海 TOP 文化有限公司总经理”的字样。

“你是 Sissi？”方明泉惊讶地抬头看着对面地温婉贤淑的女人问。他曾经听凌帆形容过她的超人女老板，于是在他们的脑海里 Sissi 就应该是个无所不能的钢铁人或是长着无数只触手的怪物，而不是现在这个坐在自己对面挂着笑容的漂亮女人。

颜雨依喝了口咖啡点点头说：“对啊，怎么啦？”

“没什么，只是听到过你的名字，没想到你会是小薰的姐姐。”

颜雨依放下手里的杯子笑笑，说：“那你也应该知道夜夕是我们公司最著名的作家吧？”

“我还知道他封笔了。”方明泉说。

“所以我们需要一个人能够接替他成为中国流行小说新的领军人物，我觉得你就是这个人。”

方明泉咧开嘴笑着说：“不过我对此没什么兴趣啊。”

颜雨依一听马上露出一副职业性的商人微笑说：“如果你听完我的条件和计划，我想你会改变主意的。”

林夜希和连衣服都没换只是把护士帽摘掉的叶蓉一起跑出了医院，然后坐上了一辆出租车。车上林夜希从包里掏出两副墨镜，一副自己戴上，一副递给了叶蓉。

“这个干吗？”叶蓉看着林夜希递过来的墨镜问。

林夜希说："你不想被我的粉丝围殴殴死吧？"

叶蓉鄙视地"切"了一下，但还是马上拿过墨镜戴了起来，"我们要去哪儿？"

"逛街啊，陪我买东西。"林夜希说，"这就是你的工作内容。"

"真是的，这算什么工作啊。"叶蓉说完心里面却偷偷地为自己的虚伪默哀了三分钟。

出租车停在了一个十字路口，在叶蓉还没看清这是哪里的时候她就被林夜希拽出了车子。接着她就跟在林夜希后面疲于奔命一样的看着林夜希买东西，而林夜希买东西的功力绝对不亚于任何一个精明的上海女生，挑东西的眼光、讨价还价的力度，绝对是一流的。但是这却苦了叶蓉，跟在他后面帮他拿着买回来的大包小包，而在叶蓉看来这些奢侈的东西有一半以上都是完全没意义的。

最开始的时候东西不多，叶蓉还是比较享受这样的工作，甚至还有年轻的店员小姐跑过来偷偷地跟她说你男朋友好帅。但是越到后来东西就越多，人们的目光就逐渐由羡慕变为了同情，一个年纪较大的阿姨语重心长地对叶蓉说："小姑娘啊，虽然你男朋友长得帅了点但是也不能这样宠他的，要惯坏的。"

叶蓉望着林夜希帅气的背影恨得咬牙切齿，"喂，你还要买啊？"叶蓉大声叫道。

走在前面的林夜希正想推开一家店的玻璃门，听到叶蓉的叫声回过头来看，看到叶蓉手里面一大堆的包似有所悟地说："哦，好像很多了，那我们回去吧。"

"我走不动啦！"叶蓉叫道。

"那我去栏辆出租车。"林夜希说着就想往路边走。

"我快渴死了。"叶蓉又喊道。

林夜希说:“那你等等。”不一会儿他从旁边的便利店买了两个可爱多过来对叶蓉说,“巧克力和草莓味的,想吃哪个?”

“草莓的,喂,我拿着这么多东西怎么吃啊,我又没第三只手。”叶蓉晃着两只手里拎着的一大堆袋子说。

林夜希把可爱多外面的纸撕开,说:“本大爷喂你吃,这总行了吧。”说着把可爱多递到了叶蓉嘴边。

叶蓉的脸又开始微微有些发烫了,不过幸好巨大的蛤蟆镜遮住了半张脸,也遮住了自己的眼神。她咬了一口,一不小心嘴唇边抹到了一点雪糕。

林夜希从口袋里拿出纸巾轻柔地帮叶蓉擦掉嘴角的雪糕,嘴巴里小声地说道:“怎么那么不小心呢?”

而这个时候,就在马路对面的咖啡厅里,方明泉隔着玻璃看到了所有发生的一切。

“不用再说了,我答应你。”方明泉回头对颜雨依说。

“真的吗?”还没说完说服理由的颜雨依惊讶地问。

方明泉用平静而缓慢的语速说:“不过我不要接夜夕的班,所有的一切我都要比他曾经的高,任何地方我都要超越他。”

颜雨依再次用更惊讶的眼光看着方明泉,过了三秒钟,她露出了Sissi式的笑容说:“没问题,如你所愿。”

方明泉再次转过头去,对面已经失去了叶蓉和林夜希的影子。

楚晴回家的时候没有看到Anne的影子,问下人下人说Anne今天早上就出去了。

在花园里的时候楚晴看到开着宝马跑车的楚湘怡正要出门,楚湘怡在楚晴面前停下车说:“自从Anne来了以后你变乖巧很多了,也不去和那种不三不四的朋友混在一起了,我很满意。”说完就开着宝马扬长而去。

楚晴望着车子远去的影子，一点一点地消失在视野里，她抬脚狠狠地踢了一下旁边的凳子，然后眼睛里有酸楚的溪流滚过。

吃晚饭的时候叶蓉下班回来了，她用方明泉昨天给她配的钥匙开了门。

许雅心正在厨房里做晚饭，听到开门声就问道："蓉蓉回来了吗？"

"嗯，阿姨我回来了。"叶蓉一边换拖鞋一边问道，"明泉呢？"

"大概在房里吧，回来就关着门也不知道在干吗。"

叶蓉去敲门，敲了好久方明泉才开门从里面走出来。方明泉扶着门框问："今天上班怎么样，忙不忙？"

"还好啦，也就这样。"叶蓉敷衍着回答，她不知道该怎么告诉方明泉自己陪着林夜希逛了一天的街。

"都做些什么工作？不会太累吧。"方明泉继续追问道。

"就是铺铺床打打针什么的，跟学校里学的一样。"叶蓉不想和方明泉继续纠缠这个问题，赶紧岔开话题，"我去帮阿姨做饭。"

方明泉看着蹦蹦跳跳地跑进厨房的背影一动不动，可是身体下面的手却不由自主地用力抠着门边上那突起的一条棱。

"明泉，吃饭啦。"叶蓉从厨房里端出菜来喊道，但是过了很久都没有听到方明泉的回音。

叶蓉走出客厅，发现房间里没了方明泉的影子，而大门却隙开着一条缝，不知道从什么地方来的冷风呼啸着从门缝隙里钻进来。

像是瞬间给打蜡的地板上覆盖起一层寒冷的冰霜。

该怎么去形容这样存在着的一个世界呢？

昏暗阴郁的天空里停泊着一朵又一朵灰色的云，高高低低地浮动在未明未暗的光线里，如断铅般沉闷的色调和气味。遥远之处那个低低垂暮的落日像是破了一个口子，平时紧紧包藏在内里的昏黄色如匍匐的岩浆般滚过整个天空，避开那些停泊的灰色云朵，淹没了整个天空。

从天上的世界降落下来的浆流像是个无比巨大的瀑布，不规则地淌满天空与大地间的整个空间，那么浩大的瀑布，却死寂得如一段被剪切了声音的映像。

那滚落在地的颜色无声地诠释着“轰轰”震耳欲聋的搏动，却又完全隔断了那种能够听到声音的感官。

身旁的路狭窄而冗长，溢满了从天上掉下来的颜色！

遥远的，遥远的，看不到尽头的，那冗长得让人发怵的路留下了一个模糊的点作为尽头。沿着两边同样冰冷的建筑物，这条路，就像是一把张开的剪刀，带着顿挫的锯齿，随时随地地准备剪断人生。

方明泉漫无目地地走在这条路上，回头看时才发现原来自己根本模糊了时间流动时的长短，他以为自己已经游走了半个世纪般漫长，像是被丢弃在黑暗天光的宇宙里，漂浮得那么无奈，永恒着和星云尘埃一起毁灭掉，因为那无法腐败的躯体终究会脱离灵魂。

但其实自己不过走出了小区大门几百米远的距离，这种强烈的错觉如同玫瑰上的利刺，紧紧地缠绕在身体上刺出尖锐的痛苦。

走到转角的地方，从另一边吹来一阵大风，迷蒙的灰尘在昏黄的夕阳里飞扬起来，方明泉抬手挡住了脸，但还是有灰尘钻进了嘴里。

“方明泉？你怎么在这儿？”方明泉吐掉嘴里的沙子听到一个声音在路的另一边响起。

方明泉转过头，看到隔着短短斑马线的对面站着楚晴，在迷蒙的大风里被吹动起衣襟，那模样像是快羽化而去的仙女。

“只是随便走走罢了。”方明泉眯起眼睛，细小的缝隙间一点一点消失尽远处的光线。直到最后一米光线微缩掉，视线就被巨大的黑暗覆盖住了。

头顶暗无光芒的天空，把流动的寒风，均匀地涂抹在黑暗下界的高楼森林里。

刚刚点亮不久的路灯光线从头顶卷过，像是扑来的一阵浪涛，朝遥远的黑暗边界轰鸣而去。

巨大的光潮，卷走心脏跳动的余音，消失在最黑暗的边缘，留给黑夜里的世界一大片光滑的死寂。

凌帆走到医院门口的时候，隔着浓厚的夜色，她好像是看到了Sissi。坐上了一辆白色林肯的后座，在空旷的马路另一边扬长而去。

豪华车白色的背影渐渐消失在漆黑的夜色里，远处巨大的建筑群黑影，如同一只展开翅膀的硕大幽灵。

又是一阵大风吹来，方明泉紧紧地用手捂住领子，被风吹乱的头发紧紧地贴在消瘦的侧脸上。

方明泉沉默地看着面前的楚晴，两人投下的影子在头顶剧烈的路灯光线下一片漆黑。

楚晴仰起脸，望着面前站立在巨大逆光阴影里的方明泉。他锋利的脸部线条像是可以切开头顶深秋的夜空。

“原来你家就在附近啊，不知不觉怎么走到这儿来了。”楚晴虚弱地笑了笑说。

“叶蓉就在我家。”方明泉小声说，楚晴跟着露出惊讶的表情，方明泉又说，“她在我家对面的医院上班，所以住我家。”

“是吗。”楚晴说着贴近了一点方明泉，因为大风吹过时像是卷跑了她身上的温度，“那你们现在关系不错吧？”

方明泉低头看着楚晴，鼻子里能闻到她的发香，黑色的长发间隙里能看到她白皙的肌肤。他吸了吸鼻子，把单薄的外套脱下来披在楚晴的身上，小声地说：“其实不太好呀。”

楚晴伸手裹紧衣服，然后方明泉伸手把她抱向胸膛。

楚晴贴着他温热的胸膛，衣服下是他有力的心跳声。她闭上眼睛，平静地说："明泉，我不能和你发生两次关系。我们永远不能再走错一步了。"然后她咬咬牙用力地推开方明泉，在如此漫长的生命里，她告诉自己，这是最后一次和他拥抱了。

方明泉看着面前的楚晴，她的侧脸一半暴露在浓烈的光线里，另一半沉浸在黑暗中，长长的黑发投下斑驳狭长的阴影，"我知道了，上一次错误给你带来了极大的痛苦，否则你也不用不辞而别远去美国了。"

"发生了那样的事情，我不知道该怎么面对叶蓉和夏渔，所以只能选择逃避。"那曾经错误的青春，酸楚的岁月，都发酵成了一池深黑色的汁液，流进心脏里去。

"有时候只有逃避了才不会受伤，只怕有些东西是无法逃避的啊。"方明泉仰起脸，落下来的白光四下流淌开来，滚过他的脸颊。

逐渐寒冷起来的空旷街道，像是一幅嵌在相框里的黑白照片。

无限膨胀开来的寂静里，三个穿着黑白衣服的男女生站在路口的拐角，一男一女面对面站立着，背后的拐角另一边还有一个穿着白衣的女生，靠在墙边低着头，被风吹起了凌乱的黑发。

瞬间消失了所有的声音，粘稠的光流里只剩下三个小小的身影。

凌帆推开病房的门，落在眼睛里的是一大片浓烈的白色，像是要搅拌出大团大团的乳白色蒸汽。

林夜希坐在沙发上，弯着腰，用长长的手臂抱住膝盖。旁边白色的高级音响里轻轻地飘出音乐声，从他宽阔的肩膀上流淌过去，就像是雨水淹没在我们的生命之上。

林夜希回头看到凌帆，冲她微笑了一下。

“我来看看你。”凌帆走过去说道。

“谢谢你。”林夜希往旁边挪了一下，让出一块空白给凌帆坐。

凌帆坐下，看着面前林夜希苍白而英俊的脸上挂着淡淡的笑容，忽然觉得这个世界残忍得不像话。

外面匆匆赶路的行人，低着头。巨大的楼体上规则地明暗着七彩的灯光。路边光秃秃的大树，以及充斥在整个城市里的寒风。而这里则是一大片一大片让人心碎的白色。

“我今天在Sissi姐的办公桌上看到了一份病历。”凌帆哑着声音说。

林夜希摸了摸下巴笑了，上面是一圈青灰色的胡渣。“她还真的去找医生了啊。”然后转过头去，把脸贴着玻璃往外面看，过了会儿他小声地说，“不过这不是白费力气嘛。”

凌帆从那幢白色的大楼里出来的时候，黑夜里平静的湖面上开始被打出一个又一个涟漪。

抬头看看，黑暗的天空扭曲得快要断掉。

她回头看看，能够看到二楼的巨大玻璃后面林夜希的身影，远远地他朝着自己挥挥手，像是在道别。

或许这会是自己人生里最后一次看到他了，因为那是一个没有未来的人。

凌帆低头从包里拿出一个信封，不知道从哪儿来的昏暗光源照出上面“辞职信”这三个字，她重新把信封塞进包里，然后抬起头。

几滴细小的雨珠落在她脸上，像是凝结起的露水。

她抬手抹掉脸上的液体，然后快步走进了黑暗里。

许多时候，我们的人生，都像是电影里被剪切出来的片段，凌乱地播放着最精彩的部分。没有前传，没有续集，只是在所有的段落间来回切换着镜头。

我们都不知道这座庞大的城市里究竟发生过一些什么，那第一块倒下的多米诺骨牌在哪里？或许等到整座城市最后一块竖立的骨牌被推倒的瞬间,我们才发现了真相。

而现在,更多的时候,我们的人生像是被无数段哀伤的旋律包围着,里面的我们不需要台词也不需要对白,只是沉默着被音乐覆盖过整个镜头。

这就是我们所能看到的人生。

楚晴把鞋子放在鞋架上,换上柔软的拖鞋,她筋疲力尽地向沙发走去。

刚坐下,外面的大雨就均匀地飘散在整个日渐寒冷的上海。

然后有人推开门,头发上粘着几滴雨水的Anne走了进来。

两个人面对面地相视着,整个世界只剩下了外面轰隆隆的雨声,像是连续不断的爆炸声,把整个世界炸得灰飞湮灭。

Anne忽然翘起嘴角,甩了甩头发一句话不说地向里面走去。

庞大豪华的客厅里灯火通明,繁华得让人无比幸福。

楚晴从口袋里拿出手机开机，不一会儿短信的铃声就割破了轰然的巨响声。

明亮屏幕上的每一个字都像是一把淬满了蓝汪汪剧毒的匕首。头顶上明亮的吊灯忽然跳动了几下,像是快要熄灭的样子,但几秒钟后,又重新恢复了明亮的光芒。

外面轰轰的巨大雨声,像是回荡在黑暗荒原里的庞大哭泣声。

林夜希听到重重的脚步声传来,然后还有水滴砸落在地板上的声音。

“被淋湿了才回来啊,不过我这可没伞借给你。”林夜希站起来转过身去说,然后他就看到穿着白色外套的叶蓉浑身湿漉漉地站在门口。

水滴从粘结在一起的一大块一大块长发上掉落下来，有的在她白皙光滑的脸上流淌开。她的眼睛湿漉漉的跟外面的天空一样。

林夜希走到叶蓉的身边，低垂着头看着她，他的眼睛像是隐藏在幽暗丛林深处的黑色湖泊，四周围满了高低不齐的巨大树影。

“怎么这样啊，会感冒的。”林夜希悲伤地小声说道，然后抬起头去擦拭叶蓉头发上的水渍。

音响里播放的歌已经换成了一首古老的法文歌，简单缓慢的旋律，配合着舒缓的钢琴伴奏。里面沙哑而磁性的男中音的声音像是拥有源自于骨子里的悲伤气息，隔音效果很好的房间里只能听到一点点外面细碎的雨声，而从外面望进来，整个白色的房间都被渲染得像是沐浴在朦胧细雨中的巴黎街角。

叶蓉走上去，用力地抱住林夜希瘦弱的身体，把脸紧紧贴在他干净柔软的白色衬衣上，嘤嘤地哭了起来。

林夜希用修长干净的手一遍一遍地轻抚着叶蓉的长发，直到整只手也变得和眼睛一样湿漉漉，就像是大冬天从冰冷的湖里捞过东西一样，冻得通红。

过了很久，像是有几个纪元那么漫长，叶蓉红着眼睛从林夜希怀里抬起头，却发现对方干净而苍白的脸上泪流满面。

这样伤心欲绝的镜头在以后的时光里一点一点被分崩离析掉。

林夜希低头看着叶蓉，又看看身上湿透了的白衬衣，小声说：“你干吗给我洗澡啊！”

叶蓉看着林夜希红红的眼睛，如同秋日里一大片火红的枫树。她脸上挂着泪水笑了起来，“你自己也不是给自己洗脸吗？”

林夜希也笑了起来，头顶是柔和的白色光线，洒在白色的被单上，照出暖烘烘的香味。

林夜希从洗手间里拿出两条大大的白色浴巾，把其中一条递给叶蓉,然后脱掉身上湿透了的白色衬衣。

叶蓉突然看到林夜希赤裸了上身，线条分明的身体上还有着许多细密的水珠,她的脸一下子红了。从小到大都还没有见过男人的身体，除了偶尔经过篮球场时看到那些赤裸着上身的男生，但从来没有如此近距离地看到过这样干净而修长的身体。

空气里似乎弥漫开了一种柔和的味道，叶蓉用手紧紧地抓住了手里的白色浴巾。

“快把湿衣服换下来,进去擦干净,不然会感冒的。”林夜希回头对叶蓉说。

“哦！”叶蓉这才回过神来,红着脸躲进洗手间的门后面。

过了一会儿,门缝里伸过来一只白皙修长的手臂,手里拿着一件白色的衬衣。然后就听到林夜希的声音在外面说:“把这个换上,我这儿可没女人衣服。”

叶蓉从洗手间里出来的时候林夜希已经又换上了一件白色的衬衫，叶蓉低头看了看发现自己身上这件大大的可以当裙子一样穿的白色衬衣,和林夜希身上那件一模一样,而且整齐的领子上都有一个小小的 LV 的 logo。

“你到底有几件这样的衣服啊？”叶蓉问林夜希。

林夜希蹲下来,拉开旁边的白色抽屉,里面满满一抽屉全是这样的衬衣。林夜希抬起头说:“一打。”

此时的叶蓉并不知道面前这个温柔而俊美，受到全国读者狂热崇拜的夜夕会在不久之后被烧成灰，然后埋葬在一个冰冷的石板墓碑下面,最后一点点地淡出我们的记忆。

这个世界依旧在不停地高速旋转着，并不会因为谁的消失而停止片刻。

“今晚就留在这边吧。”林夜希站起来对叶蓉说。

叶蓉张了张嘴，不知道怎么回答。又听林夜希说：“你睡床，我睡沙发。”林夜希从柜子里抱出一条白色的被子走到沙发前，低着头说道：“已经有好多年没人陪过我了。”

我们的生命里，被人看到的最辉煌的那段岁月其实是被裁减下来后重新缝制过的，脱离了整个人生的锦缎，就像一片打在世界背面好看的补丁。

他们穿着同样的干净衬衣，林夜希坐在沙发上，叶蓉趴在他的膝盖上，林夜希的手轻轻地抚摸着叶蓉黑色锦缎般的长发，过了一会儿叶蓉抬起头对林夜希说了什么，可能是冷了，于是林夜希伸手拉过身旁的白色被子，盖在自己和叶蓉的身上。

身后巨大的湖泊里不断来回地跳动着黑夜，耳边充斥着雨滴砸在地上的轰隆声。

方明泉张开嘴用力地喊着什么，然后声音很快就被庞大的雨声给吞没掉。他觉得自己像是站在一场浓烈的酸雨下面，被淋得千疮百孔。

叶蓉似乎听到有人喊自己的名字，她微微抬起头，但又什么都听不到了。这种比五星级酒店还贵的病房隔音效果非常好，外面这么大的雨里面却什么都听不到。

安静得像是一团白色的蛹，他们在里面沉默着等待光明的到来。

叶蓉把目光落在巨大的玻璃上面，模糊的透明面上布满了蜿蜒流淌的水迹，像是卫星照下的这座多米诺之城倒塌后的红外照片。

非常模糊的水面背后，似乎有一个小小的人影，微茫地存在于巨大的天地之间。

林夜希轻抚着叶蓉的头发柔声问:“怎么了?”

叶蓉轻轻地摇摇头,继续枕在林夜希柔软的肩膀上,林夜希用心地把温软的白色被子往上拉了拉,盖住她的肩膀。

鼻子里就闻到了一股清新的香味，像是从很久很久以前的那个纯真年代飘过来一样。

这场大雨持续了整整一个星期，充裕寒冷的雨水把秋天拉扯到了上海天空里的最高点,只要再往上一毫米,就是无边无际的寒冷冬天了。

或许这样的一个寒冷冬天里会下起一场持续不断的大雪，纷纷扬扬的雪花会席卷过上海的街头。

在这样一个下着大雪的阴霾冬天，上海这座中国最锋利而冷漠的物质之都会被冰封在水晶般闪耀的冰块里,千秋万载。

这样的一大片冰原,才是真正的水晶宫殿。

而现在,我们无法猜测到那场铺天盖地大雪的来临,所以只能站在冰冷的寒风里,看着灰白色的空气被卷上单薄的天空。

当黑夜降临后，所有游荡在街头的人都躲回他们充满了暖气和地毯的高级公寓里,或是钻进廉价的被子里瑟瑟发抖。

白天的时候窗外的上海是一片惨淡的灰蒙蒙，而沦落在这座城市里的岁月和希望,也都如同墙角摆久了的垃圾,灰蒙蒙的一大片。

满外滩都是一大片一大片的冰冷水渍，昏黄色的光线无力地掉落在旁边的黄浦江里,没有汽笛声的游船像是漂浮在水面上腐烂了的落叶。

两旁树木的枝干上光秃秃,露出内里惨白色的纹路,偶尔会栖息两只黑色的乌鸦。

整个上海,看起来像是临界深渊的世界末日,满城都是悲伤的大提琴音。

The Fifteenth >>>

当　现　在　不　在　，我　们　将　期　待　怎　样　的　未　来　？

星期一的时候凌帆早上很早就到了公司，一个早上她都坐在自己的位置里等 Sissi 过来,抽屉里放着那封辞职信。

Minnie 来拿文案的时候笑着对她说恭喜,因为她是 Sissi 在图书部试用期内用的时间最长的一个助理,在她们眼中恍若天神般的 Sissi 是整个 TOP 的噩梦,也是希望。

从大洋彼岸刮过来的金融海啸开始逐渐登陆上海滩，浓稠的浑浊巨流滚进黄浦江，然后慢慢的像血液流通般沿着庞大的输水系统遍及整座城市。

许多外企开始纷纷裁员,严重的甚至直接倒闭。某一部分每天都带着 GUCCI 上下班的白领阶层们忽然再也不敢踏进恒隆久光或是新天地一步，昨天还坐着的办公楼里今天路过的时候就能看到空旷的一大块空间,外面的墙体上高高悬挂着巨大的横幅招商广告,隔着几条马路就能看到上面华而不实的广告词。

图书市场的原材料价格不断上涨,发行成本急速攀高,利润空间快速缩小。一直畅销了很久的夜夕书系销量也开始下滑,仿佛这样的退缩是为了见证某一个时代的过去。

而那个新的时代,会从什么时候开始谁都不知道,我们只能蜷缩在自己小小的一方天地里等待着。

除了等待我们别无选择,谁能够看到次世代的背影呢?

走进来的 Sissi 依旧是一身深黑色的套装,及膝的窄裙包裹着她玲珑的曲线,凌帆所看到的 Sissi 每时每刻都在维持着她高高在上的女王的尊严和荣耀。

即使在漆黑的夜晚里她也会独自流着泪坐在电脑面前，搜索并打印出一切和林夜希的病相关的资料，或者是坐上白色的林肯轿车来往穿梭于这座城市里的每一家医院，然后揉揉酸痛的肩膀继续敲开另一个专家的门。

其实现实太过于残酷，太过于严峻。

我们谁都没有梦想的权力。

一想到未来，泪水又会禁不住地流出来。

凌帆走上去，喊道："Sissi 姐。"

Sissi 急匆匆地走过她身边说："马上通知公司所有人都集中到一号会议厅，我有重要的事宣布。"

"其实我……"凌帆手里捏着那封辞职信犹豫道。

Sissi 停下脚步回过头来说："你有任何事都请留在会议之后再说。"

窗外照进来了上午的冰冷光线，Sissi 的背影被光线投出一个巨大的黑影覆盖住凌帆，像是一头沉睡的巨兽。

而这个时候黑影后面凌帆看到了一张熟悉的脸，脸上挂着冷峻的笑容，冲她用习惯性的语气打招呼："嗨，凌帆。"

黑影之后，是方明泉的脸。

凌帆第一次见到方明泉和夏渔是在大一第二学期开学的时候，楚晴也就是趁那个时候把她们的寝室改造成了一套让所有设计师都跌破眼镜的直线型两室一厅。

开学第一天还是很冷的冬天，拎着大包小包走进寝室楼的学生都穿着厚厚的羽绒服。凌帆刚走到寝室楼下的时候旁边停下来一辆奥迪A6。穿着短裙丝袜长靴的楚晴从里面走了出来，开车的人是夏渔，当时他穿着一件深黑色的长风衣，高高的领子竖着遮住了半张脸。后来凌帆对楚晴说那个时候觉得夏渔真是帅得恨不得一口把他给咬死。

"我男朋友，夏渔。"楚晴跑到凌帆身边得意地介绍，"怎么样，帅吧？比你那些韭菜黄瓜般的粉丝团帅多了吧？"

凌帆哈哈了两下，"还凑合，基本还像个人。"然后指着楚晴裙子下的大腿问："你家是不是穷得没裤子穿啊？你和我说呀，姐姐大方点借你两条。"

"切，你家才穷呢。不说了不说了，冷死我了，我在寝室里装了空调，我们快上去吧。"

凌帆看了看楚晴又看了看站在车边的夏渔问："你东西呢？你怎么什么都没带？"

"明天 Viken 会帮我送过来的。"楚晴跺着脚说。

"那你今晚怎么办？"

楚晴伸出双臂抱住凌帆的小蛮腰撒娇地说："和你睡咯，姐姐。"

凌帆扭头对着楚晴冷得红扑扑的脸哈了口气说："没问题呀，那下次把你男朋友借我用一晚。"

"靠，我掐死你。"楚晴骂道，手却抱得更紧了，因为凌帆身上那件白色的绒线外套像是个取暖器。

凌帆冲夏渔道："你不是帮她拎东西的来干什么呀？还开着辆车。"

夏渔笑眯眯地说："我们刚吃完哈根达斯回来。"

这次换凌帆不爽了，"靠，就是有你们这样的人活着中国才不发展的。"又对凌帆说："这种男人我不要了，我决定让顾天香来问你借。"

"再说吧，我快变冰雕了。"楚晴什么都不管的直拖着凌帆往里走，刚走到寝室门里面就看到从夏渔身后走过来的叶蓉。

“嗨，来得这么早啊？”带着一顶绒线帽子露出长长的黑色头发的叶蓉挥了挥手道。

凌帆回头，看到叶蓉身边站着一个男生，带着一顶和叶蓉一样款式的黑帽子，穿着件白色的羽绒服，鼓鼓的像是一个气球，手里还拎着两只超大型的袋子。

两个人走过来，楚晴对那个男生说：“方明泉，你不会是又长途跋涉地赶去叶蓉家接你的蓉蓉 baby 了吧？”

方明泉笑了笑，没否认。

楚晴冲夏渔喊道：“哎，你听到了没？多学学人家做个超级新好男人。”夏渔也笑了笑，没说话。

“他是谁啊？”凌帆问，“为什么你们今天都有护花使者啊？别待会儿顾天香也带个男的，那我可受大打击了。”

“放心吧，这种情况是不可能出现在顾天香身上的。”楚晴说，然后介绍道，“这是方明泉，我和叶蓉的高中同学，人家叶蓉的神秘男友。”

叶蓉一听马上反驳道：“他不是……”

刚说了三个字楚晴就打断道：“你再给我说一个不字我马上叫 Viken 来当场把方明泉给打死。”

叶蓉张了张嘴，不知道该怎么说了。而一旁的方明泉还是一脸好男人的表情，当时凌帆就怀疑即便真有人要把他当场打死估计他都能含笑九泉。

“人家小泉同志可是往死里爱着我们叶蓉小姐啊，高二那年还差点为她自杀呢！”

“真的假的？”凌帆吃惊道。

方明泉笑着说：“别听她的，我认识她四年了，除了她说自己姓楚以外我还没听她说过一句真话呢。”

“我赞同。”夏渔不知道什么时候从A6旁边走到了方明泉旁边。叶蓉马上举手道:“我也赞同。”

凌帆看到叶蓉手上带的手套是那种男式的就奇怪地问:“叶蓉,这不是你的手套吧?”

叶蓉抬手看了看“嗯”了一句,很明显就是方明泉的。楚晴马上说:“哎呀凌帆,我告诉你人家小泉同学对叶蓉是呵护备至,手套、围巾、帽子,样样都给她带上,每天还要三个电话嘘寒问暖。哎,方明泉,说老实话你今天早上几点起床去帮叶蓉做搬运工的啊?”

叶蓉抬脚踢了楚晴一下叫道:“你冷不冷啊,屁话这么多。”

“不冷不冷,被你们炙热的爱火烤得我都快外焦内嫩了。”

“慢慢做你的鸡翅吧。”叶蓉拉起方明泉往里面走,回头对凌帆说,“别理她,她发春得厉害呢。”

那个时候,凌帆看到方明泉脸上的表情一直温柔得像是这冬季里正午的太阳,每一秒都照耀着叶蓉这颗小星球。

只是她那个时候还不知道,并不是阳光就能融化冰块的。

北极的冰被阳光照耀了数亿年,却从未开出过一朵花来。

后来从开玩笑里凌帆知道了很多关于方明泉和叶蓉之间的事情,而传递消息的人就是一谈到方明泉就鸡婆得不行的楚晴。

比方说高二暑假的时候叶蓉在外面补课,坐在空调下面的叶蓉因为衣服穿得少而觉得冷了,于是方明泉就打车半个小时去买了件外套然后再直接打车送到叶蓉上课的地方。又比方说高三叶蓉生日的时候方明泉在学校天台上摆满了蜡烛,怕被风吹灭还给每根蜡烛都扣上了玻璃罩子,虽然第二天就直接被学校记过处分了,但是还是把一帮女生感动得直哭。

还有更多更多的事情，凡是从楚晴嘴里讲出来的每一件关于方明泉对叶蓉做的事情都是能让每个女孩子都梦寐以求的。

那个时候凌帆觉得王子这样的词汇已经完全不能用来形容方明泉了，用天使来形容他都是在抬高天使的身份，总之脑海里那个目光温柔的男生就是所有纯情言情小说里面每个女孩发疯般喜欢的那种。

“你是不是觉得他是个特别好，特别好，好得已经不能用好这个形容词来形容的人了？”楚晴用她那只淡蓝色的 SieMatic 杯子喝着现磨的哥伦比亚咖啡，有一个香港名媛的母亲，因此楚晴九岁时就懂怎么磨咖啡，十四岁的时候就已经能辨别出各种咖啡的口味了，而顾天香对咖啡的理解就是——黑的，苦的。

凌帆皱着眉用乐扣乐扣喝着楚晴倒给她的咖啡，然后一听这话拼命点头。

“是不是觉得找男朋友就一定要像是这样的？”

凌帆继续拼命点头。

“是不是觉得比我家小渔还帅还好？”

凌帆更加用力地点头。

“靠，把我的咖啡还给我！”楚晴不客气地叫道。

凌帆哇的一张嘴，直接把含在嘴里的咖啡给吐回了杯子里然后递过去说：“喏，还给你！”

楚晴看到那个装满了咖啡的乐扣乐扣杯子过来了马上整个人往沙发角落里躲，然后掩着鼻子装出十分厌恶地尖叫道：“快拿开，拿开呀，你好恶心哦。”

凌帆缩回手，站起来去卫生间把那杯咖啡倒掉了，黑乎乎的液体沿着白色的陶瓷壁快速地流了下去，打成一个看不清流向的漩涡，一瞬间又呼呼地钻进了水管里，消失不见。

“你知道吗？其实人都是一颗钻石。”凌帆刚坐下来忽然就听楚晴说，刚才还挂在脸上的笑容就像那倒掉的咖啡般都被旋转成了漩涡，然后消失在时光的流动里。

我们生活里的每一秒，都是前一秒的未来，也都是后一秒的过去。

凌帆没有说话，只是轻轻地叹了口气，因为血管里像是有跟琴弦被轻轻地波动了一下，然后一股悲怆的音律就沿着血液的方向一点一点流满全身，直到整个人都化为了生命中最悲伤的那段音节中的一个音符。

“我从来不否认他对叶蓉的好，很多男孩子都做不到的。不过他绝对不是一个优秀得可以被当成偶像一样的人。”楚晴泯了口咖啡继续说，“凌帆，你觉得你毒舌吗？”

凌帆咧咧嘴得意地说：“我不只是毒舌，我还有毒牙呢！上次日语系那个女人辩论会上和我抢文艺部部长，还不是被我骂得连自己姓什么都忘了。”

“顾天香还是知道自己姓什么的，她还知道今晚食堂什么菜最好吃。”

“她抗击打能力强呀，你看她皮肤下的脂肪，科学家说脂肪多可以减少力的传动。”

楚晴想了想，点点头说：“也倒是。”顿了顿，又说，“但是如果说方明泉是条毒蛇的话那你凌帆就只能算是蚯蚓。”

“不……会吧？”凌帆把不字拉得很长，以表示她内心强大无比的惊奇心。

“骗你干吗？”楚晴放下杯子，杯子底下还剩一层淡淡的咖啡，“我记得那年高二，期中考试的时候监考老师怀疑方明泉作弊，结果就把他卷子给收掉了。当时他也没说什么就走了，不过第二天事情才真正开始。”

“怎么回事？”

“第二天早上从老师到校长每人都收到了一封信，信里面是关于教师团队的素质问题以及关于学生诚信问题和关于教育发展的探讨和阐述，当天中午校报和校电视台就对昨天的事情进行了报道。三天后区教育局派人来调查，原因是前天的某报纸上头版头条就报道了这件事，媒体对教育机构的素质问题产生了质疑。一个星期后事情越闹越大，几乎成了当时的一个新闻，通过媒体的报道还引起了极大的社会反响，为此学校最后不得不迫于压力把那个监考的老师给辞退了。”

凌帆瞠目结舌地问：“这些……不会都是方明泉做的吧？”

“除了他还有谁能有这个本事？”楚晴反问道，“只要他愿意，世界上最毒的毒蛇看到他都要服毒自尽！”

“那他到底有没有作弊？”

楚晴很肯定的点点头，“他作弊的时候我看到的，我就坐他旁边。”

凌帆不由得倒吸了一口冷气，如果方明泉是个杀手的话，那他绝不会是那种穿着黑西装拿着手枪酷得想被人揍一顿的冷面杀手，而是那种温柔多情得让你能笑着死在他机枪下的人。

窗外的天空像是心中原本的印象般垮塌下来，满世界纷飞着灰蒙蒙的迷雾。记忆里那个目光柔和得能杀死人的男生穿着鼓鼓的白色羽绒服，抱着两大袋东西，微笑而安静地望着身边美好的女生，冬日里暧昧的光线和清馨的冷气悄悄地爬上肩头。

脚下，是一整片狭长黑暗的影子，铺天盖地地投下去。

在影子与光线斑斓的交错中，死寂粘腻着命运的大潮。

当凌帆抱着一大堆 Sissi 丢给她的文件打开会议室的门时,她看到里面所有的员工都坐在这个 TOP 里最大的会议室里面。

而会议桌首席的位置上坐着 Sissi 和方明泉。

“把文件分发给大家。”Sissi 化着精致妆容的脸像是一个好看的瓷娃娃。

而旁边的方明泉却是一张冷漠而桀骜不驯的脸，他身上是一件黑色的 GUCCI 新款小礼服西装。

Sissi 清了清嗓子站起来说:“今天的会议是为了向大家宣布一件事,坐在我身边的这位就是我们公司新签约的作家,他将是我们公司继夜夕之后全新打造的又一位超人气作家。”

凌帆看到半眯着眼的方明泉冷漠地翘起嘴角,然后站起来,用一种有力而舒缓的音调说话。

“各位,从今天开始我希望你们每一个人都记住一点,夜夕的时代已经过去了,接下来是我方明泉的时代。不过我需要得到各个部门的全力配合,我所刺出的第一剑,就要直指天空。”

凌帆听着方明泉那个熟悉的温柔声音，但是说话的内容和他那冰冷的表情完全无法让她把眼前这个人和过去联系起来，就仿佛是脱胎换骨一样,或者干脆说这个方明泉曾经沉没在黑色深湖的最底层,如今终于浮现了出来。

过去的时代沉没,变成遗迹。新的时代浮现,成为又一座多米诺之城。

“首先《LIFE》杂志必须在下一期为我做个专题,请法国摄影师为我拍摄照片,同时需要一批娱乐明星来衬托做我的背景,新一期《LIFE》的封面和封底照片都必须使用我，所有的封面文字和照片文字都必须由我来亲自审批。《文学》那边下一期的重磅推荐把王朔给我拉掉,直接放我的文章上去，并且给我拟一个文案，上面要有十位当红作家的联名推荐，必须是他们的亲笔签名！图书部给我制作出一整套完整的推广计划，并且要让你们现在所有渠道内的客户都接受我的新书，并且一定要在上市后的一个月内都让他们放在最醒目的招牌位置！如果你们有谁做不到的话可以提出来，TOP 的大门随时都为你敞开，不过走出去我就不敢保证你不会被外面汹涌的金融危机给卷走，或许会尸骨无存哦！”

说到最后方明泉微笑了起来，那表情像是一头凶残狡猾的狼。

而凌帆看到坐在方明泉旁边的 Sissi 用赞许的眼神望了方明泉一眼，然后眼睛里满是甜美的笑意。

今天早晨的天气预报里说，上海今天的最低气温将会降到零度。

遮天蔽日的寒冷即将来临。

Sissi 站起来，对着所有人说：“抱歉，忘了说另一件事，TOP 已经正式聘用方明泉先生作为我们 TOP 文化公司的策划总监。”Sissi 转身和方明泉握手，微笑着说：“恭喜你，方总监。”

方明泉异样英俊的脸孔在窗外金色的光线下闪闪发光，他看起来就像是英国王子一样威严，“同喜同喜，颜总。”

在 Sissi 继续开会的时候图书部有个新来的实习女生问了一句：“请问新书什么时候出来啊？我们对此的信息一无所知。”

靠在椅背上的方明泉站起来冷冷地说：“学校里没教会你礼貌和规矩吗？有疑问必须先举手，不要随便打断别人的话。其次，请称呼我方总监，你现在是我的下属，懂吗？”

那个发问的女生被方明泉用冷冷的目光扫过，马上憋红了脸一句话都不说，凌帆看到那个女生几乎快要哭出来了，而方明泉却依旧冷峻地站在那里，像是一尊钻石雕琢成的永远不会溃烂的神像。

“新书叫《次世代》,写给这个世界上所有一切没有未来的人们!”方明泉冷静得像是被冰封在南极冰山里的一朵鲜花，一大片白色的茫茫冰原里他是那团鲜艳的血红色。

会议结束的时候Sissi和方明泉先走了出去。

走出去的时候Alten走到凌帆身边拍拍她的肩膀，自从发生了上次的事情之后凌帆就一直刻意地远离这个圆脸的女孩儿。Alten笑着对凌帆说:“看来你在TOP的日子应该结束了,我想Sissi姐在看到她桌上的信用卡账单之后一定会马上请你坐上辞职号快车的。”

凌帆愣了愣,她终于知道为什么自己一直找不到那份账单,而银行确定已经发出了,看来是被Alten这个贱人给拦截住了。

但旋即凌帆得意地笑了笑，扬了扬手里的白色信封说:“你何必这么浪费心机呢,我早就打算辞职了。”

凌帆轻轻敲开Sissi的门,Sissi说了一声进来,然后就听到那种熟悉的咖啡杯放回盘子的声音。

凌帆走进去,一直走到Sissi的办公桌面前,然后把手里的白色信封放下。

Sissi抬起头,眯缝着眼睛,用化着淡蓝色烟熏的狭长眼睛看着凌帆。

“Sissi姐,我想辞职。”凌帆小声说。

Sissi放下手里的文件夹,打开抽屉丢出一张纸说:“那在你辞职之前先看看这个怎么样?”

凌帆低头，发现黑色的光滑桌面上放在自己白色辞职信旁边的就是那张银行账单。

凌帆低下头，长长的酒红色头发全部滑到前面，挡住了她的脸，也挡住了看到 Sissi 的视线。

Sissi 按了一下电话对外面的 Alten 说："你进来一下。"

三十秒后 Alten 站在了凌帆旁边，当她看到低着头的凌帆和桌上的账单时嘴角不禁泛起一抹得意的冷笑。

Sissi 把手放在膝盖上，冷漠地对 Alten 说："你去帮我告诉 Minnie，让她帮我重新找助理。"

Alten 连忙点头说我知道了，不过就在她的笑容还没完全展开来的时候却忽然听到 Sissi 说的下一句话，她再也笑不出来了。

"告诉她找两个助理，从明天开始你不用来上班了，待会儿去财务部结算工资吧。"Sissi 头都不抬冷漠地说道。

Alten 的脸瞬间变得惨白，而凌帆也惊讶地抬起头，茫然无措地看着面前冷静地坐在巨大黑色转移里的 Sissi。

"Sissi 姐，这是为……为什么？"Alten 流着冷汗声音颤抖地问。

Sissi 从一大堆文件里抬起头来盯着 Alten 看了一会儿，一字一顿地说："我讨厌比我丑的女人，这个理由够充分了吧？"

Alten 之前一分钟还得意洋洋意气风发的脸已经比死猪还难看了。

这就是我们生活的冷漠年代，这就是我们生存的物欲城市。

上一秒我们还在尖端舞蹈，下一秒我们就被斩杀于刃下了。

Alten 从 Sissi 的办公室里出来，靠在门边上的方明泉叫住了她。

Alten 停下脚步看着这个刚才在会议上飞扬跋扈的年轻人向自己走过来，对方冰冷漠然的眼神像极了里面的 Sissi。

Alten 的心一寒，问道："你想干吗？"

方明泉扬了扬手，冷笑道："我希望你在滚出 TOP 之前转告给所有人，别得罪我，否则会死得很惨的！”

Alten 颤声道：“我……我没得罪你啊！”

方明泉指着门板说：“里面的凌帆是我的朋友，动我的人就等于是得罪我。懂了吗？丑女人！”

Alten 的腿一软，背脊重重地贴上冰冷的墙壁，她面前的方明泉，带着残酷的冷笑，像是一个操纵迷局的魔王。

Sissi 看着 Alten 失魂落魄地走出去，然后把桌上的账单和辞职信一块儿撕碎了丢进垃圾桶里。

凌帆木木地站在那里，像是一个坏掉了的机器木偶。

“待会儿你就去方明泉那里报道，从今天开始你就是总监助理。”Sissi 转身对凌帆说。

寒冬里的正午光线，像是一头疯狂地挥舞爪牙的猛兽，撕碎着我们所有曾经的记忆。

从今天开始，让我们迎接一个崭新的残酷时代，次世代这三个字就写给没有未来的我们自己！

The Sixteenth >>>

当 现 在 不 在 ， 我 们 将 期 待 怎 样 的 未 来 ？

当第一缕阳光降临上海的时候，那些带着温热的光分子却并不能真正消融黑夜的残息。

这座被光芒沐浴着的城市里，永远有着蒸发不尽的黑暗。

小小而浅淡的黑暗，在每一个生命的胸膛里。

南京路上无数个匆忙奔走的模糊背影，一号线里永远运送不完的乘客，或是金茂巨大落地玻璃后端着 Royall Copenhagen 咖啡俯视整个上海的影子。

这座城市里的每个人，都像一小块多米诺骨牌般在光线里投下一层浅薄的阴影。

浅浅的黑夜之城。

清晨，颠簸而拥挤不堪的公车上总是会看到许多穿着不同校服的学生手捧书本，一边在心中默数着还有几站一边拼命地补全昨夜遗留下的功课。偶尔会有一两对男女坐在公车的最后排，学着滥情偶像剧里般拥抱接吻，而穿透浓密的汽车尾气打进车厢的晨光在男生青涩的脸上把嘴边那圈细密的茸毛给照得闪闪发亮。他们和那些拿着书本的人一样，都背着沉重的书包和穿着一成不变的校服。

那些被称为努力的，总是在心中无限期地向往着美好的大学生活。而那些被称为堕落的呢？

其实都只是在追求那些光芒四射的幸福。

却都会在时间缓慢粘稠的流动里从胸口扩散起一个小小的黑洞。

吸纳不尽的空虚和迷茫。

从一号线到九号线,经络般的地铁网络里那些即将毕业的大学生,空虚而迷茫得像血液般无奈地在这座城市里流动。

他们褪去了中学的青涩和幼稚，却不知道自己离成熟还差了十万八千里。

他们穿着从七浦路上买来的色泽鲜艳却做工粗糙的衣服，踩着去年流行的高跟鞋,化着有些夸张的妆容,站在飞驰的地铁车厢里。

当到达上海火车站的时候,他们总是会尽量往角落里躲,以避免开门时那些突然涌入的扛着陈旧行李的外地民工。

车厢里弥漫开一股陈腐的气味，而那些表情木然的民工和掩着鼻子流露厌恶鄙夷之情的大学生,像是照片底片上黑白分明的刺眼界线。

当列车开动时，从排风管里吹来的风像是瞬间就吸干了整节车厢里的氧气。

那样的表情会一直伴随着他们走进某一个大型招聘会，然后在包里拿出早就复印好了数份的简历时换上一幅谦卑而虚假的微笑，和其余九个同样谦卑着微笑的大学生去争夺一个岗位。

像是古罗马竞技场里的残杀游戏,却没有金铁交戈之声。

但他们却根本不知道,最后活下来的那个人,是不是真的会有奖励。

浅浅的黑夜里,是谁赢了呢?

从出租车上下来的年轻白领踩着八公分的金色细高跟鞋，穿着用一个月薪水买的 Dior 最新款的小外套,匆匆走进星巴克的店门,然后几分钟后再次匆匆地走出来,只是手中多了一份装着外带咖啡的纸袋。

然后往琉璃光华的大厦走去，却在进门前不断地担心自己是否会和华尔街的人们一样因为金融危机而失去工作。而刚刚开走的出租车司机会向下一个上来的乘客抱怨别人轻松快乐的赚钱生活。

与之相对的，却是透过星巴克的窗玻璃看到那些蓝眼睛黄头发的外国人正悠闲地坐在沙发里，喝着刚端上来的蓝山，手里翻着一份英文版的《上海经济》。

城市一角的断面，像是巨大而不断运作的钟表。

时针，分针，秒针，都在沿着相同的轴承无限期地重复旋转着。

但最重要的那一个，永远是付出最少的那个。

像是浅夜里一种冷酷的美式幽默。

而更遥远到很多人都看不到的地方，对于许多人来说就如浩瀚宇宙里同样存在的某颗不知名星体。

上海紫园，五千万一套的豪华别墅里，那些带着慵懒的倦意用Elizabeth Arden的第五大道（香水名）点缀自己的女人坐在真皮沙发里，不时地用千娇百媚的姿态抬手看一眼自己白嫩手腕上戴着的CHÓPARO钻石表，然后心里盘算着什么时候去买一块最新款的"Happy Diamond"系列表。

以显示自己是个高贵的窈窕淑女。

而她们如此精心地把自己装点成像是盛宴里的主菜，只不过是为了和某位身价上亿的富商一起喝一次早茶。

那些行驶在济南路上的英伦轿车在浅浅的黑夜里散发出一圈淡淡的光晕。

像是一面闪着光等待被击落的靶子。

而生活在这座城市里的我们。

都是被命运刻意摆放起的一块块被明确划分三六九等的多米诺骨牌。

假如其中的一块突然倒下，那么无法知晓的庞大连锁反应就会开始蔓延。

像是涨潮般涌来了巨大的势能。

然后在退潮后遗留下一座我们陌生的城市。

却依旧还是座多米诺之城。

多米诺之城上空浅浅的夜色里。

澎湃旋转的激烈物欲。

残酷冷漠的一个世界。

下午的时候上海的马路依旧堵塞得像是限了速的迅雷，当楚晴跳下出租车奔进上海火车站的时候时间已经是下午三点四十五分了，昏黄色的太阳慢慢地在遥远的地平线上滚动着，像是快断气般无力。

不过幸好她还是见到了她们，叶蓉、凌帆还有顾天香。

远远地，隔着汹涌的人流她看到她们三个彼此紧紧地拥抱在一起。

顾天香变瘦了好多，已经能看出浅浅的下巴了，而过去的衣服穿在她身上像是披了一条床单。她的头发很长，软软地披在肩膀上。完全看不出那个是曾经贪吃的胖女人顾天香，要是再过两个月不见的话或许顾天香就会瘦得跟凌帆一样了。

凌帆原本长长的酒红色长发烫成了时尚的日系卷发，在她高挑的身材和精致的容貌下她看起来显得越发的成熟了。

叶蓉把头发剪成了短发，是那种前一阵子十分流行的 Hebe 式短发，只是人看起来更加的清幽单薄了。

楚晴远远得望着她们，红着眼圈，感觉悲伤得快要死掉了。

楚晴看到顾天香拿起行李往里面走去，她一边奔跑一边用力地喊顾天香的名字。

但是她微弱的声音很快就被巨大的人潮声淹没掉了，她眼睁睁地看着顾天香经过放客通道，最后消失在自己的视线里，而另一边的叶蓉和凌帆一起向着顾天香消失的那个方向继续挥手。

忽然楚晴看到叶蓉扭着头正远远地向自己看过来，那样的眼神，她从来没有见过。

叶蓉收起漠然的目光拉着凌帆的手臂，小声说："我们走吧。"

凌帆点点头，和叶蓉一起转身离开，刚走了几步她突然停下来对叶蓉说："好像我们方向走反了吧。"

然后转过身去的时候她看到离她们极遥远的地方，楚晴穿着灰色的风衣站在人流里，泪眼汪汪地看着她们。

接着凌帆听到耳边传来叶蓉急促的呼吸声，像是大风流过空洞时的声响。

三个人面对面站在一起，在拥挤嘈杂的人流里，在呼啸来回的火车站里，在庞大可怕的城市里，在孤寂黑暗的星球里。

仿佛在更遥远的外银河系里，更加黑暗深邃的地方传来火车鸣笛的声音，然后是渐渐远去的车轮摩擦着铁轨的响动，一齐消失在漫天灿烂的星湖夜空里。

"顾天香刚走。"凌帆冲楚晴笑笑说。

楚晴点了一下头，歉意地说："我知道，刚才我看到她进去的，只是来不及喊她而已。"

"没关系的，以后还会见面的不是吗？"

楚晴连忙轻轻地点了一下头说："是啊，不过她瘦了好多。"

凌帆的眼睛有些酸涩，也不知道从哪里刮来的风吹进眼睛里，"说不定下次回来她就变成大美女了。"

楚晴拘谨地笑着，感觉像是不知不觉间慢慢流失掉了许多美好的东西，一起随着岁月被吸进深不见底的漩涡黑洞里去了。她转头看着叶蓉，小声问："你还好吗？听说你找到一份不错的工作。"

凌帆也转头去看叶蓉，却发现她的眼睛里像是结起了一层冰霜，冷漠地看着楚晴，像是根本不认识眼前这个人是谁。

"你怎么了，叶蓉？"楚晴向前走了两步问。

"别靠近我！"叶蓉马上后退了两步叫道。凌帆奇怪地望着叶蓉，而楚晴则是一副快要哭出来的样子。

凌帆忽然意识到，在她所不知道的层面里，楚晴和叶蓉之间一定曾经发生过一些什么，而那些什么一定是具有毁灭性的破坏能力的，因为它能令叶蓉对着楚晴流露出厌恶而冰冷的目光。

"那天你和方明泉说的话我都听到了，你可真是我的好姐妹啊。"叶蓉冷笑着看着面如死灰的楚晴。

楚晴张了张嘴，她想要说话，却发现突然连张开口的力气都没有了，全身向被冤魂附体般无法动弹。

叶蓉走过来，附在楚晴的耳边说："你知不知道我有多恨你，你还是早点滚出我的世界吧，和半年前一样。"说完她转身就走，很快就消失在了她们的视界里。

凌帆走过去搂住楚晴，当被她抱住的时候楚晴整个人都软了下去，像是被地心引力用力地拉扯着，是不是要把她拉进地狱呢？

暮色降临上海，再过不久就是圣诞节了，而那个时候天空或许就会降下大雪。

一大片银白色而绝望的多米诺之城。

火车的汽笛响起，顾天香用手撑着下巴看着窗外越来越浓的暮色。

当火车开始加速的时候，顾天香望着车窗外的这座城市，她不知道是否还能活着回到这里。

车厢里亮起了灯光，顾天香往里缩了一下，把自己浸泡在黑暗里。

身旁似乎有人坐了下来，可能是别的乘客从厕所里回来了，她也懒得去管。

火车呼啸着，冲进一片迷蒙的夜色里，很快就会开出这座多米诺之城。

突然背后有个熟悉的声音说："你怎么那么傻呀！"

顾天香惊讶地回头，看到的是黄色光线下满脸悲伤的久保南川，他重复说道："你怎么那么傻呀！"

顾天香凄凉地笑了笑，然后滚烫的眼泪就滚了出来。

久保南川伸出双臂，紧紧地搂住她，像是要把她全部的生命都搂住一样。

顾天香微笑着闭上眼睛，哪怕是现在就死掉她也无所谓了。

当我们都以为我们纵横交错在一起的命运已经达到了支离破碎的顶点时，其实人生巨大玻璃上真正的裂纹才不过刚刚出现。

现在开始，多米诺之城才会在巨大的谎言和空虚里轰然倒塌，这是一场毁灭性的葬礼。

当一切都成为深不见底的寒冷深渊之后，黑暗逆流般的重回。

我们的多米诺之城就变成了一片白茫茫的废墟天国。

楚晴惊慌失措地走进暮色里时，她口袋里的手机响起了一种久违了很久的铃声，那是夏渔来短信时才会响起的独特铃声。

这样的一股声音，像是从清冷空气里喷洒出来的一大股暖流，持续不断地冲刷着被冰封破碎的心。

楚晴拿起来，屏幕上跳动着一个小小的黄色信封图案，上面的署名果然是夏渔。

她迫不及待地打开来看，短信里写着："今晚八点到茂名南路上的babyface酒吧，今夜会是你人生最难忘的一夜，我在那儿等你。"

楚晴用力地抓住手机，然后把它紧紧地捂在胸口，像是停止了很久的血液又开始重新流淌了起来。

她觉得自己像是在一场激烈的战争中存活下来的人，四周满是尸体和鲜血。

但是，如果她能从巫师的水晶球里看到未来，哪怕只是四个小时以后的世界，她都不会这么想了。

因为，带着黑色斗篷扛着黑色镰刀的人正在引领她一步步地走向万劫不复。

夏渔从罗森便利店里走出来，手里拿着两罐温热的午后红茶。

便利店的旁边一个长头发的混血女生在冲他微笑，而他所不知道的片段是拿在那个女生手里的他的手机刚刚发出了一条邀请函。

夏渔走过去，把手里的一罐午后红茶递过去，问道："和你妈妈电话通得怎么样？"

秦瑶把手机塞回夏渔的口袋里，接过他递过来的红茶说，"我妈说她想我了，希望我下个星期能回去。"秦瑶说着用依依不舍的眼光看着夏渔，说，"回去和他们一起过圣诞节。"

"是吗？没想到这么快你就要走了。"夏渔喝了口红茶，用略带伤感的语气说。

秦瑶伸手抱住夏渔的腰轻轻地说:“我舍不得你。”

夏渔用手轻轻地抚摸着秦瑶的后背说:“我也是。”

秦瑶从夏渔胸口抬起头来,擦掉眼泪说:“今晚是最后一晚,就当为我践行吧。”

“好啊。”夏渔咧开嘴笑着说,“那今晚什么都听你的。”

“我听说茂名南路上有家叫 babyface 的酒吧很有名的, 不如我们去那里吧,我想一定会让你毕生难忘的。”秦瑶兴奋地说。

与此同时,在这座城市的另一端,天空里才刚刚升腾起灰蒙蒙的大雾。

方明泉从市区的一间高档摄影棚出来, 他刚为一本时尚文学杂志拍完封面。

外面夜晚的空气里像是流动翻滚着黑色的墨汁, 而不远处的摩天大楼灯火通明,如同一片光之海洋。

司机为方明泉拉开黑色奥迪的车门, 当方明泉刚坐上汽车后座的时候 Sissi 的电话就打了过来。

“今天辛苦了,让司机早点送你回去休息吧。”Sissi 在电话里温柔地对方明泉说。

“知道了,谢谢 Sissi 姐。”方明泉说完沉默了许久,忽然开口道,“他死了吗? ”

电话那边是一阵长时间的沉默,比死亡更加可怕的沉默,隔了好久才听到 Sissi 说:“还没呢。”

方明泉挂上电话,靠在柔软的后背上深呼吸了几下,把脸埋进深深的黑暗里。

久久的,听到他小声地嘀咕了一句:“你怎么还不死啦? ”

过了很久,他拿起手机按亮了屏幕,发了一条短信,但是直到屏幕再次暗下去也没有任何反应。

再次沦陷在黑暗里的方明泉，泪流满面。

他手机的发件箱里静静地躺着一条短信，“我好想你，你现在好吗？”收件人是“小薰”。

我们尘封已久的希望，在遥不可及的未来里微微闪着光芒。

Sissi 挂上电话推开白色的门走进去，然后把手机放回白色沙发上的包里。

林夜希从床上坐起来，身上裹着厚厚的白色被子，浓浓的白色暖气从头顶的中央空调里打出来。

Sissi 走过去，坐在林夜希的旁边，然后微笑着看着他。

林夜希伸出一只苍白的手，轻轻拭去 Sissi 脸上流下来的眼泪，他把被子分给她一些，让她裹进来，然后他伸手轻轻地揽住 Sissi 的肩膀。

外面是进入了寒冬的上海，从窗户里望出去是一片冷冰冰的模样。

林夜希把脸贴在 Sissi 光滑的额头上，小声地问："你说我的墓碑上该刻什么字好呢？"

夏渔坐在 babyface 大红色的沙发里，四周来回闪动着艳丽的霓虹灯，还有震耳欲聋的巨大重金属音乐声。

突然，他在人群里看到了楚晴那熟悉的身影，与此同时楚晴也看到了夏渔。

楚晴笑了起来，然后向夏渔走过去，她不知道自己正在被从地面刺出的黑色荆棘团团包围住。

Babyface 的洗手间里 Anne 脸上是一种冰冷的笑容，她用涂着鲜艳指甲油的手指飞快地打了一行字。

两秒钟后,这个酒吧的另一边一个手机响起,上面是一条短信:“好戏开始了,你可以出场了。”

当手机收到内容是“明白”的短信后Anne兴奋地笑了笑,然后对着洗手间巨大而干净的镜子练习了几个委屈伤心和惊讶的表情。

林天翔离开座椅,在巨大而豪华的办公室里慢慢踱起步子,从上海最高的这片建筑群里看出去,这座罪恶而美丽的城市像一套耗资巨大的模型。

这座城市自己编织着一个个虚伪而甜美的谎言,让那群漂泊在这里却失败了一次又一次的人们拾起继续生活下去的勇气。

就是这样一种看起来励志的残忍手段,不断推动着这座城市的巨大发展。

而疯狂起伏的楼价还有一轮轮白热化的企业吞并和资产重组,永无休止地在这里上演着。

当不远处的Shanghai Center启动奠基仪式之后,上海的各大媒体报刊纷纷宣布着一个新时代的来临,上海这座城市在彻底地改变着整个中国的历史!

新的时代来临,就意味着上一个时代的终结。

秘书走进来把一封快递交给林天翔,因为上面写着务必亲启的字样。

而离这儿很远的上海紫园别墅里楚湘怡也收到了一封这样的快递,就摆在她的Hermes茶杯旁边。

方明泉刚想把钥匙插进门锁里门就开了,他看到站在自己面前的叶蓉,肩上背着一只新买的D&G包。

“我妈呢?”方明泉问。

“阿姨出去了，好像说去买什么东西。”叶蓉赶紧侧过身子让方明泉走进来。

方明泉走进门里，换上了拖鞋回头问：“这么晚了，你要出去啊？”

叶蓉小声的“嗯”了一下，点点头。“那我先走了。”

“好，路上小心点，早点回来。”方明泉柔声说。

叶蓉走到门外，像是忽然想起了什么，回头说：“对了，过了圣诞节我就搬出去，我外面自己借到房子了。”

方明泉想去关门的手瞬间僵住了，长长了的刘海贴在额头上，挡住了他的眼睛，一片阴沉沉的漆黑。

楼道里昏黄的灯光逼涌出来，全都打在了叶蓉的侧影上，像是某个技艺高超的人给镶上了一圈金边。

寂静里忽然爆发出方明泉的一阵冷笑，叶蓉听得像是心脏上爬满了黑色的藤蔓，带着黏糊糊的潮气。

“迫不及待地想跟人家长相思守了吧？”方明泉冷笑着说。

叶蓉的脸色顿时变得十分难看，她大声问道：“你这是什么意思？”

“你清楚我说的是什么意思，不过到时候做了寡妇可别后悔啊！”方明泉抬起头冷冷的盯着叶蓉，表情阴沉得像是刚从坟墓里爬起来的亡灵。

叶蓉难以置信地痛苦地看着面前的方明泉，她摇摇头，红着眼圈问：“你到底是谁？为什么现在的你变成了这个样子？”

“这全都！拜你所赐啊！”方明泉咬着牙说。“那天晚上你和那个林夜希抱在一起待了一整晚，你以为我不知道？我就站在外面的大雨里一直看着你们！”

“你怀疑我？”叶蓉抬起手指着方明泉冷静地问。

方明泉冰冷地看着叶蓉不说话，而两个人的中间像是瞬间浇铸起了一道厚厚的透明的冰墙，冒着白茫茫的寒气，把两个人之间的距离给封冻起来。

“你凭什么怀疑我啊！”叶蓉大声叫起来，“你自己就很干净了对吗?你和我最好的朋友楚晴上床你以为我不知道啊?你怎么这么冷血啊，至少楚晴还知道逃避，还觉得无颜面对我。可你却在和别的女人在床上赤裸裸的缠绵之后依旧抱着我恬不知耻地说爱我。方明泉，你真让我恶心！”

方明泉的表情瞬间凝固了，冰冷的空气里他的脸上像是倾倒满了混合型的汁液，难以捉摸出到底是悲伤痛苦还是彷徨，只是他的身体越来越僵硬。

明朗空旷的楼道口，他们两个人彼此望着对方，沉默着。

黑暗里那些恣意疯长的荆棘和触手，天崩地裂般的破土而出。

楚晴穿过灯红酒绿的人群，向夏渔那边走过去。

她还没来得及开口喊夏渔的名字，就看到夏渔背后的阴影里一个人走了过来，带着残酷的冷笑，盯着自己。

阴影里出现的，是黎正的脸。

上海的夜空里，难以分辨的巨大云层翻卷着构成一个漩涡。

漩涡之下的上海，灯海构成了庞大的脉络，宛如水晶一般的世界叠影，精致却易破碎。所有的多米诺骨牌都在急剧加速的时空流动里快速风化成流沙，一起被卷进天空里深深的巨大黑暗漩涡。

楚晴惊恐地问黎正：“你怎么在这儿？”

夏渔冷漠地看着楚晴问：“你怎么在这儿？”

楚晴面对着夏渔和黎正，这两个人生中她最深爱和最厌恶的男人，她紧张得什么话都说不出来。

突然头顶里飘落下来一个熟悉的声音，那声音像羽毛一样带着浓浓的虚伪味道,“小渔,这两位是谁呀? ”

楚晴抬头,就看到漂浮在自己头顶上的Anne的脸,带着满脸的惊讶。

“我不想待在这了,我们走吧! ”夏渔站起来拉住秦瑶的手就往外走。

黎正在背后忽然笑道,然后大声说:“我可不是那个和你女人上床的男人哦! ”

夏渔的背突然僵直,他猛地转身,惊讶地看着楚晴和黎正。

而楚晴看到在夏渔背后的Anne,是一张充满了纯真疑惑的面容,然后眉宇间慢慢浮现出一种得意骄傲的表情,像是血流成河的战场上挂着的一面胜利旗帜,在某个至高点上迎风招展,猎猎作响着。

从甜蜜的糖罐里,分裂出了一大团黑色的粘稠液体,像沥青一样裹紧每个人的心脏,直到无法挣扎为止,最后绝望地死去。

坚硬的黑色缝隙间,我们死睁着绝望的眼睛,遥望着沦陷在黑暗里的未来。

叶蓉在走廊的那头就看到了从林夜希房间里走出来的Sissi。

她朝自己走来,白色的走廊像是随着她的脚步瞬间冻结起一层厚厚的冰层,头顶上挂满了尚在滴着水的冰尖柱。

叶蓉看到向自己一步一步走过来的Sissi脸上挂着冰霜女王般的表情,像是电影里的冰霜魔女般恐怖。

叶蓉看到对方的眼睛里是如同月光下潮汐翻滚不停的阴湿海洋,更远处的海平线上竖起庞然巨浪,呼啸着扑过来。

Sissi走到叶蓉的面前,冷冷地对她说:

“你给我从夜希的身边消失! ”

“消失得越远越好! ”

“永远不要再出现! ”

“他是我的！”

最后，Sissi 扬起手，重重地给了叶蓉一个耳光。

像是孤寂的蓝色星球上爆炸开了一团巨大火光，漫天的星云尘埃一起被巨大的气浪冲散，宇宙循环运转了千万年的平衡法则，彻底毁灭。

楚晴不知道自己是怎么到家的，她只知道夏渔那愤怒的表情，黎正无赖的笑容，还有秦瑶得意的挑衅。

这就是所谓人生中最难忘的夜晚，自己原本循环运转井然有序的人生就在这一秒钟之内被彻底打碎了。

她脑海里不断闪现出黎正讲述半年前自己和方明泉上床这件事的丑恶嘴脸，这每一秒钟都像是一头地狱猛兽，用血红色的利爪撕扯着她的人生，她本来就已满目疮痍的人生锦缎。

打开厚重的大门，楚晴随手打开了客厅里的吊灯，然后看到阴沉着脸坐在沙发上的楚湘怡。

“妈，你怎么坐在这里啊？”楚晴无力地问，生活已经折磨光她所有的精力了。

楚湘怡用力地一拍面前的茶几说：“你自己看看这是什么？”

楚晴走近，看到茶几上散乱地铺着一叠照片。

然后她的脑子“轰”的一下就爆炸了。

“这些照片要是流传出去的话你这辈子就完了，家族的命运也跟着你一起结束了，你知道吗？”楚湘怡掩着脸半哭半怒地说。

此时客厅的门被打开，楚晴回头，看见从外面走进来的 Anne 一脸美好而邪气地微笑。

她用口型对楚晴说：“我说过，你会付出代价的。”

TOP 的策划总监室里，方明泉把手撑在办公桌上，用力地大口呼吸着，眼泪啪啪地掉了下来，砸在白色的桌面上。

桌面上是一张叶蓉的照片，那时候的叶蓉长发飘飘，笑容纯真得像是盛开的洁白花朵。

过了几分钟，方明泉抹掉眼泪，把叶蓉的照片重新放回 GUCCI 小西服的口袋里，叫外间的凌帆进来。

“方总监，有什么需要吗？”凌帆推门走进来恭敬地说。

方明泉望着凌帆，用恳求的语气说：“凌帆，你能帮我约叶蓉见一面吗？我求求你了。”

林天翔把一张机票放在楚晴的面前，说：“我帮你定好了今天晚上的飞机，到了那儿给我打个电话，也好让我放心。”

楚晴坐在那里，背后是客厅那扇四米高的巨大欧式古典木窗，她单薄的身体就浸泡在明暗交错的网格里，沉默着低垂着头。

“我已经托日本那边的朋友让她好好照顾你了，再过几天就是圣诞节了，在那边玩的开心点。”林天翔喉咙里的声音，像是浑浊的江水。

楚晴抬起头，低声说道：“爸，你多保重。”

“Viken，送我去一次人民广场。”楚晴回头对 Viken 说。

Viken 点点头，戴上墨镜往车库走去。

楚晴抬起头，高远锋利的天空里大把大把地洒下阳光，这也许将是她今年最后一次看到的上海正午的阳光了。

她发了条短信给夏渔，隔了很久才有信息送达报告传来。

“如果你的心里还有一点点爱我，一个小时后在我们第一次约会的来福士广场见面，我会一直等你到天黑。”

方明泉穿着新买的 LV 风衣，英俊的脸上露出悲伤的表情，外面的光线惨淡地照进来。

他揉了揉发红的眼睛，低沉着声音问："你还爱我吗？"

对面的叶蓉愣愣地看着窗外，外面是物欲横流的上海精致街头。

叶蓉回过头，眼睛像是一池冬天里蓄满了水的湖泊，她闭了闭眼睛，流出几滴眼泪。

最后轻轻地摇了摇头。

夏渔躺在床上，睁大着眼睛看着外面的天空一点点地变暗，直到星光满天。

手机响了起来，他拿起来看了看。

"听说北海道下雪了。"

然后不久之后看到天空里一架夜航的飞机闪着灯光逐渐远去，直到消失在茫茫星空里。

半个地球的黑暗一起向这边涌来，包覆起这座光芒四射的华丽之都。

一点一点消失的，是我们的未来和希望。

寒冷漆黑的多米诺之城里，我们目睹着人生中的第一场葬礼。

我们每个人，都面临着生命里最凄冷黑暗的深渊世界。

我们酸楚的青春，我们曾经的纯真岁月，我们刻骨铭心的爱恨情仇，都彼此对着一座冰冷闪光的墓碑。

墓碑上深深地镌刻着三个沉重的巨大字体。

次世代！

The End >>>

当 现 在 不 在 ， 我 们 将 期 待 怎 样 的 未 来 ？

凌晨六点,睁开眼睛看到的依旧是窗外积聚了一夜的浓稠黑暗。

也不知道天空什么时候才能被慢慢擦亮，薄薄的夜雾后面隐藏着的是希望的太阳。

当淮海路上还缓慢流动着上世纪出产的电车时，从龙阳路开出的磁悬浮已经在用音速呼啸着向浦东国际机场驶去了。

这就是这个城市独特的舞步。

天上地下被造起的地铁和高架，都缠绕着那些拔地而起的摩天大厦。

恒隆和久光平滑精致的橱窗被浅淡的晨光一点点擦亮，直到闪耀出耀眼逼人的光芒。

不知道从什么时候开始，人们开始喜欢频繁地拿上海来和其他国际一线大城市比较,比如拿她的小资情调和巴黎比较,比如拿她既传统又时尚的混合性来和伦敦对照。

上海仿佛一下子就跌进了一个无法停步的魔幻旅程、无法停止的发展脚步,像是这个城市与生俱来的天赋。

这座没有太多浓厚底色的城市忽然间就变成了一座光华四溢的水晶宫殿。

假如在新天地喝咖啡的时候偶然能从某本杂志上翻到一张三十年前的旧上海风貌照片,或是从老屋阁楼里抽出一本积着灰尘的相册,看到老照片后做为背景的外滩或霞飞路，那么就一定会惊叹于如今这座光芒华丽的城市。

如同一夕之间被搭建出的积木模型,还涂上了鲜艳缤纷的油彩。

但这却是一座刀刃般锋利而绚烂的城市。

每天,都会有新的国际品牌打进上海这个市场,利用各种漂亮而诱人的销售手段来占据一席之地，门楣光鲜的专卖店里小小的价码牌上永远是四位数以上。

每天,上海南站都会输送大量的客流,那些怀揣着简历证书的大学毕业生为了能留在这个中国最一流的城市而四处奔波着，然后在一次又一次的失败里学会钩心斗角和尔虞我诈。

每天，从狭小的两居室里醒过来的上海人们都要花上一番心思打扮得体体面面才走出家门,即便没有人在意,但“扎台型”这个观念已经像是呼吸般无法自拔地深入一群叫上海人的族群的灵魂里面。

密密麻麻的时间截点转动成庞大而坚固的时代巨轮。

零零星星的片段剪影汇聚成为洪涛奔流的历史长河。

每天都会有人踏上尖端,每天也会有人被斩于刃下。

这里,是一座梦想盛开的刀锋森林。

这里,是一个凋谢希望的次世代。

…to be continue